长

街

完结篇

殊娓

著

江苏凤凰文艺出版社
JIANGSU PHOENIX LITERATURE AND
ART PUBLISHING

图书在版编目（CIP）数据

长街 . 完结篇 / 殊娓著 . —— 南京：江苏凤凰文艺
出版社 , 2022.9（2025.7 重印）
　　ISBN 978-7-5594-6985-4

　　Ⅰ . ①长… Ⅱ . ①殊… Ⅲ . ①长篇小说 – 中国 – 当代
Ⅳ . ① I247.5

中国版本图书馆 CIP 数据核字 (2022) 第 113757 号

长街 . 完结篇

殊娓 著

责任编辑	周　璇	
特约编辑	鲁　赞	
封面设计	酤　暖	
出版发行	江苏凤凰文艺出版社	
	南京市中央路 165 号，邮编：210009	
网　　址	http://www.jswenyi.com	
印　　刷	三河市中晟雅豪印务有限公司	
开　　本	880mm×1230mm　1/32	
印　　张	8.75	
字　　数	227 千字	
版　　次	2022 年 9 月第 1 版	
印　　次	2025 年 7 月第 11 次印刷	
书　　号	ISBN 978-7-5594-6985-4	
定　　价	46.00 元	

江苏凤凰文艺版图书凡印刷、装订错误，可向出版社调换，联系电话 025-83280257

CONTENTS 目录

chusju

向芊取下照片时，手有些发颤。

相框是浅木色的，翻转过来，背面被老板用马克笔，代入写下一句话：

『我在你看不见的地方，永远爱你。』

在 2016 年的第一个小时，向芊听到了属于她的回响。

我在你看不见的地方

永远爱你.

路灯把三个人的影子投映在路上。

他们回到秀椿街。

向芋忽然说：「靳嘉澍，我决定给你起个小名。」

chusju

梦醒时，他们站在长街中央，紧紧相拥。

完结章

我在你看不见的地方，

永远爱你

1

2015 年这一年，在向芊的印象里，总是充满了悲情色彩。

春节当天，某城市的游客和当地市民，聚集在广场观看花灯和除夕烟火，不慎发生拥挤踩踏事件，死伤近百。

这条新闻一经播出，便引起了全国的重视和惋惜。

只不过向芊那时都和靳浮白在一起，很少关注外界的事情。

听闻时，已是春末，玉兰花一树一树地盛开，满街繁花似锦。

她坐在办公桌前，吃着一份便利店的番茄牛肉意大利面，边吃边听另外两个助理聊这些从新闻里看来的大小事情。

其中一个助理刷了几下手机，突然惊呼："天哪！昨晚沽市发生了大爆炸事故，你看看这图片，都炸出蘑菇云了。"

那场爆炸十分严重，消防员和警察牺牲了近百人，近千人在爆炸中受伤。

三百多栋建筑物、七千多个集装箱、上万辆汽车，都在爆炸中受损。

向芊在视频里看见了录像资料，现场火势像是炼狱。

她忽然想起她有一个大学同学，就是这个地区的消防员。

同学的电话已经打不通，接到回复时，已是一个星期后。

同学的家里人哽咽着说："多谢关心，他是在爆炸中牺牲的，我们全家人都为他感到骄傲。"

向芋请了两天假，去参加同学的葬礼。

在所有哀哭和悲伤里，她穿了一身黑，回忆起过去在校园里的点滴，她十分难受。

有一些分离，总是这样猝不及防。

但比起这样的阴阳两隔，好像只隔着一万五千公里，偶尔偶尔，还能听到一丝消息的那种分离，就显得令人宽慰不少。

从沽市回来，向芋在公司旁边的公寓楼里租了一间小房子。

她闲时自己学着煮饭煲汤，朝九晚五，也算是稳定。闲着的时间多，她开始帮周烈处理文件。

她这种有事没事就泡在公司里的奋斗态度，落在老板周烈眼里，甚是欣慰。

有一天向芋在天台休息处煮了咖啡，一回头，看见周烈就站在身后，靠在墙壁上，手里拿着烟盒。

2012 年时，周老板为了公司，天天加班到半夜，就差吃糠咽菜了。

如今公司不只占了一层楼，把楼下也包下来了；他还学会抽烟了。

向芋给自己倒了小半杯咖啡，吹一吹，一口喝光："进来也不出个声音，神出鬼没，怪吓人的。"

周烈扬了一下手里的烟盒："介意我抽一支烟吗？"

"你是老板，你想怎么抽都行。"

但她看着周烈敲出香烟时，表情都很正常，还是平时那副漫不经心的咸鱼样子。

直到周烈摸出一个细长条的小盒子。

向芋看不到自己脸色的变化，但她一定是露出了什么极度明显的神情，才让准备点烟的周烈跟着露出迟疑和吓了一跳似的表情。

周烈手一顿，满眼惊诧，像是见了鬼："向芋？向芋？向芋你怎么了？"

她是被周烈大声叫回神的。

周烈的烟和细长条小盒子都放在桌上，人已经走过来了，焦急地问她："是不是哪里不舒服，怎么脸色这么不好？"

她怎么了？

其实也没有怎么，只不过是在他摸出那个小盒子时，她猛地想起一个人。

那人有一双养尊处优的手，手背皮肤下的骨节突出时，像暖玉做的扇骨。

他总是用这样一双手，拿着香烟，指尖轻轻捻动烟筒，再把沉香条戳进去。

曾经她说过，从来没有人能把抽烟这件事，做得像春水煎茶那样优雅。

只有靳浮白。

"向芋？"

向芋终于回神，深深吸了一口气，再呼气时借着端起咖啡杯的动作，掩住了气息里的颤抖。

她以为她能瞬间平静，抿过咖啡，放下杯子时，却对上周烈一言难尽的目光。

"怎么了？"向芋淡然地问。

周烈指了指她的咖啡杯："你的咖啡杯，是空的。"

向芋的重重心事被拆穿，她索性也不装了。

她颓在椅子里，看见周烈又拿起烟，忍不住幽幽开口："你那个，是沉香吗？"

"不是沉香，是肺易清粉，用烟蘸一下再抽会有薄荷味道。这几天感冒，嗓子不舒服，听说这个能缓解一些。"

周烈说着拿起打火机，临点燃前，又问了一次："介意我抽根烟吗？"

"介意。"

"刚才不是还说不介意？"

向芊看上去有些没精神，抬手按了按太阳穴，胡乱扯了个理由："抽烟对身体不好，容易得肺癌。"

周烈这些年在商场里摸爬滚打，已经不是当年见到开着豪车的靳浮白之后，只憨憨地对向芊说"你男朋友看起来挺帅的"的傻瓜了。

他那双眼睛平静如常，却也洞察一切，收起烟笑着说："那好吧，留一个空气清新的地方给你，我先回办公室了。"

到底是老板，向芊没让他空手走，给他倒了一杯咖啡，算是没有让他吸烟的赔礼。

这段对话不知道被哪个员工听到，公司里八卦四起——

说周烈和向芊之间是情人关系，说周烈对向芊和对别人不一样。

还说了，搞不好她手上那枚戒指，就是周烈给买的。

这段对话演变成各种版本：撒娇版，宠溺版，还有什么霸道总裁风。

向芊偶尔听到，也没放在心上。

那段时间向芊睡眠很不好，吃了几瓶进口褪黑素，效果寥寥。

后来去看中医，医生推荐她喝一些酸枣仁膏，可坚持喝了一段时间，也不见什么效果。

她经常做梦，梦不到靳浮白的身影。

她却总能梦见一条长街，她跑在其中，却永远看不到尽头。

因为睡眠不好，这一年的秋天，别人都嚷着贴秋膘时，向芊反而瘦了几斤。

有一天散会，周烈用内部电话叫向芊："你来一下我办公室。"

周烈简单说了一下公司里的八卦，又说："还有人说你手上的戒指是我买的，这话让你男朋友知道恐怕不好，我准备开除几个员工，名单你看一下。"

向芋虽然是咸鱼，但对公司情况也不是一无所知，她看了一眼，笑着说："多大点事儿啊。"

她说完自己先愣了一下。

多大点事儿啊。

这话大概是和靳浮白学的，他这人不屑与人争辩，和李侈他们那群话痨比起来，也算是安静。

他仅有的几次冒出这句话，可能都是对着向芋说的。

好像任何事在他眼里，都不是什么大事，他永远从容。

可这样从容的男人，在他们分别时，落了一滴眼泪在她手背上。

她没有睁开眼睛，也没有看到他是怎样离开的。

只是回忆起那一天，向芋总觉得手背有种被滚水灼伤的痛感。

分神片刻，向芋才继续说："这几个人干活都挺不错，工作态度也行，茶余饭后八卦一下也不是什么大事，你要是实在看着不顺眼，罚点钱算了。"

每个公司都有一些小八卦，这种东西只要当事人不介意，其实无伤大雅。

也不怪他们，他们接触到的环境，天花板就是公司老板——周烈，想给向芋安点什么八卦，也只能从周烈下手。

周烈想想，笑着说："我是怕你男朋友介意。"

向芋拿着迷你望远镜看向对面的办公楼，七层的办公桌上的花瓶里插着一枝天堂鸟。

她看了一会儿，轻声说："他要是有机会介意，倒好了。"

声音太小，周烈没听清，又问："你说什么？"

"没什么，我说他不在国内，听不到这些流言蜚语，你不用担心。"

向芋收好望远镜，忽然说："周烈，求你件事吧，能不能在你办公室里给我加张桌子？"

周烈应下，又说："唉，你这个时候加桌子，不是给八卦加料吗？"

她浑然不在意："现在工作压力这么大，让员工八卦八卦也好，就当作减压了，也算是我这个闲人为公司做出的一份贡献吧。"

那时候是 2015 年的冬天，这一年又要过完了。

向芊从来不敢多想靳浮白的事情，他走之后，哪怕把房子和车都留给了她，她也一次都没去过那房子，也没开过那车。

连带着李侈的场子，她也没去过。

有时候她会觉得，他们并不是分开。

他只是像以前每次去国外一样，还会突然回来，出现在她面前，和她暧昧地调侃。

她尽量躲开所有关于靳浮白的回忆，直到向父向母突然回国。

今年向父向母的项目很是冷清，他们终于有空好好在国内多待些天，却并不舒心。

爸妈回国之后，向芊搬回家里陪他们住了一阵子。

那阵子她十分难过，因为爸妈总是提起工作上的事情，也总是提起那个百强企业。

提起来，他们总是不免唏嘘抱怨。

他们说，明明 2013 年年初时投出去的标都能中，怎么现在公司越做越好，这两年反而都不能中标了呢？

向父端起一杯酒，有些感叹："而且去年明明有中标的苗头，后来又被退回来了，怎么送礼、怎么打通关系都没用。"

向母看上去也很惆怅，她说："是我们哪里没做到位吗？肯定是上面哪个领导对我们不满意了，故意为难我们的。"

向芊坐在餐桌旁，安静地喝着陈姨煲的参鸡汤，默不作声。

他们不知道，那份标书是靳浮白费了多少力气才想办法退掉的。

他说过："总不能让我岳父岳母赔钱，你说是不是？"

那副腔调，好像仍萦绕耳畔。

向芊艰难地咽下一勺鸡汤，状似随口："爸爸，你们为了投标，送了很多礼出去吗？"

"你哪懂得啊，做生意可不是简单的事，逢年过节的礼物都是一车一车往外送，请客吃饭的钱都能拿来给你买十几只手袋了。"

向母说完，忽然想起什么似的："对了，芋芋，你手上的戒指，是谁送的？是不是有相处得不错的男孩子了？"

向芋垂头看着鸡汤，上面映出家里的一点灯光，也映出她那张表情落寞的脸。

可是再抬眸时，她脸上仍然挂满了笑容，摇摇头，只说："还没到告诉你们的地步，先不要问啦，年轻人是需要隐私的呢。"

那天晚上，她终于梦到了靳浮白。

只有一个背影。

他背对着她，在洗漱台前刷牙，只穿了一件睡袍。

宽肩窄腰，背影也好迷人。

向芋在梦里絮絮叨叨——

"靳浮白你好惨呀，我爸妈每年送礼要送出去好几车，都不知道是你当年收了标书。

"要我说呀，那些礼物都该送给你。

"如果是我爸妈送你的东西，你可不能再堆在你那个大仓库里丢着放着，不当好东西。

"靳浮白，我跟你说话呢，你听见没有？"

这一定是梦，因为现实中的他不会这样冷漠。

换作现实，他大概会吐掉牙膏，不正经地调侃她："岳父岳母送我的，我怎么也得供起来当传家宝，你说是不是？"

醒来后，向芋觉得心里空了一大块。

她想，原来念念不忘是这样的感觉。

如果说所有这些流动在生活里，不经意浮起的关于靳浮白的琐碎，是向芋自觉无法招架，硬着头皮却也能勉强撑住的，那唐予池的离开，就是压死骆驼的最后一根稻草。

那一年的新年还没有到来，只差几天，唐予池突然给向芊打了视频电话，他说："向芊，我要出国了。"

他的头像还是那个白色瓷瓶，不知道从什么时候起，总是调皮捣蛋、长不大的唐予池，也会用这样沉重的语气说话了。

他说大学同学在国外创业，他也想过去一起。

这是对她干爸干妈也说过的理由。

但是私下里，他们聊过很久。

所以向芊知道，他出国不只是这个原因。

还因为安穗——她在这一年里频繁找到唐予池。

最后一次见面，安穗哭得很凶，用哭哑的嗓子问唐予池："我能不能回来？我能不能回到你身边来？"

她很瘦，哭起来蹲在椅子上蜷成一团，眼睛像是漫了雨水的月亮，悲伤又明亮。

唐予池想起很多年前的场景——

那时安穗用宽大的袖子捂住脸，只露出两只通红的耳朵。

他催促一声："安穗，你到底答应不答应？做我女朋友吧，我一定把你宠上天。"

不知道过了多久，厚厚的衣服袖子后面传来了一点声音。

她说："那你，一定要说话算数呀。"

可那都是过去的事了，现在的安穗，哪怕哭得再令人心疼，也穿着一身名牌连衣裙，包包和鞋子也都是名牌，耳环和项链都在阳光下闪着光。而这些名牌，都是别的男人送的。

唐予池看了她半晌，抬手拍了拍她的发顶："穗穗，回去吧，以后别再来找我了，我已经不记得我爱你的那种心情了，抱歉。"

唐予池出国那天，向芊和干爸干妈一同去机场送他。

他们在国际登机口拥抱，唐予池说："等我闯出名堂再回来时，请叫我'唐总'！"

向芋扯着他的耳朵，趁着干妈干爸听不见，咬牙切齿地小声质问："你闯出个屁，懦夫，你居然为了这点事儿要躲出国去？！"

唐予池也小声回击："我躲出国好歹精神百倍，总比你整天郁郁寡欢强！"

"我哪有郁郁寡欢？！"

"你还没有？！9月去参加卢胖子的婚礼，我看你那表情像是在吊丧，幸亏卢胖子性格好，我又英勇地替你多喝了好多酒，不然你能活着被他们放回来？"

卢胖子是他们高中时共同的好友，也是一个富二代。

那天向芋也不是故意不高兴，她只是在宾客席里，不小心看到了一个熟悉的面孔，那人同她打招呼，还叫她"嫂子"。

向芋吐槽："你好意思说我？叫你少喝你不听，最后喝成死狗，还是我抬你回来的！"

两人斗嘴半天，唐予池该进去安检了。

他重新拥抱向芋，温柔地小声叮嘱："照顾好自己，开心点。别以后再遇见，靳浮白还是那么有钱、那么帅，而你又丑又老，像鬼似的。"

向芋点点头，也温柔地说："知道了，一路平安，落地给我打电话。放心吧，我天生丽质，80岁时依然是美女。最丑的就是你，国外整形技术发达，你多考虑考虑。"

出了机场，她心里空旷得仿佛能听见穿堂风声。

最后一个能和她谈论靳浮白的人，也离开了。

向芋鼻子酸得要命，可她想起来，靳浮白说过——

"我不在时，可别哭，怕别人哄不好你。"

不远处，干爸在冲着她招手："芋芋，走了，干爸干妈请你吃饭。"

她压下酸涩，扬头一笑："好啊。"

而那一年，她没有任何关于靳浮白的消息。

2

也不过是不到一年的时间，向芋的周围好像换了一片天地。

常去的那家网球场里，运动的人换了一批又一批，只不过，八卦还是那些八卦，没什么新意。

向芋在这些"无意间"传进她耳朵的消息里，拼凑出了安穗去找唐予池的原因。

太久没有踏入过那个圈子，她甚至都不知道，原来李冒已经入狱了。

具体原因被传得五花八门，向芋没有细究，只觉得上次见李冒，听他哑着嗓子讲鬼故事，好像才是不久前的事。

但她隐约听说，入狱的不只李冒。

还有他们李姓家族的其他人。

不过这些入狱的人里，应该没有李侈。

因为她在李侈名下的酒店里见过他一次。

那是新年前的倒数第二个工作日，晚上 10 点钟，周烈给刚入睡的向芋打了个电话。

他语气很急，说要去国外一趟，拜托她同行。

临时订机票已经买不到直达的了，他们需要在沪市住一晚，然后搭乘第二天最早班的飞机，飞往国外。

周烈在沪市订的酒店，是李侈名下的。

一路上，向芋心不在焉，以为自己会像以前一样，看见整个酒店混搭着各种国家的风格，欧式浮雕白柱配中国风雕梁画栋之类的。

她甚至还做好了面对那种熟悉感时控制自己情绪的准备。

结果没有。

进了酒店，她甚至怀疑自己走错了。

整座酒店和其他五星级酒店没什么区别，简洁干净。

空气里不再是那种被烘烤的暖橙香，也没有放着柴可夫斯基的曲子。

周烈要了两个大床房，刷了信用卡。

向芊听着工作人员报出房间价目，有些纳闷儿。

进电梯时，她问周烈："你和这家酒店的老板，有关系？"

所以才打了大的折扣吗？

周烈像是正在为工作的事情烦心，满脸深思，随口回她："没有，这酒店的老板现在混得不太好，所有人来都是这种价格，挺划算的。"

混得不太好。

向芊细细揣摩这句话。

临出电梯前，周烈大概是从工作中回神，安慰她说："别担心，你男朋友的股份应该是早就卖给酒店老板了，他没事。我说的'不太好'，是这酒店老板家里有人入狱，对他影响很大。"

向芊是第二天赶早班飞机时，碰巧遇见了李侈。

他和以前相比变化很大，看上去瘦了一些，没有穿得花里胡哨，那些层层叠叠的首饰也都摘了，只有一枚婚戒。

李侈身边的女人是他太太，他帮太太拎着包。

他太太不知道对他说了什么，他神色麻木地点了点头，看起来唯命是从。

向芊回酒店拿落下的充电器，跑着下来，正好看见这一幕。

她顿住几秒，在李侈看过来前，她匆匆把充电器塞进包里，快步走掉了。

李侈也一定不希望她看见他现在的样子。

坐在飞机上，往事一幕幕浮现。

她想起李侈满身晃眼的珠光，像个移动珠宝展柜，靠在她公司天台的栏杆上。

他迎着风喝着咖啡，笑笑说："我们这样的人，谁能接受自己落魄到看别人的脸色生活的地步？"

飞往伦敦的航程很久，向芋几乎用了所有航行时间把自己困在往事里发呆。

直到飞机抵达伦敦上空，她才从过去抽离，同周烈玩笑了几句。

"这趟出来，公司里还指不定八卦成什么样。怎么偏偏想起带我了？"

周烈在整个航程中都架着电脑工作，这会儿应该是忙完了。

他合上电脑："场面比较大，所以我实在是想不到，除了你，还有谁能表现得体地出入那种场合。"

"你是不是没说实话？该不会是因为，除我以外，所有人都忙着，只有我闲，才把我带出来的吧？"

周烈倒是没再开玩笑，他看着向芋，忽然说："感觉这一年你不算开心，带你出来，也算散散心。"

向芋垂眸笑了："多谢老板。"

落地在伦敦的机场，飞机在机场内滑行。

向芋坐在靠窗口的位置，余光里，看见一架私人飞机。

她没看见的是，那架私人飞机另一侧，印了"JIN"的字样。

靳浮白在私人飞机里，靠坐着看窗外的天色。

那是一个黄昏，人影、建筑都变得朦胧，像是梦。

他想起他曾经开车带着向芋去海边玩，那天同样也是黄昏，整个海面和沙滩都笼罩在朦胧的光线下。

向芋拎着一瓶蓝色指甲油，坐在副驾驶位置上，说是让他慢点开，开稳一点。

在靳浮白的记忆里，他考驾照时都没那么规矩地开过车。

他们右侧是渐渐沉入海平线的夕阳，左侧是一排一排红顶民宿，十几分钟的路程，生生开了二十多分钟才到。

结果一下车，向芋举着涂得参差不齐的两只手，说他开车水平不行，害得她指甲油都涂歪了。

她的手指纤细，蓝色指甲油里出外进，像是手插进油漆桶染的。

他这样评价过后，被向芋扑在背上，又咬又打。

最后还是开车在那座海滨小城里转了将近一个小时，找到一家美甲店后，向芋才把指甲油卸了。

出了美甲店的门，向芋忽然抬起手，靳浮白条件反射地一躲。

向芋气得在原地跺脚："靳浮白，你躲什么啊？！"

他笑着说："能不躲吗？还以为我的小姑奶奶又哪里不顺心，要打人。"

向芋瞪他一眼，叉着腰宣布："我累了，你背我吧。"

其实他很喜欢向芋那样娇嗔的目光。

她眸子里的狡黠和依赖，就那么明晃晃地呈现给他。

飞机上放了一首歌，前两年流行的——《南山南》。

> 他说你任何为人称道的美丽，
>
> 不及他第一次遇见你……

机舱门被拉开，靳浮白并未留意到，只自顾自地垂头一笑。

站在机舱门口的是个 20 岁左右的男人，看见靳浮白的笑容，他愣了愣："堂哥？"

靳浮白淡淡抬眼："过来坐。"

男生走过去大大咧咧地坐下，拿了一瓶矿泉水拧开，"咕咚咕咚"喝了几口："堂哥，什么事儿啊，还特地来伦敦接我？"

"带你回去，见个人。"靳浮白说。

"男人女人？"

"你希望是男人还是女人？"

那个男生浮起一脸笑容："当然是女人啊，见那么多男人干什么？"

靳浮白语气如常："褚家的女人，搞得定吗？"

"追追看呗，女人嘛，心都是软的。"

飞回洛城是八个小时之后，洛城已经是夜里 10 点，靳浮白开车带着男生去了一家私人饭店。

他两只手插在西裤兜里，慢慢走进包间。

包间里的女人慌忙起身，捋了捋头发，迎过来。

褚琳琅等了两个小时，但看见靳浮白，她仍然满脸笑意："靳……"

话音未落，褚琳琅看见靳浮白身后的男生，她皱眉："你这是……什么意思？"

靳浮白没看她，两只手仍然插在口袋里。

他用脚钩了一张椅子，随意落座："没什么意思，你不是说喜欢姓'靳'的，这是我堂弟，带来给你介绍介绍。"

等向芋回国，已经是除夕当天，向父向母难得在家。

门口放着一个快递箱，向芋问过，向母说是唐予池托人从国外带过来的。

陈姨回家过年去了，向母和向父都擅长做生意，而不擅长厨艺。

所以这一年的除夕，也没有什么温馨家宴，连饺子都是速冻的。

向芋对这些没什么意见，向父向母吃过饭，把电视静音，凑在一起讨论着下一年的项目计划。

她说："爸爸妈妈，我回房间啦。"

"不看春晚吗？爸爸妈妈去书房聊，把电视让给你？"

向芋扬了扬手里的平板电脑："我用这个看，一样的。"

回到卧室，她并没打开平板电脑，只是静静看着夜色。

每年除夕的夜色都差不多是这个样子，热闹的，繁灯锦簇的，还有天边的烟火。

她想起她和靳浮白在这样的夜色里，肩并肩看着远方烟火。

靳浮白不正经地凑到她耳边，温热气息萦绕耳畔，他问她："新年了，嗯？"

向芋无声地笑了笑，把唐予池的快递拆开，毫不意外，又是一堆 Sonny Angel 的盲盒。

她一口气全部拆开，果然是这个系列里最丑的两种。

那个河马，她居然又拆出来三个。

向芋把照片拍给唐予池看，唐予池回复了一条整整三十秒大笑的语音信息。

他回信息说——

"你这运气也是厉害了，好像只有一年拆出了想要的，哈哈哈……"

这条信息向芋还没看完，后面的一串"哈"她都没来得及数一下到底有几个，唐予池就撤回了信息。

她顿了顿，忽然记起，那一年拆出她想要的盲盒的，并不是她本人，而是靳浮白。

也许唐予池也是想到了这儿，才把信息撤回了。

这是一个没办法不想起他的夜晚。

他曾经陪伴她过了三个除夕，居然成为她成年之后陪她过除夕最多的人。

夜里 11 点，向芋走出卧室。爸妈在国外很多年，早已不再守岁，也许已经睡了。

她穿好大衣，拎起车钥匙，准备出去。

"芋芋，你去哪儿？"向母穿着睡衣出来，看见她站在门边，有些诧异地问。

向芋举着车钥匙，晃了晃："一个……我很喜欢的地方。"

她去了"梦社"。

车载导航一路指引，可开到好几个路口时，她都怀疑自己迷路了，觉得这路像是从来没走过。

后来想想，也是，靳浮白带她来时，她曾在路上睡着过，也许并不记得。

"梦社"还是老样子，灯火通明。

已经过了 0 点，依然到处都堆满了人。

老板娘靠在吧台里，神采奕奕地玩着消消乐。

向芋看了一眼，嗯，没有她级别高。

"老板娘，热饮只有热巧克力吗？有没有咖啡？"

"没有。"

"速溶的也没有吗？"

"出门右转，便利店，自己买。"

似曾相识的对话让向芋怔了好久，她好像跨越时空，又回到了 2013 年除夕那天。

也许是见她愣得太久，看上去又没有去和其他人攀谈的欲望，老板娘玩完一局消消乐，主动开口："喂，热巧克力要不要喝？"

向芋回眸，笑了笑："好啊，谢谢你。"

倒是老板娘愣着盯了她一会儿，然后接了一杯热巧克力给她："我好像见过你。"

这时一伙男人走进来："徐姐，姐夫呢？"

老板娘冲着楼上露台扬了扬头："楼上喝酒呢。"

等他们说完，向芋抿了一口热巧克力，比画了一个高度："我以前来过，2013 年的时候，那时候，你家儿子才这么高，他好像喜欢吃巧克力。"

他还在靳浮白的大衣上，印过一个巧克力的手印。

老板娘笑起来："我儿子还是那时候可爱，现在上小学一年级了，整天就想着玩，不愿意写作业，老师找我好几次，头疼死了。"

说完，她突然一顿："我想起你是谁了。"

"梦社"每年来一起守岁的人好多，来自天南地北，无家可归。

可他们都有自己的爱好和特长。向芋不知道，自己还被人拍过照片，挂在"梦社"的墙上。

老板娘把向芋带到那面墙边，努努嘴："喏，就这个照片墙，以前有个小伙子，年年除夕都会抓拍一些照片，今年他不来了，娶了媳妇，和媳妇在家过年啦。"

向芋的目光落在墙上，那是 2013 年的她。

那是努力藏着动心，在靳浮白面前拼命装理智的她。

她裹着一条白色厚毛毯，坐在露台上，篝火照亮她半张脸。

而她身后，是靳浮白，端着两杯热巧克力，深情地望向她。

一个喝多的女人从楼梯上跟跟跄跄地走下来，说话声音很大："我喜欢他那么久！那么久了！他身边永远有别的女人！永远有别的女人！那我的爱是什么？啊？我的爱是什么啊？"

那女人撞到向芋，向芋身体稍稍一歪。

另一个女人赶紧跑过来，拉住同伴，抱有歉意地说："抱歉抱歉，我朋友喝多了。"

向芋笑一笑，侧身为她们让出一条路。

两个女人从她面前经过，醉酒的女人还在说："我爱得那么深，可我太累了，我听不到回响，你知道吗？我听不到回响……"

向芋的目光在 2013 年的照片里搜索，在一张拍了别人弹吉他唱歌的照片的角落，她看见了靳浮白的身影。

他穿着那件米白色大衣，蹲在老板娘的儿子面前，小男孩的表情并不清晰，但能看出来，不太情愿。

那是靳浮白，在威胁人家小孩儿给他仙女棒烟花。

向芋笑起来。

这时，老板娘忽然喊她："哎，楼下看照片的姑娘。"

向芋回眸，老板娘已经坐在露台上，她挽着一个男人的手臂，手里还拿着啤酒瓶。

老板娘说："我老公刚才说他今天接到一个电话，有人要求在你的照片背面写上一句话，你看看，也许能让你开心。"

向芋取下照片时，手有些发颤。

相框是浅木色的，翻转过来，背面被老板用马克笔，代人写下一句话：

"我在你看不见的地方，永远爱你。"

在 2016 年的第一个小时，向芋听到了属于她的回响。

3

2019 年，这一年向芋 28 岁，初识靳浮白时，他也是 28 岁。

不知道别人是不是这样，向芋有时候觉得，年纪越大，越容易心如止水。

等她到了和靳浮白当年相当的年纪时，甚至有些想不通，这个年纪该是多难心动？他当时又是怎么就鬼迷心窍地爱上她了？

几年时光一晃而过，再回忆起分开时，居然也要用"当年"来描述了。

可这些年，关于靳浮白的信息，真的是寥寥无几。

她还以为当年分开，很快会听说他结婚的消息。

她也以为那么大的集团动荡，财经节目怎么也要揪着分析一番。

可其实，什么都没有。

只有偶尔，向芋去唐予池家里吃饭，听干爸干妈说某个企业因为运营困难，卖掉名下的什么资产。

她会猜测：是不是他的集团已经开始在卖资产了？

吃饭时又不方便查，等饭后帮干妈洗完碗，饭间被提及一两次的企业名称，向芋又忘了。

也不知道运营困难的企业，到底是不是属于靳浮白那个集团旗下。

向芋只能在洗碗的水声里，听干妈叹气："予池这个孩子，每年回来就待那么两天，连初五都不在家里过，就惦记着去国外。"

干妈那张保养得当的脸上，泛起一丝愁绪："三年了，都三年了。我和你干爸倒也不是不支持他和伙伴创业，但不管怎么样，也要常常回家看看吧？"

"干妈，创业初期是很忙的，过两年就好了。"

向芋把手里的瓷碟擦干水，放进消毒碗柜里，笑着说："等他再给我打电话，我帮你们骂他。"

说是这样说，可是向芋知道，她也没办法真的责备出口。

因为大年初三那天，唐予池临走时，她问："今年又走这么早？"

28岁的唐予池依然长着一张娃娃脸，他正在收拾行李，闻言抬眸瞥她一眼，忽然叹息："其实有时候，我觉得时间过得很快，三年什么都没变……"

后面的话，他没再说。

向芋却在心里替他接上：出去这么久，还是忘不掉她。

那年他一定对安穗说谎了，他不是不记得爱她是什么样的心情，他只是，不想再爱她了。

而这一年，春联上都画着金猪送福，向芋收到干爸干妈的红包，上面也是印着憨态可掬的小猪。

正月，月球探测器发回了世界上的第一张月背影像图。

那些存在于诗句中的"朦胧浅月""千里婵娟"，在人们面前露出凹凸不平的表面。

"真相"的一年，由此开启。

向芋也是在这一年，第一次得知关于靳浮白的消息。

那几天还没出正月，因为公司过年只放了五天假，所以只要周烈不在，公司里都是怨声载道、骂骂咧咧的景象。

也许是员工的怨念太深，冲到了天花板的中央空调上，供暖突然出了问题，整整一下午，办公区冷得不行。

周烈出去办事了，向芊这个"大官"带着后勤工作人员，先给空调维修那边打了电话，她又自掏腰包，订了一堆热饮送来楼上。

忙过之后，她穿着薄薄的羊毛裙子，几乎被冻透。

周烈的办公室拥有独立的电暖器，向芊现在的办公桌就在他的办公桌对面，她没觉得暖和，干脆就坐到他的位置上去，蹭温暖。

桌上有一份全英文报纸，向芊喝着热果茶，随手一翻，就这么看见了靳浮白的照片。

也就是这个时候，公司的实习生敲门，探头进来："向总助，这是周总之前要的杂志样品，放哪里？"

"给我就行。"

实习生叫钱浩然，大学还没毕业，才20岁，身上还带着令人羡慕的校园气息，阳光又纯粹。

他把杂志放到向芊面前，并没离开。

钱浩然没留意向芊盯着愣神的，是杂志下面的全英文报纸。

他也没留意向芊垂在桌边的手指，微微僵硬。

他只觉得这屋子里没有周烈在，安静得适合搭话，于是笑一笑，露出白牙，问道："向总助，这电视剧你看了？"

向芊闻言，稍微分神扫了一眼杂志封面。

是当红的电视剧，里面的五个女人住在一个楼层，性格各不相同——女强人、富二代、拜金女、乖乖女，还有一个是恋爱脑。

向芊淡淡回答："看了一点。"

"向总助喜欢哪个形象？"

向芊终于把目光从报纸上撤下来，想到自己感情上的遗憾，她忽然一笑："恋爱脑。"

"啊？我还以为你会喜欢女强人呢，就像你现在一样。"

钱浩然今天话明显更多，突然说了一句："她们都说你……你和周总有关系。我觉得不是的，这是对有能力的女人的职场歧视，你一定是靠自己的实力坐到这个位置，她们是嫉妒你才会……"

向芋忽然一笑，打断他："钱浩然，为什么和我说这些？"

办公室的门半敞着，这个还未毕业的年轻男生就站在办公桌前，目光坦荡。

他穿着西服，耳郭和脖子慢慢泛红，支吾半秒，才开口："我一直都觉得，你很好。"

面前的男生紧张得有些不知所措，抬手挠了挠后脑勺儿，又像是做决定一样，吐出一口气："我很喜欢你。"

向芋淡淡开口，指了指手表："现在是工作时间，这些话不该出现在这个时间段。"

那双青涩的、充满希望的眼睛，慢慢黯淡，他垂眸不语。

她继续笑了笑，举起右手："而且我戴着戒指，不是你们口中的周烈的，也会是其他男人的，你说对吗？"

钱浩然愣怔，先是道歉，然后垂头走出去。

从外面回来的周烈跟他打了个照面，他也没打招呼，就那么走了。

周烈迈进办公室，把大衣挂在衣架上："那个对你有意思的实习生，终于被打击了？"

向芋不和周烈聊这些，拿起他桌上的英文报纸："看完还你。"

这份报纸她没在公司拿出来，卷起塞进了包里。

因为向父向母这阵子在国内，她下班是回自己家里住的。

进门时陈姨说了什么，她统统没听清，只背着包回到卧室，做贼似的关好门。

还以为自己到了这个年纪，不会再为什么事情心跳加速了，原来不是。

向芋深深吸气，从包里拿出那份报纸。

照片很模糊，一看就是偷拍的。

而且这家媒体胆子也太小了，这么模糊的照片，还要打马赛克。

只能看出来那是靳浮白和褚琳琅，正坐在一张桌上吃饭。

向芋连大衣都没脱，坐在地毯上，举着报纸看了半天。

她心情渐渐平复了。

她倒是想激动下去，奈何她的英文水平不允许，根本看不懂具体写了什么。

第二张配图像是钻戒的手稿照片。

向芋翻出上学时闲置的英文词典，连蒙带翻译地努力了半天，才看懂报纸内容。

大意是说——

靳浮白被拍到和褚琳琅一同吃饭，而据知情人士透露，他早在四年前就找过很有名的珠宝设计师，订下一枚价值连城的钻戒。

这位设计师的所有珠宝设计，都会在个人社交平台展示设计稿和成品，也会提到珠宝的最终所有人。

只有一枚粉钻戒指，没有标明。

而这几年，褚家和靳浮白家的集团合作十分密切，所以大家纷纷猜测，靳浮白早在四年前，就已经和褚琳琅隐婚了。

报道推测得有理有据，说靳浮白低调，早些年外祖母在世时，连实职都不愿意拥有。

隐婚很像是他能做出来的事情。

向芋的目光盯在钻戒手稿上，记起一段往事。

和靳浮白在一起时，他们看过很多电影，而这些电影里，关于钻石首饰的实在不算少。

钻石就像是恒久不变的浪漫元素，频频出现在影视作品里。

向芋记得靳浮白有一段时间，因为她随口一句话，总想着给她做一条"海洋之心"那样的蓝钻石项链。

直到后来，他们一起看了一部电影。

这部电影饱受争议，评价两极分化，也不知道靳浮白从哪里搞来的光盘，每一帧镜头都十分清晰。

现在想想，也许那张光盘，是当年的原版。

那天他们依偎在一起，靠在床上，看着电影里的画面。

向芊担心靳浮白兴致上来，打断她看电影，只能回头警告地瞪他一眼，再转头，重新沉入电影情节里。

靳浮白也算善良，始终没打扰她。

向芊认真看完了电影，然后又哭了。

男主角是特务头目。

而女主角是卧底在男主角身边伺机杀他的人。

他们不该有感情的，非常不该。

比她和靳浮白还不该。

可是女主角通知围剿男主角那天，男主角送了她一枚粉钻戒指——

"我对钻石不感兴趣，我只想看它戴在你手上。"

女主角惊疑地看着他，面露挣扎。

垂眸半晌，再抬眼时，眸子里是尘埃落定的温柔。

她的唇是颤抖的，轻声告诉他："快走。"

向芊在这段剧情里眉头紧蹙，哭得抽抽噎噎。

靳浮白却在她身旁，拨弄着她的耳垂，同她说："这个钻戒，样式不错，我也给你买一个？"

她怪他不好好看电影，破坏了感人的气氛，回首去咬他的肩。

他却笑着瞥一眼电视屏幕："看完了？做点其他的？"

往事历历在目，向芊摩挲着报纸的毛边，看那张钻戒手稿照片。

和电影里的钻戒很像，主钻都是粉钻，配了碎钻。

因为含有大量的机械木浆，报纸有种特别的触感，不像书籍纸张那么顺滑。

油墨味随着屋里的暖气隐隐扩散，她想：他真的会给褚琳琅买这样一枚钻戒？

隐婚也许是不会的，因为不合他的性子，这事儿，绝对是假的。

他这人，做事全凭愿不愿意，只拿着一张票，大摇大摆地顶着众人的目光，把她拉进乐团演出场馆，让她坐在他腿上看演出，这样的事也不是没有过。

可钻戒……

向芋失眠失得彻底，给远在异国的唐予池打电话。

隔着时差，他那边才是凌晨，唐少爷满是火气地接起电话："向芋，你要是没有重要的事情，信不信我杀了你？！"

她没和唐予池斗嘴，满是惆怅："我今天看了一份外语报纸，上面写着，靳浮白隐婚了，还给褚琳琅买了粉钻戒指。可是那枚钻戒的样式，分明是我喜欢的，他怎么就买给她了呢？你说，他怎么能这样？"

那语气，就好像他们从来没分开过，而她只是在某天和男友负气，才打电话给发小吐槽。

电话里沉默良久，传来唐予池不敢置信的声音："你吃错药了？你们已经分手四年了，四年，你不会才开始伤感吧？！"

"可能是我反应慢吧……"

唐予池很少有这样正经的语气："算了吧，别想了，爱而不得的才是大部分。没有那么多终成眷属的。大半夜的，你别钻牛角尖。"

这个回答，向芋不满意："谁要听你说这种毒鸡汤？"

"……那你想听什么？听我说他对你的爱至死不渝？"

向芋说："嗯，对啊，不然我给你打电话干什么？"

唐予池在电话里叹了一声气，然后说："也没准儿是真的至死不渝，我也是前阵子听说的，小道八卦，怕不真实，没告诉你。"

唐予池说的小道八卦，是关于靳浮白的。

他说靳浮白之前在一个饭局上，被长辈当着褚琳琅的面问："你不是订过一枚钻戒准备订婚用？不如让人取来，现在就送给褚小姐吧。"

靳浮白盯着褚琳琅看了一会儿，忽然嗤笑一声，说："丢了。"

这故事向芋倒是没信，她和唐予池说："靳浮白不会那样，他不会盯着褚琳琅看。"

唐予池可能气死了，直接挂了电话。

其实向芋也只是一时无聊，一时惆怅，并不是真的想要把靳浮白的行踪了如指掌。

她甚至打趣地想，也许靳浮白真的订过一枚粉钻戒指，而那枚钻戒，说不定是送给李侈的。

又到春天时，向芋收拾衣服，在柜子里找到一件尘封好久的风衣外套。

这件外套她只穿过一次，是靳浮白非要买给她的，死贵死贵，穿上像是披着人民币织的布料，吃东西总怕滴油。

向芋想了想，决定把衣服送去干洗。

临出门前，陈姨问她："芋芋，又不吃早饭吗？这样对身体不好。"

她怕惹陈姨担心，脱掉已经穿好的高跟鞋，坐在餐桌前，乖乖吃了一碗龙须面。

咽下细细的面条，向芋胡思乱想，好像所有比她年长的人，都叫她"芋芋"。

只有靳浮白，总是用缱绻暧昧的嗓音，深情唤她的全名。

像是冥冥之中有什么预感，那一年他们明明分开好久，她却频频想起他。

风衣太贵，她也不敢随便找干洗店。

向芋抱着装了风衣的纸袋，像抱着一袋子现金，找了附近最贵的一家干洗店，把风衣带进去。

干洗店需要登记姓名和电话，向芋垂头填写时，听见店员长长地"咦"了一声。

她还沉浸在"签名写得不够美"的想法里，抬头就看见店员的表情呆呆愣愣的。

店员手里小心翼翼地托着一枚粉钻戒指，像托了个烫手山芋，看着她："向小姐，您衣服口袋里的东西，记得带走。"

那枚粉钻，比电影里的六克拉钻石，还要大。

粉钻折射着窗外春光，晃得人眼睛疼。

恍惚间，向芊想起，这件衣服是他们分开前那几天，靳浮白执意买给她的。

向芊有了新衣服并不高兴，回去的路上念叨他很久，怨他败家，说他是花钱精，说他家就算是开印钞厂的也不够他浪费。

那时候他一定感觉到了分别在即，才买下这么贵的衣服。

其实不是给她穿的，只是用来装下钻戒。

靳浮白在赌，赌她这种小抠门的性格，什么丢了都不会把这衣服丢掉。

向芊看着钻戒，好像看到了靳浮白事隔经年的一个玩笑。

他隔着多年时光，恶劣地笑：还有更败家的东西藏在衣服口袋里面，小傻瓜，没想到吧？

她把钻戒接过来戴上，这一次，他没有搞错她的尺码。

铂金圈带着清凉的触感，戴在无名指上，不大不小。

4

因为赶时间，向芊直接戴着钻戒去了公司。

眼看着要迟到，她一路小跑着坐进办公桌，打过卡，才抬手抹顺额角碎发，呼出一口气。

坐在对面办公桌的周烈被晃了一下，放下手里的钢笔，笑着把眼镜摘下来擦："新戒指够晃眼的。"

向芊没听清他说了什么，先是感叹："幸好赶上了，还有三分钟，差点儿迟到。"

说完，她才抬头去看周烈："你刚才说了什么？"

周烈把眼镜重新戴上："都富成这样了，还担心全勤奖那几个钱？"

于是向芋知道了，他是在调侃她的钻戒。

周烈是个不惹人讨厌的男人，话不算多，从不八卦。

他见过靳浮白。

他知道对面办公楼里有一整层被包下，只是为了每天换一枝花给向芋看。

他也瞧见过前阵子的报纸，知道靳浮白很久不回国且也许已经隐婚。

他知道她手上耀眼的大粉钻戒指，就是报纸上钻戒设计稿的实物。

可他什么都没问。

在这一点上，向芋觉得周烈还真挺像个老板。

她盯着自己的手背看了一会儿，压低声音问："真的那么显眼吗？"

这办公室面积七十多平方米，可人类嘛，明明就他们两个。

剩下的要么是成堆的文件，要么是郁郁葱葱的绿植。

也不知道她为什么要压低声音，怕惊动什么似的。

周烈忽然笑了："你戴着这个，公司里关于咱们的八卦估计不攻而破，因为我看上去，不像是能买得起这种钻戒的老板。"

难得听他开玩笑，向芋跟着笑起来。

"那算了，回头人家又要说我踩你当跳板，傍上更大的款爷了。"

向芋摘掉钻戒，翻出一张纸巾包好，放回包包里，换了之前的戒指戴上，指一指自己："我也 28 岁了，再经不起八卦的折腾，还是继续委屈周老板吧。"

其实她生日那么晚，哪有 28 岁？算一算周岁，也才 26 岁。

大学毕业再读个研究生出来，也差不多就是这个年纪，她却老气横秋地说"经不起折腾"。

只不过她这样说时，不知道是不是错觉，坐在对面的周烈，看出她眼底有一点不知道是向谁撒娇的笑意。

好像她是迫不及待想要到这个年纪来。

春日的晨光很好，向芋趴在办公桌上，柔顺的发丝被她压在手肘上。

她问："今天没有需要我做的事情吗？"

"文件表格做好了？"

"早就做好了啊，小事一桩。"

向芋在阳光里，慢悠悠地伸着懒腰，像一只惬意的猫。

向芋只是性格"咸鱼"，可真要交给她什么工作，她从来不拖泥带水，都是第一时间完成，质量也让人放心。

这一点周烈知道得很清楚。

而他不知道，自己是从什么时候开始，习惯办公室里有另一个人的存在。

他习惯了工作间隙揉着眉心看她一眼。

他习惯了看她懒洋洋、不求上进的样子。

他也习惯了她明明有钱，却抠门兮兮地和他讨论什么时候全勤奖能涨一点钱。

"真的没事做？那我可玩游戏了。"向芋问。

"嗯，玩吧。"

向芋垂头点开手机里的消消乐。

而周烈，在她看不见的角度，垂着头无声一笑。

那枚钻戒向芋放在家里，偶尔在夜里才翻出来戴一下。

就这种戴法，也还是被别人瞧见了。

唐予池那天也不知道抽什么风，估计是喝大了，眼眶通红地给向芋打了个视频通话。

那会儿正是深夜，向芋陪他聊了没几句，困得抬手揉眼睛，唐予池那边突然没声了。

向芋根本没反应过来，还以为是网络不好，卡死了。

她冲着视频连连挥手："还能听见吗？听不见我就挂了。"

唐予池有个习惯，视频时手机总是离得很近。

他那张娃娃脸占据了整个屏幕，瞪着那双通红的眼睛，一动不动，半晌才突然开口："靳浮白。"

夜深人静，向芋举着手机惊悚地回头。

光线昏暗的卧室里，除了熟悉的陈设，什么都没有，一片空旷。

她松了一口气，却也有些失望，扭头回来骂唐予池："你有病？好端端的，叫他的名字干什么？"

"我是说，你手上的钻戒，是靳浮白送的？他回来了？"

向芋给唐予池讲了风衣和钻戒的故事，唐予池沉默地听完，被酒精浸泡过的大脑思索半晌，仍然不知道，这事儿是该恭喜还是该叹息。

没想到的是，这枚钻戒像是开启某种契机的钥匙。

这一年，关于靳浮白的消息，突然铺天盖地从国外传回来。

先是他们整个集团的高层大换血，随后负债被曝光，变卖旗下23家产业维持资金链，所卖项目价值百亿元。

这些消息在各大财经节目被轮番播报，财经界大佬们坐在录制间，夸夸其谈。

向芋的爸妈也打电话来，和她说起这件事。

向父在电话里说，幸亏当年那个项目没中标，不然之后项目被卖了，肯定会赔钱的。

她笑着说："嗯，真幸运。"

那个集团实在是太有名太有名了，导致它坍塌时，很多人都说，这是企业内部的战略失策。

也有人说，富不过三代，这是气数尽了。

一波未平一波又起，然后传来的，是褚琳琅的婚讯。

她确实嫁入了靳家，嫁的人却不是靳浮白。

向芋在电视里看见褚琳琅挽着一个年轻男人的手腕，笑得很是幸福。

两人走进教堂，被报道称为"未婚夫妻共同订下婚礼举办地点"。

事情至此，向芋还不知道这个世界发生了什么。

只是这个新闻她越看越赌气，同唐予池吐槽——

"都是姓靳，可这个靳家的男人长得一般，靳浮白怎么搞的，居然被这样的人抢了未婚妻？！"

只是后来想想，李侈当年宛如一个乌鸦嘴。

他那年站在顶楼天台，迎风说的那些话，居然中了七七八八。

如果消息只到这里就好了，可惜好多好多事情，是没有如果的。

5 月初，三环路上的观赏桃花将落未落。

"靳浮白"这个名字，来势汹汹，被夹在各路消息里，传入向芋的生活。

有人说靳浮白在国外出了车祸。

有人说他当街被捅十几刀，住进私人医院的 ICU，全靠流水般地花钱维持最后的生命。

有人说他在有名的金融路上，被持枪歹徒枪击。

有人说他是喝多了，从酒店楼上摔下来，但楼层不高，他是被绿化带里的什么植物刺穿了心脏。

……

那段时间，向芋兢兢业业，每天往返在公司与家之间，两点一线。

她看上去，像是对所有事毫不知情。

只在某天下午，向芋失手，在办公室不慎摔碎一个咖啡杯。

她又神情恍惚地蹲在地上，准备去拾起碎片。

她的手腕被周烈拉住，他说已经让保洁阿姨去拿清理工具，让她小心，别划伤手指。

向芋默不作声，收回手。

"向芋。"

周烈忽然叫她一声，像是在斟酌用词，最后皱眉："你要不要休息几天，出去散散心？"

她摇摇头，声音轻柔，不知道是在安慰谁："小道消息有多夸张你还不知道吗？报出来的都不一定是真的，何况这些隔着一万多公里，跨洋的道听途说。"

周烈不忍提醒她，对面的花已经几天没有人换了。

他只点头应和："是，是我想错了。"

不明所以的人说得头头是道，反而是靳浮白那个圈子里，从未传出过任何信息。

向芋的心一点一点沉下去。

她唯一能确定的是，靳浮白大概真的出了什么不好的事情。

为了这事儿，连唐予池都从国外飞回来了。

他没通知向芋接机，直接来了向芋的公司，掐着时间上楼，拉走了刚到下班时间，还没来得及收拾东西的向芋。

唐予池说："走，请你吃好吃的去。"

他陪着向芋吃了好多顿饭，中午晚上都要来找她。

后来他干脆怂恿他爸妈，把向芋接到唐家住了一段时间。

平时靳浮白有个风吹草动，向芋在视频里、电话里总要提到。

这次她没有，出了这么大的事儿，她一次都没提过。

一直到唐予池回B市有了个把星期，向芋才在一天下班时，拎着手袋钻进他的车子，精神百倍地打了个响指："月色这么好，咱俩吃日料去吧？"

唐予池总觉得这语气好熟悉，发动车子时才想起，那好像是他发现自己被安穗绿了的那年。

那时他跑到李侈场子里连着喝了一个月，每天酩酊大醉，他就想蹲点看看，安穗到底是攀上什么人了。

他没等到安穗，倒是被向芋逮住，被从场子里揪了出来。

然后撞见了靳浮白。

也是那阵子，向芋和靳浮白赌气，没联系。

唐予池那时候还没想好，要不要支持她往靳浮白这个大深渊里面跳。

而向芋自己显然想好了该怎么办，她用和刚才一模一样的语气说——

"阳光这么好，下午咱俩打麻将去吧？"

这么一想，唐予池终于松了口气。

她这是想明白了。

他们去的日料店，在B市开了很多年，价格不贵，味道却很地道。

向芋喜欢靠窗的位置，端了一杯清酒，用目光摩挲窗外树影月色。

她笑笑说："我还记得第一次来，是高中时，干爸干妈请客，带上了咱们俩。"

"你干爸干妈纯粹是俩老不正经。"唐予池说完，话锋一转，"向芋，那些传言你别信，甭听他们瞎说，好人不长命，祸害遗千年，靳浮白哪有那么容易死？"

这还是唐予池回来这么久，第一次敢提靳浮白的名字。

他忐忑地等着听向芋怎么回应。

在向芋眼里，满室食客像是被人按了静音键，寿喜锅无声地煮着上好的雪花牛肉。

这是B市最好的季节，白天温暖又不会过分闷热，到了晚上，清风徐来。

她想起靳浮白在某年春天里，带她去游泳。

她只是穿了一身比基尼，就被靳浮白钩着细细的带子。他瞥着周围的男人们，说："别游了，回房间算了。"

向芋发脾气："我衣服都换好了，你说不游就不游？"

靳浮白这人，挂了满脸坏笑："我帮你换回去？"

周围声音渐回，向芋抿了一口清酒，看上去没有什么特别的反应："嗯。"

唐予池劝一句，她就老老实实点头。

他再劝，她继续点头。

后来喝得稍微多了些，她甚至兴致勃勃地说起同靳浮白在一起的往事。

说她那时候住在靳浮白家里，他不知道参加什么酒局回来，她正在看电影，随口说闻到他身上的饭菜香，感觉好饿。

靳浮白问她想吃什么，向芋不过脑子，回答说："要是有方便面就好了。"

等她看完电影再出去找他，发现靳浮白满身酒气地靠在厨房里，正在帮她煮面。

他没开油烟机，满室蒸汽朦胧。

灯光柔和，染上他眉眼，他回眸见她，轻轻一笑，关了天然气，说："来得正好，面好了，过来吃。"

向芋其实很想问问唐予池，靳浮白这样骨子里温柔的男人，难道不该被温柔对待吗？

他怎么会落到生死未卜的下场？

可她没问，只说："要不点一份乌冬面吧，我突然想吃面。"

唐予池还以为事情就这么过去了。

在人声渐歇的夜里，他们从日料店出来，向芋喝醉了，靠着出租车后座睡着了。

到家时，唐予池拉开车门叫她："向芋，快醒醒，到了。"

他俩没敢直接上楼，怕醉意太重惹怒唐母，坐在楼下台阶上散酒气。

小区里一片安静，月笼万里，向芋刚睡醒，神色茫然地安静着。

后来，她也只是在夜风里，很轻声地问——

"你说心脏这么重要的器官，怎么就不能进化得更抗击一些呢？

好歹也要长一圈骨骼死死包裹，免得随便什么树枝都能戳穿。"

唐予池叹了一声。

他知道，向芊早已经把那些传闻的一字一句都牢牢记住了。

5

在其他人眼里，好像醉过一场酒，向芊倒是变得坦然很多。

唐予池偶尔有意无意地谈起靳浮白，她也畅所欲言。

没隔几天，向芊和唐予池跟着唐父唐母，一起去外省赏樱花。

到目的地时已经是夜里，只能先找店住下。

再早起时，唐予池用毛巾擦着脸上的水珠，问："向芊，昨儿晚上你做了什么不开心的梦？快，说出来让我开心一下。"

"我吗？"

向芊蹲在行李箱前，拿出洗漱包和电动牙刷，扭头说："我梦见靳浮白了，怎么了？"

唐予池的毛巾搭在脖子上，沉默良久："你昨晚在梦里好像难受得厉害，你干妈半夜起来看你，说你眉头都是皱着的。"

"换你是我，你不哭吗？而且我自己都没发觉，你说出来干什么？我还以为我做了个美梦。"

"自欺欺人。"

"我乐意，管得着吗？"

这段对话在她这儿，就算过了。

可唐予池一直到赏樱花时都若有所思。

正好唐母催他，问他到底什么时候给她找个可爱的儿媳。

唐予池就跑来问向芊："向芊，你干脆找个差不多喜欢的男人结婚算了，你这样太辛苦，好歹找个人陪你，帮你分担生活里的不开心啊。"

这一年樱花开得十分繁盛，景区有卖一种樱花形状的雪糕，很多女孩子都站在樱花树下，举着雪糕拍照。

正逢皋月，晚春的风一吹，花瓣如雪，簌簌飘落。

风里有欢声笑语，树下有攘攘人群。

雪糕的甜香传过来，可心里的某些思念啊，经久不衰，比这暖风更加悠悠。

向芋收回落在雪糕摊位上的目光，在明媚阳光下摇头。

钻石耳钉折了阳光，细碎地闪着。

她只是笑了笑："结什么婚？难道会有男人同我结婚后，允许我戴着靳浮白送我的戒指，然后每天惦记旧情人一百次？"

"一百次？有那么夸张？"

"也许有的。"向芋笑着说。

"芋芋，予池，你们要不要雪糕，让你干爸给你们买？"

唐母穿着一身旗袍，笑着对他们招手："我看那些年轻小孩儿，都拿着雪糕照相的。"

唐予池用胳膊肘撞一撞向芋："雪糕，吃吗？你以前不是最爱吃这些凉的？高中学校小超市卖的那个，四个圈还是八个圈来着？我看你能吃一整盒。"

向芋想起什么似的，摇摇头："还是不吃了。"

那阵子她非常平静。

所有人都不知道，她其实用她自己的方式，找过靳浮白了。

在和唐予池吃日料的隔天，向芋加班时接到一个电话。

电话里有工作人员很礼貌地说属于靳先生的房产要被收回，请她去把属于她的东西带走。

向芋放在靳浮白那里的东西很少，自从靳浮白走后，她一次都没去过。

屋子里除了多出一层厚厚的灰尘，几乎和他们走时一模一样，连靳浮白抽剩下的半盒烟都还躺在床头柜上。

那辆车牌是"44444"的奔驰车钥匙也在。

忘了是什么时候，靳浮白口头说过要把车送给向芋，她当然不要。

可在那之后，他真就没再开过。

向芋盯着车钥匙，突然冒出一个想法。

她把钥匙拎起来，扭头问工作人员："车钥匙，我可以带走吗？"

"当然可以，向小姐。"

等向芋磨蹭着收拾好东西再离开，已经是夜里，小区里万籁俱寂。

她开着车子在靳浮白家小区乱晃，想要找一辆看着就很贵的倒霉车子。

其实她没抱什么希望，这小区住的人，非富即贵，车子都会停在自己家的车库里，很少有人把车停在小区地面上。

可转到后面，还真看见一辆。

不是迈巴赫，好歹也是宝马。

向芋确定车上没人，深深吸气，死死盯着那辆车，轰着油门。

"你说你不在时，让我别哭，说别人都哄不好我。

"那我就不哭了。

"可你总得让我知道你是否安全地活在这个世界上，而不是随便被什么绿化带里的树枝就给扎死了。

"你说对吗，靳浮白？"

向芋闭着眼睛，猛地撞上去。

"轰隆"一声巨响，向芋的身体不受控制地随着惯性向前冲，又被安全带和弹出来的安全气囊猛地推搡回座椅里。

楼上的人纷纷拉开窗子向下看。

她在撞击中缓缓回神，感觉像被人打了一顿，脖子脑袋都疼，面前的宝马侧门已经被撞出残破的大坑，靳浮白这辆车的车头也破破烂烂的。

车主估计是楼上看热闹的某位，耳鸣里，向芋听见有人骂骂咧咧地摔上房门下楼。

那是一个卷发男人，穿着睡袍。

他开口就是挡不住的愤怒："我车停在这儿不动，你都能撞上？就你这个残疾样儿，你考什么驾照？"

向芊解了安全带下车，老老实实站在车边，有种做坏事的心虚和完成计划的忐忑。

如果人家实在生气，哪怕揍她一顿，她也认了。

向芊甚至压下各方情绪，理智地在心里盘算着，要怎么说人家才能同意把她和原车主一起告上法庭。

好像得肇事人没有偿还能力才行？

她兜里一分现金没带，是不是也算没有偿还能力？

结果卷发男人骂了几句，突然停下了。

他一脸不可置信，盯着车牌号看了老半天，才开口："是……嫂子？"

向芊茫然抬眸，在夜色里悉心辨认，才隐约记起，这人她在李侈场子里见过。

因为当时卷发男人和渠总走得近，她不太乐意搭理他们。

卷发男人又看了眼车牌号，很憋屈地点燃一支烟："你没事儿吧？"

"嗯。"

卷发男人满脸认命："嫂子，我给你打个车回家吧，给我个地址，你的车回头我修好了叫人给你送去。"

向芊坚决不同意，说："车子我来修，多少钱我都赔给你，你能不能让保险公司给原车主打个电话？"

最后那男人拧不过，也怕自己惹不起，到底是按她说的做了。

向芊对车主翘首以盼，却没等来任何一张熟识的面孔。

来的人是穿着黑色西装的年轻男人，看上去刻板、不苟言笑，下了出租车抹一抹额角的汗，疾步跑过来。

那男人同车主聊好了车子的赔偿问题，严肃拒绝向芊掏腰包，然后同她道别。

整个过程中，只有一句话，惹得向芊胸腔一震——

"向小姐，您不用和我推辞，靳先生多年前吩咐过，这辆车有任何问题我都会帮您解决，绝不让您承担任何责任，您就不要再让我为难了。"

说完，这男人转身欲走。

向芊深深吸气，叫住他："请你等一下。"

西服男人站定，回头："您还有什么吩咐？"

向芊深深吸气，只是柔柔地说："他还活着吗？"

那男人也许十分为难，沉默良久，久到向芊还以为他不会回答了，他才颔首："靳先生无碍，请向小姐也照顾好自己，不要再做危险的事情了。"

夜风有点凉，向芊不由得抱着臂搓了搓。

她站在一片狼藉的两辆车子旁忽然笑起来，笑得呛了夜风，有些咳嗽。

她心里想的却是，活着就好。

上学时，每星期五的课外知识拓展课，老师会放一些纪录片。

向芊记起，有一部关于陨石坠落和流星陨落的天文纪录片，里面有那种镜头——

一颗陨石落地，在垂落地面的同时产生爆炸，坑体深度达上百米，一片浓烟滚滚，最终归于平静。

向芊现在，就像视频里尘埃落定的陨石坑。

可后来再反复回想起那个西服男人时，她又开始惊疑不定，觉得他说的"靳先生无碍"，好像很勉强。

为了防止自己胡思乱想，她不再用迷你望远镜向对面看。

对面楼里又开始换鲜花这件事，还是周烈告诉她的。

周烈站到她的办公桌边，挡住一些窗边的阳光，身影投在她办公桌上，忽然问她："向芊，我们认识有多久了？"

"大概六七年？"

说出来后，向芊自己都很诧异。

也是，这是她毕业之后的第一份工作，一直做到现在。

周烈说："公司如果换地址，你还会继续做吗？"

向芊玩着消消乐，问了一句："公司准备搬走吗？"

"有可能。"

周烈告诉她，他在谈另一栋独立办公楼，如果价格合适，他可能会把公司搬过去。

公司现在的规模，拥有一栋独立的办公楼的确是好事。

向芊笑了笑："如果搬走，我就不去了吧，这么多年，公司养着我这条'咸鱼'也够了，我就不跟着过去捣乱了。"

周烈垂在西裤旁的指尖，不着痕迹地蜷了蜷。

他说："你不过去，我还觉得挺遗憾的。"

"有什么遗憾的？办公室绯闻破解，还能少发一个人工资，多好啊。"向芊大大咧咧地说。

早些年周烈对她是感激的，她能感觉到。

有些事情不是有能力就能办得到。

周烈有能力，但也许没有那些机缘巧合，他到 50 岁仍难有现在的成就。

"机缘巧合"也只不过因为她在这家公司上班。

不少人给了靳浮白面子，为这家公司一路开绿灯，这家公司才发展得如此顺利。

从那份英文报纸出现在周烈桌子上，向芊就想过，当他知道她不再是靳浮白的女友或者情人，是否还会愿意供祖宗似的把她留在公司，开着高薪，让她每天玩手机。

所以她想，公司迁址，她就不去了。

人贵在好聚好散，免得最后撕破脸皮，浪费了这么多年相识一场的情分。

而且她走了，对面的鲜花无人问津，多可怜。

周烈不知道在想什么，背着光，始终没说话。

过了很久，向芊一局消消乐还没过关，怀着对自己的嗔怨锁了手机。

她再一抬眸，对上周烈的目光。

他一直在看她。

眼镜挡住了一部分神情，却仍让人觉得，他情绪复杂。

向芊一怔，如有所感，果断换了个话题："你看你看，我坐在工位上打游戏，你看着也不顺眼，是不是？"

"向芊。"

他这一声叫出来，向芊在心里暗叹：看来是躲不过去了。

不过周烈并不是一个强人所难的男人。

他只是推一推眼镜，用十分诚恳的语气说："你在工位上玩手机，我没有看不顺眼；她们传的八卦，我也没有听不惯。"

他像是给自己一个思考、斟酌用词的时间，停了几秒，又继续开口："其实我还挺期待那些八卦传闻成真的。"

向芊莞尔一笑，避重就轻地说道："传闻还说公司的打印机半夜自己会动，说六层厕所最后一间总有哭声，你也希望成真？"

周烈的话头就这么止住，勉强笑一笑说："嗯，也是，传闻就是传闻，没办法成真。"

那天又是个加班的日子，这次加班是公司员工的失误造成的，整个公司百分之八十的人都跟着焦头烂额，揪着头发忙自己的工作。

向芊跟着忙到夜里 11 点半，结束后，周烈主动提出送她回家。

她没拒绝。

如果周烈想说什么，早些说清楚也好。

窗外早已经陷入黑暗，可 B 市就是有这一点好，无论什么时候，夜里总是灯火通明。

远处的商厦挂着价值百万元广告费的闪亮灯牌，路灯随着马路蜿蜒，绕过楼体，像一串珠宝。

周烈突然问她："你桌上这两盆绿植，是什么？"

这两盆绿植，向芋养了好几年。

但她不擅长养东西，总记着之前把仙人球、仙人掌养死的事情，不敢多浇水。

然后她眼睁睁看着两盆绿植，干燥得一碰就哗啦啦落叶。

后来她好不容易掌握了浇水的周期，这玩意儿又生了虫子，奄奄一息。

她折腾了好久，一到周末就往花鸟市场跑，跟人家卖花的老板取经，换过好几种牌子的杀虫剂。

最后还是一个卖花老板教她，说让她换土，新土壤先用热水浇几次，晒干，把虫卵杀死，再栽培。

虫子杀干净了，土壤养分又不够，叶片总是青黄色，也不精神。

向芋只好又学着施肥。

折腾来折腾去，从 2015 年把这两盆绿植拿到办公室，已经四年了，在她手里它们也只是长了一点点。

隐约记得以前，靳浮白那个坏人还嘲笑过她，就在她养死仙人掌之后。

他在某个下午大敞着腿坐在沙发上，丢给她一个小盒子，是他平时装沉香条的那个。

向芋打开，里面是一块干燥的苔藓。

她不明所以地抬眸，听见靳浮白带着笑腔说："你这么好的养花才能，不能浪费，干脆把这点苔藓也养活了吧。"

向芋用暴力镇压了他这个提议，结果他居然往花盆里塞了橙子子。

听周烈问起来，向芋就笑一笑。

她边把充电器放进背包里边说："只是几粒橙子籽，被他随手种下的，我就养着了。"

这个"他"指的是谁，他们心知肚明。

周烈点点头，不再说话。

他不是有意沉默，只是无话可说。

关于向芋的传闻，他这些年听到的不只是办公室里的八卦，还有更多。

所以他始终不确定，向芋到底是什么样的女人。

在周烈眼里，她并不虚荣，她坦荡理性，且长情。

就像她对桌上这两盆橙子苗的态度，足以看出她的为人。

小苗叶片狭长，在灯光下舒展着。

周烈也曾见过向芋忙来忙去给花喷杀虫剂的样子。

那会儿他没对她有其他心思，还开玩笑说："这药味道真大，别杀不死虫子，把你呛出毛病来。"

其实不难看出来向芋对靳浮白的爱意。

这两盆橙子苗，总是就这么放在这儿，但无论发生什么，她都没想过把它们丢掉。

而是本能地，想办法去救助它们。

车子开到向芋家楼下，周烈把车熄火，没有按开车门的控锁按键。

向芋也不急，静静等着他开口。

"抱歉，不该和你说那些给你没必要的压力，对你稍有好感是我自己的事情，希望你不要用这个来当作是否离职的判断标准。"

周烈是南方人，声音斯文："向芋，这些年公司能发展成这样，没有你是不可能的，我始终当你是公司的创始人之一，并不觉得你的工资受之有愧，希望你多考虑考虑。"

向芋回以礼貌一笑："如果有合适的岗位，我会考虑，前台就算了，我现在都老了，不适合当前台了。"

"人事部怎么样？"

周烈从问过绿植的事情后，就收敛了那份私心。

他诚恳建议："其实你看人真的非常准，我每次要开除谁、要留下谁，你都能快速分析利弊，不如你去人事部，除了招人，也有时间打手机游戏。"

"前提是公司不搬地址。"

说不上为什么，那一瞬间，向芋只是略带困倦地想——

靳浮白那么败家，万一以后真有能够交集的机会，他会不会因为她换了个办公地点，又跑去把对面的办公楼买下来，用来插花？

毕竟他真的是个不折不扣的败家子！

公司还真就没搬地址，独立办公楼的要价和周烈的预估相差太多，只能作罢。

向芋自请调去主管人事部门，工资也降了一些，反而拿得心安理得。

临近大学生毕业季，人事部稍微有些忙，招聘新的前台工作人员那天，向芋意外地遇见了一个熟人。

当年的小杏眼，此刻就坐在他们公司的面试室里。

她看见向芋，先是怔住，随后露出惊喜的目光，惊喜之后，又是浓浓的不安。

她也许是很忧心向芋知晓她过去的经历，以此借口，不招收她。

难得小杏眼还和当年一样，有什么情绪都展露在脸上。

她可爱又透明。

向芋这样想着，坐在三个面试官之中，忽然笑出声。

小杏眼当即正襟危坐，眼睛瞪得更大了些。

手里的面试材料被她捏得都皱了边角。

那天面试结束后，向芋在走廊叫住她："来我办公室坐坐吗？煮咖啡给你喝。"

小杏眼没了刚才面试时的紧张，跟着向芋进门，环顾着她的办公室，开口叹道："好久不见啦。"

向芋笑着说："是啊，怎么想起向这里投简历？"

"是一个同学介绍的，我也是今年刚毕业，大学时不是没好好学习嘛，挂了好几科就降级重读……"

说完，小杏眼又是一惊："我……我其实能力还可以，当年就是、就是……"

向芋把煮好的咖啡递给她，表明自己不会使绊子："进了这屋子，只是单纯叙旧。"

"哦。"

也许每个人都有一段往事，深深埋在心里，和谁都不愿提起。

可真的遇到同那段往事有关的人，又忍不住滔滔不绝。

时隔多年，小杏眼已经没再戴着那条钻石手链了。

她笑笑说，那条链子被她卖了，用作复读一年的学费和生活费。

她细细讲述着，说当年遇见渠总时，她正在学校夜市摆摊卖一些小玩意儿。有人骑电动自行车轧了她的货物，又不想赔偿，她急得哭了起来。

渠总就是那个时候出现的，及时帮她解围。

"渠总穿了一身西装，却蹲在地上帮我收拾东西，又把我送回寝室楼下，我那时候觉得，他像个英雄。"

没过多久，渠总就开始约她出去了。

最开始是请她吃饭、给她买东西，然后就开始带着她去酒店。

小杏眼幽幽叹气："后来分开，我才仔细想，我会遇见他并不是什么上天注定的美好缘分，他那时候是和舞蹈系的女孩儿在一起的，那天只是送那个女孩儿回学校，才碰巧遇见我。"

"我后来没在网球场遇见过你，还很遗憾，我们都没留过联系方式。"向芋说。

"我那阵子心情很差，我以为他只是不停地在换身边的女孩儿，还在努力想要待在他身边久一点。后来才知道，他是有妻子有孩子的，我还见过他的女儿，都已经上初中了。我不可能再和他在一起了，插足别人的家庭这件事，我越想越难受。"

分开是小杏眼提出来的。

这一点，让向芋心里舒服不少。

聊了很久，小杏眼忽然问起："向芋姐，你现在还和靳先生在一起吗？"

她问完，也许觉得不妥，脸都急得红了些，小声说："我不是那个意思，我就是觉得，你们不一样，所以我……"

向芋明白她的意思。

小杏眼当年对渠总是有感情的，她自己有遗憾，所以希望，至少别人是圆满的。

向芋垂眸浅笑，没有回答。

后来，小杏眼真的通过了两次面试，成为公司的新前台。

向芋每天上班下班都能看见她，偶尔也同她一起坐一坐，聊聊天。

春天就这样过去，转眼到了6月，气温更暖，喝咖啡都开始想要加冰块。

也许冥冥之中自有天意，从小杏眼开始，向芋在这一个月中，开始频繁遇见旧时光里的人。

最初是人事部门聚会，向芋作为主管，承诺带着部门员工出去玩。

员工们自然是一片欢呼，有同事提议说，吃完饭去新开的一家夜店玩一玩。

只是向芋没想到，吃过饭打车过去，路越走越熟悉。

她坐在副驾驶位置，偏头问了一句："是这条路吗？"

"是啊，没走错。"

坐在车子后排的一个小姑娘很兴奋地说："这家夜店开了好多年了，不过去年停业整顿，好像换了个老板，装修得更酷了，现在特别火呢。"

车子停在李侈的场子门前，头顶那片蓝色如星空的灯带已经被换掉了，整个楼体发出明黄色的光。

门口的两尊带着翅膀的狮子雕像，也换成了忽闪忽闪的灯柱。

向芋默不作声地跟进去，里面格局没什么变化，只不过装修更未来化。

走进浮光涌动的场子里，像是进了多年以后的某个时空。

离 DJ 台最近的那个台子，以前是李侈的最爱，向芋经常和他们坐在那里，无论他们聊什么，她都是事不关己地玩贪吃蛇。

现在那里坐满了陌生面孔的年轻男女，有人挥金如土，开了一排酒。

她忽然想起那年李侈过生日，他身上挂着的钻石，加起来怎么也有二十克拉，他就站在台子前，一扬手，满身璀璨。

他很是愉快地说："感谢诸位朋友捧场我的生日派对。"

这也才几年光景而已。

这场子让人无法安宁，向芋待了一会儿，觉得难受，干脆结了账，起身先告别。

叫的车子还未到，她去洗手间整理妆容，被一个喝多的女人撞到。

那女人满身酒气和香水混合在一起的味道，穿着满是亮片的连衣裙，披散着头发一头撞过来。

向芋下意识扶稳她，自己后背撞在墙上，被硌得生疼。

女人很瘦很瘦，嶙峋的肩胛骨从露背裙子里突出来，她栽在向芋怀里，迟迟没有反应。

"你没事吧？"

向芋问过之后，女人才强撑着扬起头。

凌乱的发丝从脸上滑落，在那一瞬间，向芋在灯光混杂里，看清了对方那双无辜又清纯的眼睛。

是安穗。

她已经醉得目光涣散，连向芋都没认出来，只是醉意蒙眬地说："谢了。"

然后她斜仄着跑进洗手间。

那种令人难受的呕吐声从隔间里不断传出来，向芋叹了一声，从包里摸出一包纸巾，走过去，敲了敲门，从门缝递了进去。

纸巾很快被里面吐得已经坐在地上的人接走，向芋收回手，离开夜场。

那一年高中毕业，安穗穿着校服拍班级合影，向芋和唐予池蹲在树荫底下等她。

她拍完照，像蝴蝶一样跑过来，笑着说："辛苦啦，等我这么久。"

那时唐予池十分殷勤，把冰凉的奶茶递过去，用迷你电风扇给她扇风，说着："不辛苦不辛苦，我们穗穗考上大学了，等一等是应该的。"

向芋在晚风中轻轻呼出一口气，坐进出租车里。

B市说大不大，说小也真的不算小，两千多万人口聚集其中，她却总在遇见故人。

出租车的窗子开了一半，夜里的风轻轻一吹，给她一种错觉。

好像靳浮白这个人，她也遇得见。

也许是因为见惯了李侈场子里的物是人非，那阵子向芋有空，总会在午后阳光明媚时，端着咖啡去天台站一会儿。

在那儿安静，她能心无旁骛地想起从前的时光，想起靳浮白。

她想起有那么一阵子，自己还没搬去靳浮白家里住。

他们住在李侈的酒店套房里，有时候向芋起床，有那么一点起床气。那天就是临出门找不到耳钉，她生了闷气，吃饭时都没怎么开口和靳浮白说话。

靳浮白看出来了，也不恼，照常给她夹菜，帮她盛汤。

一直到车子开到公司楼下，他解了安全带去吻她，向芋都还没什么耐心，吻了一会儿就把人推开，赌着气走了。

可她前脚上楼，还没过几分钟，靳浮白就提着一个小巧的购物袋大摇大摆地找上门来。

那时候她在前台工作，看见他过来，愣了一会儿，问他："你怎么来了？"

他把袋子往公司前台一放，像煞有介事地说："帮我把这个交给向芋，顺便帮我传个话，说晚上等她吃饭。"

说完他就走了。

向芋打开袋子，和她找不到的那只耳钉一模一样，又是一对新的钻石耳钉。

她确实有些丢三落四，这毛病被靳浮白惯得越来越甚。

光是同款的钻石耳钉，他都不晓得到底给她买过多少对。

有时候向芋收拾东西，经常找到单只的耳钉，最后抽屉里，这种钻石耳钉闲置了八九只。

向芋端着咖啡再往天台去时，很不凑巧，天台有人，那人举着电话，不知道正在同谁吵架，喊得很凶。

她有些尴尬地摸一摸鼻尖，准备下去。

举着电话的人却突然回身，看见她，男人脸上浮现出惊诧。

赵烟墨挂断电话，脱口而出："向芋，好久不见，你怎么在这儿？在这办公楼里上班吗？"

向芋对着赵烟墨举了举咖啡杯："嗯，好久不见，你的 B 市话比以前进步了。"

赵烟墨没说什么。

没想到能在这种地方见面，两人简单聊了几句。

赵烟墨却忽然叹气："向芋，当年分手时，你是不是很怪我？我那时候还以为自己能多牛呢，没想到毕业七年了，还是个小职员。"

向芊很平静地摇头："我不记得了。"

后来赵烟墨又随便说了些什么，向芊只是点点头应和。

她并没有叙旧的意思，喝完咖啡，准备告别下楼。

正好这时，她收到群里的信息。

周烈说这阵子加班辛苦了，晚上请他们几个高层主管吃饭，问大家有没有想吃的。

平时这群里冷清得跟什么似的，也就这种时候热闹。

一群人说夏天来了，吃烧烤最合适，于是开始讨论，哪家的烧烤味道最地道。

向芊对烧烤没什么太大感觉，倒是因为身侧站着赵烟墨，她忽然想起秀椿街里面的烧烤店。

那一条街上的饭馆，因为毕了业后不像以前在学校时离得那么近，她几年都没再去过了。

向芊从手机上移开目光，指了指楼梯的方向："我先下去工作了。"

"啊，去吧去吧。"赵烟墨不太自然地摆摆手。

走了几步，向芊又回头："对了，你有没有秀椿街烧烤店的电话？"

她刚才在网上找了一遍，居然没找到。

"啊？你说那家店啊？好像已经倒闭了吧。"

也是，这几年突然流行起餐饮、购物、娱乐一体化，不少饭店都和购物广场靠拢在一起，年轻人喜欢这种模式——逛街，看电影，顺便在商场附近吃个饭。

不像早些年，特地打车去好远的地方，就为了找个饭馆。

向芊一点头，随口道谢。

她突然间有那么一丝遗憾，好歹那家店，是她和靳浮白初遇的地方。

身后的赵烟墨说："你要是找地儿吃饭，还是别往那边去了，那条街的饭馆都不成了，现在餐饮没剩几家，烧烤店好像变成了家养老院还是什么玩意儿，墙上都是青苔……"

"青苔？"

"对啊，挺多人去那条街拍照的，有人投资做了人工小河，好像说是为了增加湿气，好养青苔。现在的有钱人真有意思，什么都养。"

后面赵烟墨说了什么，向芋根本没认真听，她甚至没有同赵烟墨道别，抱着咖啡杯就往楼下跑。

高跟鞋踩在瓷砖面上，她只觉得耳边气流凝结成嗡鸣。

青苔，养青苔。

"这个小东西能活很久呢，干燥个几年，只要有足够的水分还是能活的。"

那是她和靳浮白刚认识的那一年，他把她推到种了绿植的旧钢琴上，发狠地吻着。

撞损了一些青苔，靳浮白被她嘟囔着，无奈地倒掉沉香，把碰落的苔藓收起来。

怎么会那么巧，偏偏是他们初遇的地方，又偏偏是青苔？

向芋跑得很快，像一阵疾风卷进办公室，迎面碰上来办公室找她的周烈。

周烈说："正找你呢，刚才在群里你不是说有一家烧烤店推荐吗？电话找到了没？我让人订一下包间。"

"没电话，倒闭了。"

向芋一边说着，一边快速收拾好自己的包，转身绕过站在门口的周烈，快步往外走。

"向芋，你去哪儿啊？"

她没空回头，只说："旷工！翘班！"

身后的周烈，看着向芋向外跑的背影，眸光黯了下来。

早些年，他是见过这样欢快的向芋的。

那时候如果她这样快步跑着下班，他一定能站在楼上看见一辆好车，以及靠在车边抽着烟、气质矜贵的男人。

向芋心跳得很快，她是坐上出租车才反应过来，自己今天其实是开车去公司的，当时居然一时间没想起来。

出租车往秀椿街驶去，向芋脑子里一片混乱。

临近秀椿街时，路口堵车，居然和 2012 年时，场景差不多。

堵在街上的时间，她开始胡思乱想。

靳浮白住什么养老院？

算一算年纪，他也才 35 岁，这年纪对于男人来说，难道不是正有魅力？

他怎么就住起养老院了？

车子终于开进秀椿街时，向芋有些怔忪。

这条街和记忆里完全不同，虽然还保留着一些过去的影子，但翻修得很现代化了。

街上熟悉的饭店都改头换面，有服装店、蔬果店，也有药店。

向芋走进去，看见了街边石板上的青苔和那家据说变成了养老院的四合院。

四合院里没什么人，她推门进去，有人告诉她说，这里还没开业，管事的没在，让她过几天再来。

那些激动和兴奋，就如同潮落，渐渐从身体里退去。

原来靳浮白没在这里。

她颓然转进旁边的胡同，当年那一方矮石台还在，向芋坐在上面，不住地难过。

她忽然清晰地记起，初中时老师讲温庭筠的诗，那句"过尽千帆皆不是"只被他们用来调侃班里一个叫"千帆"的男生。

现在想想，她可能才真正领悟到其中的意思。

这么多年，向芋从来没有过这种感觉。

她恍惚间觉得，好像今天遇不到，她和靳浮白这辈子都不会再有交集了。

胡同里，一扇门突然被打开，年轻男人出来倒垃圾，又回去关上门。

没隔几秒，门又被猛地推开，木板门撞在墙上，发出一声闷响。

向芋下意识闻声看去，年轻的男人哆哆嗦嗦，好像触电一样伸手指着她，满脸不敢置信。

她怀疑自己脸上有东西，抬手抹了抹。

她却听见那人惊喜又急切地喊出一个久违的名字："靳先生！您认识靳浮白，对不对？！"

有那么一刻，她似乎闻到空气中，隐约飘散出一些沉香气息。

6

面前的年轻男人，看起来 20 岁左右，向芋确定，她从未见过。

那男人激动到说话都带着颤音，看着他捶胸顿足又不知道如何开口的样子，向芋也被感染了一些激动的心情。

说话间，她不经意屏住呼吸，迟疑地问："你……认识我？"

她其实想问：你同靳浮白是什么关系？

但没敢。

这一趟秀椿街之行已经是失望至极，连她这样的人，都有些胆怯了。

年轻男人的激动是她所不能理解的，更不解的是，他急得已经眼角湿润。

他用颤抖着的哑声说："请您等一下，请您稍等一下！我马上就回来！"

他说完就转身往院子里跑，跑了半步，又回头叮嘱："求您一定不要走，一定别走，拜托了！"

一墙之隔，能听见院子里的奔跑声，脚步急而乱。

向芋脑子有些空白，她想要集中精神想些什么，但又无法摒弃那些纷至沓来的各方情绪。

是不是快要得到关于靳浮白的消息了？

可是他如果回国，为什么不来找她？

不想找她的话，为什么感觉那个年轻男人，见到她这么激动？

"靳浮白，你到底出了什么事？"

"这个，您看这个！"

年轻男人跑出来，把取来的东西塞进向芋手里："这上面的人是您吧？我一定没认错，我不会认错的……"

那张照片很多年了，边角略显皱褶，但褶皱已经被压平，只剩痕迹。

有一小块污痕，像是干涸的血迹。

照片里，靳浮白和她挨在一起，她一脸假笑，而靳浮白，脸上顶着一个清晰的牙印。

是那年去跳伞时，拍的纪念照。

年轻男人说："这是靳先生一直放在钱夹里的。"

向芋深深吸气，胸腔里有一阵平静的凉意。

那种感觉怎么形容呢？就像她某一年去地下陵园旅游参观，对着石棺，听导游细述古代帝王的一生，阴气森森，连灵魂都冷静了。

她捏着照片，闭了闭眼，语气平宁、悲凄："他死了，是不是？"

留住向芋在这里后，年轻男人反而没那么不知所措了，正准备开口说些什么，可冷不丁听见她这样问，他怔了怔："……您说谁？谁死了？"

"靳浮白。"

"啊？靳先生是去医院复查了，自从出事之后他就……"

他话音一顿，想起什么似的，又问："请问，您怎么称呼？"

"向芋。"

"我叫骆阳。"

骆阳说着话，眼泪在眼眶里打转："向小姐，我真的等您太久太久了。"

半年前，洛城是初春。

骆阳永远忘不了那天，靳浮白办公室的窗子开着，窗外的半重瓣山茶花开得正浓，散发出一股类似苹果的清香。

骆阳脚步轻快地迈进办公室，把一沓资料递给靳浮白，不忘递上一杯咖啡。

靳浮白又是一夜未眠，眼皮因休息不足而疲惫地叠出几条褶皱。

他总是那样，沉默地埋头在集团公事中，面部线条紧绷着，给人冷而难以靠近的感觉。

可他也有眼波温柔的时候。

偶尔在深夜，骆阳推门进来，想要劝说靳浮白休息一下。

靳浮白站在窗口抽烟，烟雾朦胧里，他对着月色，捏着一张照片，眉眼柔和。

最后一次了。

骆阳知道，这些年靳浮白的所有准备、所有努力，都为了这一天。

每次劝他休息，靳浮白都是一句淡淡的话："不能让她等我太久。"

无论深夜，无论白天，连生病在病房输液时，靳浮白都在操劳盘算。

骆阳知道，靳浮白不眠不休，是因为有一位深爱的女人在国内。

骆阳年轻，他做不到像靳浮白那样不动声色，他早已经按捺不住激动，等着靳浮白拆开文件袋。

以前他问过靳浮白："您那么想念她，为什么不把她留在身边？"

靳浮白说："成败又不一定，留下她是耽误她。"

骆阳年轻气盛，还怀有满腔少年人情怀，说："那您也该在想念的时候联系她啊。"

靳浮白那张总是冷淡的脸上，会浮起一些无奈，他说："不敢联系，怕听见她已经嫁人，会觉得活着都了无生趣。"

袋子只被拆开一角，里面的东西靳浮白看都没看，就被丢在了办公桌上。

"啪"的一声，像是把所有包袱都抛开。

他忽然开口说："阿阳，订今晚的机票，我们回国。"

骆阳跳起来，对着空气挥拳："好！我这就去订！"

那天的靳浮白有多开心？

他扯掉了领带，捻开两颗衬衫扣子，手里抛着车钥匙，下楼时甚至哼了歌。

他们开车去机场，等红灯的路口旁是一家花店。

靳浮白摸着下巴，满眼笑意，偏头问骆阳："我是不是该给她买一束花？我好像没送过整束的花给她……"

骆阳从来没见过靳浮白心情这么好，也大着胆子调侃："靳先生，您这么不浪漫？连花都没送过，难怪人家女孩儿都不找你呢。"

红灯变成绿灯，骆阳问："要不要把车子停在花店门口？"

"走吧。"靳浮白直接开着车走了。

"您不买花了吗？"

夕阳很美，一片朦胧的橘光从车窗投进来，柔和了靳浮白的脸部线条。

他轻笑出声："阿阳，我是太激动，可你也跟着傻了？现在买，乘十几个小时飞机，花都不新鲜了。"

"也是，那我们到 B 市再买。"

骆阳没有驾照，只能坐在副驾驶位置上，替靳浮白兴奋。他没话找话："靳先生，您说要是回去，找到她，人家结婚了怎么办？你会默默祝福吗？"

靳浮白也是第一次在骆阳面前，露出那样略带邪气的笑容："当然——"

"也是，人家都结婚了的话，还是远远祝福比较绅士……"

骆阳还没说完，听见靳浮白后面的话："——不会。"

他说的是"当然不会"。

骆阳一下子瞪大眼睛："没想到您是这样的人！！！"

那天天气真的很好，国外的街道上都是冰雪消融的湿润感，空气都是甜丝丝的。

骆阳站在向芊面前，抹了把眼泪："我们本该春天就回国的，向小姐，我们是在去机场的路上发生的车祸。"

那是一辆美国肌肉车，来势汹汹地对着他们冲过来，靳浮白发现时，已经来不及了。

但他当时为了保护车上的骆阳，镇定地向右猛打方向盘，车子漂移的瞬间被撞，撞击面是靳浮白所在的左侧。

"我调查过，可是无论怎么调查，都只能查出那个司机是醉驾。"

向芊捏着照片，死死咬住下唇。

"靳先生在救治过程中只清醒过一次，他对我说'花'，当时我以为是他惦记着给您买花。对不起，我太蠢了。"

其实靳浮白说的，是向芊公司对面大楼里的花，每个月工作人员都会同他确认是否继续置换。

等骆阳终于弄明白那是什么时，时间已经过了很久了，他才慌忙联系相关人员，继续换花。

"那段时间，让您担心了。"

可是他找遍了那栋大厦。那座办公楼里，并没有和向芊相似的面孔。

他不知道真正赏花的人，就在对面办公楼。

骆阳满脸眼泪，对着向芋深深鞠躬："对不起，一定让您很忧心，我太笨，如果不是我不会开车，如果不是我在车上，靳先生他……"

向芋有着骆阳始料未及的冷静："骆阳，他现在还好吗？"

"靳先生拆掉身体里的钢板后，上个星期刚从病床上起来，现在出行已经不需要轮椅了，但身体还是没完全恢复，正在接受二次治疗。"

看到向芋落寞的神情，骆阳顿了一下："向小姐，靳先生不是不找您，他暂时性地失忆了，脑部积血已经通过手术排出，可是记忆还是……"

因为靳浮白失忆，回到 B 市后，在这里举目无亲的骆阳并不知道下一步该怎么安排。

他只知道他们该住在哪里，其他的一概不知。

靳浮白在这期间情绪十分暴躁，也不愿意与人交流。

他知道自己忘记了一个很重要的人，可他想不起来。

骆阳劝过他，让靳浮白尝试联系他的爱人。

可靳浮白拒绝了，他不确定自己失忆后是否一如从前，而且，他记不起他爱的人。

"靳先生说，他想要完全记起来，想要给你完整的爱。"

可他越是逼自己，越是情绪难测。

骆阳说："向小姐，以前常有人说，人与人之间是有缘分的，现在我相信了，您能来这里，我真的很激动……"

"这是我们初识的地方。"向芋说。

"靳先生以前说过，说他是在秀椿街遇见您的。"

向芋望向街口，目光里无限眷恋："他什么时候回来？"

骆阳劝向芋进屋去等，向芋拒绝了。

她说想要坐在这儿，等靳浮白回来。

骆阳说，靳浮白现在很少理人，总是把自己关在屋子里，也时常板着脸。

他还说，靳浮白应该是逼自己太紧了。

"靳先生他可能……现在脾气不太好，也记不得你了，到时候你……"

向芋笑一笑："他会记得的，只要我站在他面前。"

说完，她换了一个话题，淡淡地问："骆阳，我没见过你，他叫你'阿阳'是吗？"

有那么一瞬间，骆阳突然懂了，为什么靳浮白会那么爱向芋。

她有种波澜不惊的宁静，像被风吹皱的池塘里，依然亭亭的荷。

"我跟着靳先生才不到四年。"

向芋看着面前的青苔，看着这条街道，听骆阳说起他在国外，在洛城街头遇见靳浮白。

那是 2016 年的事情了，骆阳是从小跟着家人去国外的，但后来发生了一些意外，家里败落，他靠在饭店里刷盘子才能维持生活。

那天遇见靳浮白，他说他从未见过靳浮白那样有气质的男人。

他穿着一件白色长款大衣，大衣里面是整套的西装。

领带被他扯掉，缠在手上，他目光悠远，像是陷入了一场回忆。

很难说清那时靳浮白的表情，比怀念和深爱，似乎更饱含深意。

洛城那时有一场国际演唱会，歌星们唱了不少名曲，骆阳看见靳浮白时，他就在细雨中，丝毫不顾旁人目光地坐在石阶上。

场馆里传出熟悉的曲调，骆阳一时多嘴，说："这不是《泰坦尼克号》里的歌曲吗？"

当时靳浮白抬眼看过来。

骆阳吓了一跳，举着一份老板送给他的章鱼小丸子问："您、您要吃章鱼小丸子吗？"

靳浮白那天忽而一笑："你是第二个想邀请我吃章鱼小丸子的人。"

不远处开来一辆车，向芋看见靳浮白扶着车门，慢慢从车里迈出来，护工走过来，似乎想要扶他一下。

他转过头，轻轻摆手，同护工说："多谢，我自己可以。"

他站定在秀椿街里，宽肩窄腰，身影和当年一样。

哪怕分开好久，他也还是那么令人着迷。

向芋忽然把头埋进膝盖间，眼眶泛酸。

她知道他为什么会选这里住。

除了这里是他们初识的地方，还因为这里是平房院落。

她曾经在2015年的新年时随口说过，自己不喜欢高层楼房，总觉得大风一刮，楼就要塌了似的。

当时靳浮白回复她："那我以后买个院子，给我们养老。"

她说的所有话，他都记住了，他也都做到了。

骆阳还没注意到向芋的情绪，已经激动地叫起来："靳先生！靳先生！"

靳浮白看过来，看见向芋的身影，他一怔。

那是一个把自己蜷缩成一团的女人，她的头埋在膝盖间，只能看见发丝柔顺地拂在肩上。

这场景似曾相识。

靳浮白看不清她的容貌。

可好像看见她的一瞬间，所有胸腔里汹涌的思念，所有对失忆的焦急，都平静了下来。

这地段有一条人工河，石板潮湿，养得住青苔，却也阴凉。

靳浮白涌起难以压抑的怜爱感，他脱掉短袖外面的衬衫，递过去："垫着坐，地上凉。"

闻言，向芋整个人一颤，缓缓抬眸，接住衬衫。

眼泪砸在衬衫布料上，这是靳浮白离开的四年来，她第一次哭。

"你说过，你不在身边，叫我别哭，说别人哄不好我，记得吗？"

面前的男人微微偏头，那是他以前不会有的动作。

他是在思考什么？

他真的把她忘了吗？

向芋忽然站起来，把衣服摔在他身上："靳浮白，你敢把我忘掉？！你留下那么大的一颗粉钻不就是怕我忘记你吗？现在你居然把我忘了？你还是不是人？！"

一旁的骆阳胆战心惊。

完了完了，刚才还那么平静的向小姐，怎么突然就变了个性格？

靳先生会不会生气？可别还没想起来就把人骂跑了……

出乎骆阳的意料，靳浮白忽然拉住向芋的手腕，把人按进怀里。

终于完整了，靳浮白在心里想。

抱紧她的瞬间，不只记忆像开瓶的香槟"嘭"的一声从脑海里迸溅出来，连带着他那种总是空旷的感觉也消失了。

他总是感觉自己出车祸之后，撞丢了什么器官，可现在完整了，终于完整了。

他怎么会忘记她呢？

他明明那么深爱她。

向芋和以前没什么变化，哭起来，眼睑有那么一点浮肿，还是那么惹人疼。

靳浮白垂头吻她，唇齿间的触觉和以前一样熟悉。

向芋还哭着，又被堵住了嘴。

她有些喘不过气，轻轻躲开，眼泪又流出来，抚摸他手臂上尚未痊愈的伤痕："你还疼吗？"

靳浮白并不答她。

他以前也是这样子，无论承受了多大压力，也只是抱一抱她，然后随口就是不正经的话，好像他从未经历过任何不好的事情。

果然，他手扶在她腰肢上，只在她耳畔问："这么些年，都等我了？"

向芋眉心皱成一团，推开他："没等！谁等你了，我早就嫁人了，孩子都生好几个了，满地跑着管我叫'妈妈'！"

靳浮白并不松手，拉住向芋的手腕，摩挲她指间的戒指："嫁的是哪位男士，这么大方，结婚了还许你戴着这个戒指？"

"靳浮白！"

靳浮白重新拥抱她，把头埋进她的颈窝："向芋，对不起，让你久等了。"

那真的是好久好久的一段时光。

有好几次，向芋都觉得，她很难再同他相见了。

骆阳说，她和靳浮白之间有缘分。

也有很多人，总是喜欢把"冥冥之中"这个词挂在嘴边。

可是不是的。

他们会有机会重新拥抱，是因为爱，是因为他们都在为这份爱，坚持着。

向芋忍着眼泪，使劲摇头："也没有很久，这次你回来得刚好，过几天，我们还能过一个七夕。"

那还是 2013 年 8 月，他在国外滞留了很久，加班加点忙完，从国外赶回来，直奔网球场找她。

向芋毫不客气地把网球掸在他胸口上，不满地说："你再早回来些，我们就能一起过七夕了。"

好像时光就从那里倒流，他早在七夕前赶了回来。

后面的跌宕，只不过是大梦一场。

梦醒时，他们站在长街中央，紧紧相拥。

他们还有很多很多年，可以继续相拥。

暖巷

1. 时光和糖霜

突然恢复记忆这件事，为了稳妥，靳浮白还是去医院重新做了检查。

向芋和骆阳也一起去了，他们进不去检查室，只能在医院走廊里等着。

来时路上，靳浮白和从前一样，紧紧握着她的手，十指相扣。

向芋此刻坐在走廊的塑料等候椅上，动一动手指，觉得上面还残留着靳浮白的体温。

他那件衬衫披在她身上，说是走廊有空调，让她穿着，别着凉。

她当然不肯，经历过车祸的又不是她，身体虚弱更需要呵护的，也不是她啊。

可靳浮白轻轻握了握向芋的手腕，笑着说："听话，要检查的事项多，我穿着短袖更方便。"

医院里消毒液的味道充斥鼻腔，偶尔有病床被推过，也有穿着病号服的人走过，还有更多的拿着检验报告的人。

形形色色，身影匆匆。

向芋呆坐在众生当中，有种恍然若梦的错觉。

靳浮白真的回来了？

那些沉郁、顿挫的等待，终于走到尽头了？

其实她也没有在刻意等他，只是爱过这样一个人之后，她发现，真的很难再把旁人看进眼里去。

何况这份爱，历久弥新。

她抬眸看了一眼骆阳，两肩塌下去，长长松一口气。

心跳像拉长的鼓点，扑通——扑通——

一切都是真的，靳浮白也不是梦境。

骆阳正在从一个特别厚的文件夹里翻找东西，说是要把脑部拍的片子找出来，一会儿一起给医生。

那文件夹的厚度，向芊只在高三题海战术时体会过——

每天成堆的卷子塞进去，一只手几乎拎不动。

"这都是靳浮白的病情诊断？"向芊伸出手，"我看看。"

骆阳赶紧把文件夹往怀里一抱，拒绝道："向小姐，您还是别看了，我第一次看的时候都哭了，我可不能惹哭您，靳先生会怪我的。"

看骆阳的态度就能推断出，靳浮白对向芊的宠爱有多深入人心。

连一直跟在他身边的骆阳都耳濡目染，养成了习惯：万事都不可以让向小姐操心。

向芊说："我没有那么容易哭的。"

"算了，靳先生可不是这样说的。"

骆阳讲起往事，说靳浮白在国外时，吃饭特别不积极。

他经常就是随便吃两三片面包，很少有去餐厅吃饭的时候。

分秒必争，却也不知道在争些什么。

那时候骆阳还不知道向芊这个人，只知道靳浮白有一位深爱的女人。

于是骆阳耍了个小聪明，说："靳先生，您总这样不注意身体，您的爱人知道，一定会很心疼的。"

骆阳根本不认识向芊，怎么可能让她知道。

这个小聪明严格来说，是天大的一个漏洞，并不聪明。

但靳浮白闻言，忽然抬眸，手里还握着笔，把食指放到唇前，比了个"嘘"的动作。

他说："不会让她知道，她会哭，很难哄。"

那语气里，有数不尽的宠溺和深情。

他比夜色里盈盈笼罩万物的月光，更温柔。

那是靳浮白最有人气儿的时刻。

向芋其实很难想象靳浮白只吃面包片的样子。

和她在一起时，他明明那么挑剔，吃饭讲究到只有她威逼利诱，他才肯吃便利店的东西。

这些年，他一定过得很辛苦。

正胡乱想着，骆阳打断她的思绪，说："所以绝对不能让您哭，靳先生会骂死我。"

他想起什么似的，垂头翻了几下，拎出一本房产证，说："不过这个您可以看，里面有惊喜。"

那不过是一本红色封皮的不动产权证，翻开，除了那些固定术语，也没什么。

向芋多看了几眼，翻到最后，看见上面贴了一张便笺。

这不似普通便笺，是淡淡的灰色的，压了碎金箔在里面。

上面是靳浮白的字迹：养老。

他的字迹和他人很像，笔锋带着优雅的韵味，让人看着心里就舒服。

可是这便笺贴得就很奇怪，贴在最后一页，不仔细翻都看不到。

不像是用来提示的，倒像是，在掩盖什么。

向芋拨开便笺，指尖一顿。

便笺下面是她的名字：向芋。

大概是写得太过用力，不动产证的纸张又是较厚的质地，纸面被笔尖戳出凹痕。

很容易联想，靳浮白写这个名字时也许是无意的，但又极其思念她，因而极其认真。

像上学时在课堂上走神，混迹在老师讲课的声音里，却无意间在书本上写下偷偷心仪的人的名字。

靳浮白偏偏又欲盖弥彰，写了张便笺贴上。

向芊垂着眸子，目光温柔，无声地笑了笑。

骆阳看见向芊笑了，也很得意，炫耀地说："我看见时就想，一定要留着，等到靳先生找到爱人，就把这个拿出来。"

他挠挠后脑勺儿，指着便笺上"养老"两个字，纳闷地问："可是我其实不太懂，为什么靳先生想要开养老院。这阵子我一直在办这件事，觉得不太在行，等靳先生伤养得好一些，我要让他指点迷津。"

在骆阳说着这些的时候，向芊忽然起身，骆阳吓了一跳："向小姐，你……"

"我要先回去。"

"不等等靳先生吗？我以为你们好久不见，怎么也要一起吃一顿饭的……"

向芊回眸一笑，把衬衫递给骆阳："光吃饭不够，我要去拿我的行李，搬过来和他一起住！"

她一溜烟儿跑掉了，高跟鞋在瓷砖地面上敲出轻快的声响。

身后的骆阳愕然地想——

难道这就是爱情？

爱情让沉闷冷淡的靳先生变得温情，让平静淡然的向小姐变得活泼？

爱情这么神奇？

公司要聚餐，其他人先去了吃饭的地点，周烈和另外两个主管加完班才从公司出来。

时间已经有些晚了，其中一个主管问："向主管不去吗？我看她很早就走了，家里有急事？"

周烈淡淡应了一声："嗯。"

可他在坐进车子之后，看见黄昏里有一道极其熟悉的身影从出租车上跳下来，一路小跑着，按亮自己的车子。

那是向芋，穿着高跟鞋也跑得脚下生风。

她手里还抱着一个很大的帆布包，像是行李。

年初流行起一首歌，歌名叫作《多想在平庸的生活拥抱你》，此刻周烈就想起那么一句歌词——

我跌跌撞撞奔向你。

可是这个"你"，另有其人。

其实他很久没见过向芋这样慌里慌张又愉快的样子了。

大概是 2013 年，向芋入职还没满一年。

周烈记得有一次，他在下班时路过休息室，正好看见向芋在换鞋子。

她单腿站立着，提着鞋子，手机开了扬声器，放在桌子上，电话里的男人笑着同她说："我在你们楼下等着呢，望眼欲穿。"

向芋说："不可能，我的加班是临时取消的，你来这么早干什么？"

男人挺会哄女孩儿开心的，他用极其自然的语气说："想见你，就早点来了。"

那天向芋拎着她的小包，几乎用百米冲刺的速度从休息室冲出去，一路跑进电梯里。

第二天她敲响周烈的办公室门，挺不好意思地说："周总，我昨天下班时忘记打卡了，你不会扣我全勤奖吧？"

"周总，走吗？"司机问了一句。

周烈回神，目送向芋的车子被一脚油门轰出公司停车位。

他摘下眼镜，擦一擦，声音听不出情绪："走吧。"

也怪他自己，非要动心。

让别人难以磨灭的爱情，在他心里留下一道摩擦过似的划痕。

那天靳浮白检查完，从检查室里出来，只看见抱着他衬衫站在外面的骆阳。

骆阳问他："靳先生，都检查完了吗？"

靳浮白淡淡应了一声"嗯"，目光还在走廊里巡视，想找到那个身影。

说朝思暮想不为过，他真的就是那样惦念向芋的。

只看到往来的医生病人，靳浮白收回视线，略显失落。

还没等他开口，一阵轻快的高跟鞋敲击地面的声音传来。

靳浮白应声抬头，看见向芋跑过来，他下意识张开双臂。

向芋扑进他怀里，仰头说："靳浮白，我去拿行李了，在车上。"

医院走廊的灯光一片冷白，晃得人脸色冷清。

可向芋眼里是盈盈笑意，像在说：欢迎你回家，靳浮白。

医生说靳浮白现在的情况，不适合劳心劳力，要清心静养。

可是这心，很难静得下来……

靳浮白坐在床边，挑着眉梢看了眼手里的"养老院企划书"，语气里难得地带了些好奇："我没想到，你还有这种爱心。养老院？"

骆阳哆哆嗦嗦："可是您的房产证上写了'养老'两个字，我以为您是要开养老院的，就筹备了……"

"那个'养老'，是我和她养老。"

靳浮白随手拉过向芋的手，握一握，扭头问她："变成开养老院了，你觉得怎么样？"

向芋没忍住，"扑哧"一声笑了出来："那也挺好啊，经营得好的话，到咱们老了，起码不孤单，还能在院子里跳个广场舞、老年迪斯科。"

"那就这样吧。"靳浮白说。

骆阳觉得自己办砸了一件大事，在靳浮白卧室里踟蹰半天，也没说出什么来。

倒是靳浮白先开口，问他："你不出去？剩下的情节，也不是你能看的了。"

靳浮白说完这句话，被向芊捣了一拳。

他还是笑着叮嘱骆阳："出去，记得关门。"

其实最开始，靳浮白是想要绅士一下的。

毕竟分开这么多年，他忧心睡在一起向芊会不自在，有心把主卧让给她，自己去睡客房。

但是向芊和那年他带她回家时一样，背着手参观了整栋院子，完全没有想要分开住的意思。

房子很是符合靳浮白的风格。

虽然这个年头，更多人愿意用视频软件看电影，连电视盒子都能播放想看的电影了，可他的那些光盘，仍然摆满了一墙。

那部被他们看了很多次的《泰坦尼克号》，就放在最显眼的地方。

向芊看了一大圈，然后把自己的行李包往卧室一放，翻出洗漱包就往浴室跑。

她站在浴室门边，回头看他，那表情一言难尽。

靳浮白走过来，拥着她问："怎么了？"

"你是对浴室有什么特别的情结吗？"

以前靳浮白那个在高层的家，浴室就有正面的落地窗，玻璃单面可视，能看见整条街上的夜灯和川流不息的车子。

还有小区里面的人。

而向芊对那个场景记忆深刻。

现在换了个住所，浴室依然是单面可视的落地玻璃。

窗外是自家院子，幽静的花园，石桌石椅，还有一小截人工河，锦鲤畅游。

向芋难以理解地回眸："你这么喜欢浴室吗？"

靳浮白本来没往那边想，房子装修时他有更多事情要忙，只和设计师说按以前的风格就好。

没想到设计师这么兢兢业业，连浴室的落地窗都一并模仿来了。

夜深人静，又是和所爱的女人共处一室。

浴室门关上，淋浴头洒下热水，蒸汽腾起，模糊地在落地窗上贴了一层白色霜雾。

向芋背靠着玻璃，仰头感受并回应着他的吻。

也许因为分开得实在是太久太久，他的吻变得霸道。

所有气氛都很好，但到底还是没继续下去。

因为向芋哭了，她触摸到一条突起物，垂眸，继而看见他身上的伤疤。

她哭得好凶，怎么哄都停不下来。

靳浮白把人抱起来，放在洗漱台上，怕她着凉，披了浴巾在她身上。

他轻轻吻掉眼泪，哄她："男人有点疤不是更性感吗，怎么还哭上了？"

"性感什么！肯定疼死了！"

他就笑道："不疼。"

其实他身上其他瘢痕都不太严重，只有腰上这一条。

当时车门变形后戳进皮肉里，伤口太深，现在瘢痕还十分明显。

向芋越哭越厉害，像是要把这些年积攒的眼泪都宣泄出来。

她哭得嗓子发哑，鼻尖泛红。

靳浮白哄了好久，最后干脆把人擦干，抱回床上。

向芋眼皮哭得有些浮肿，她在台灯光线里，凶巴巴地瞪他，哑着嗓子："哪有你这样哄人的！"

靳浮白轻笑一声："我不是在哄吗？"

只不过"哄"的方式……

不是用说的。

向芋在被子里轻轻踢他，支使他："我想喝水。"

"我去给你拿。"

等他拿着矿泉水回来，看见向芋愣着神坐在床上，好像又要哭。

她面前是一个袋子，装着一小堆钢钉、钢板之类的东西。

她拎起来，唇有些发抖："这都是从你身体里取出来的？"

"嗯。"

其实靳浮白那时候记忆还很混乱，脑部积血压住了一些记忆神经，他很想记起一些忘掉的事情，但心有余而力不足。

手术取出钢钉那天，医生问他要不要把钢钉留下。

有很多人，会习惯把过去的苦难当成纪念。

靳浮白不是那样的人，他下意识想要拒绝，但也是在那个瞬间，脑海里忽然浮现出一点印象。

好像有人说过，他是个败家子？

说他花钱如流水？还说他一点都不知道节约？

于是那天，他坐在医院病床上愣了很久，然后留下了这堆钢钉。

他总有种潜意识，好像他认识某个抠门性格的女人。

要是他把这堆钉子丢了，可能会被念叨是败家。

靳浮白把这事儿讲给向芋听，顺便说说情话："你看，暂时性失忆的我都记得你，你是我脑海里连经历车祸都不能忘却的人呢。"

结果这话不但没被夸奖，他反倒被向芋扑倒在床，被狠狠咬了一口肩膀。

她说："靳浮白，你什么意思？我难道就只有抠门这一点被你记住了吗？！"

靳浮白只能拥她在怀里，边吻边哄。

知道向芊睡不着，靳浮白一直陪她聊天到深夜。

她总有种女性特有的敏感，像是不安似的，时不时忽然往他怀里钻一钻，好像不抱紧他，他就会无端消失不见。

靳浮白也没有真的想要做什么，久别重逢，他也想只是抱抱她，夜话一晚，温温馨馨。

窗外有夏蝉鸣声，树影隐约透过纱帘，投在墙壁上。

微风轻拂，树枝摇曳，他们错乱的呼吸被夜色覆盖。

向芊这个姑娘，有点翻脸不认人。

她裹好夏被，用手蒙住靳浮白的眼睛，说："你也不许熬了，你还需要休养，晚安。"

靳浮白无奈一笑，吻她的额头："晚安。"

靳浮白做了一个梦。

梦里他还在国外，一切都没解决，正处于焦头烂额的时候。

堂弟靳子隅敞着腿靠坐在他办公室的沙发里，说："堂哥，不行啊，我搞不定褚琳琅。"

家族里的长辈来了几个，说："浮白，现在不是意气用事的时候，集团危机在即，我们不能失了先机，你明天就和褚小姐结婚吧。"

办公室是以前外祖母用过的那一间，暖色调，黄花梨木的大办公桌上面摊满了文件。

有亏空数据，也有人趁乱在其中挪用公款，中饱私囊。

这个集团的元老级创始人都已经去天堂聚会，剩下的，不评价也罢。

有时候靳浮白甚至想要撒手不管。

可他始终记得，外祖母去世时紧紧握着他的手，看向屋子里的几张挂在墙上的集团证书时，那种几乎是眷恋的神色。

靳浮白在走的，是一条钢丝。

顺利走过去，靳家在集团里面的大股东地位保住，联姻人换成靳子隅，他让出所有名利，去找向芋。

不顺利，他就只能成为保全靳家的牺牲品。

梦里，所有计划都失败了，他犹如困兽，再也没有一点办法。

可是向芋……

靳浮白在梦中猛然惊醒，瞬间从床上坐起来，满身戾气。

不知道什么时候窗帘已经被拉开，窗子开着半扇，窗外有鸟啼虫鸣，还有向芋和骆阳的对话声。

"向小姐，您说我是不是完了？我把靳先生所有的钱都投资办养老院了……"

"没关系啊，你靳先生有我养着呢，我这几年也是攒了不少工资的。"

向芋那种骄傲的语气，就像是她曾经每次发下工资，甩着薄薄的信封，嚷嚷着要请他吃饭时的那种。

梦中的惊悸悄然退去，靳浮白在晨光里眯缝着眼睛，忽然笑了。

都过去了，那些噩梦，都过去了。

窗外的人如有所感，扬着愉快的调子说："我不跟你说了，我感觉靳浮白醒了，我找他去。"

她推开门，伴着明媚的光线进入卧室。

有那么一个瞬间，靳浮白忽然觉得，他的一腔爱意拟人化，大概就是向芋的样子。

记得靳子隅问过——

"堂哥，我实在想不通，和褚家联姻是多好的机会，你居然想要让给我？

"褚琳琅也挺漂亮的，没那么难以忍受吧？

"而且感情这东西，哪有天长地久的，真要是哪天吵崩了，你说你放弃这么多，图什么？

"万一你以后，过得穷困潦倒，真的不会后悔吗？"

靳浮白笑一笑，语气淡然地说："当然不会。"

本着做兄长的责任，他还多和靳子隅说了一句，说等靳子隅遇到想厮守一生的女人，自然就懂了。

靳子隅当时说："别，我可不想懂，我就准备娶褚琳琅，稳定股份，然后潇洒过一生。"

向芋抱着一堆东西跑过来，扑到床边："早呀！"

"早。"

他目光沉沉地看着向芋，吻过去。

但他被向芋推开了。"你先别亲我，我还没找你算账呢。"她说。

这姑娘把怀里抱着的东西摆到床上：一份全外文的旧报纸，以及一本外文词典。

她摊开报纸，指尖点在外文上，一行一行地找着。

这报纸靳浮白还是第一次见，看见上面打码的照片，他稍显意外地多看了两眼。

他和褚琳琅的照片？

大概是那次他带着靳子隅去见褚琳琅时拍的吧？

这些八卦媒体，真的很会捕风捉影、造谣生事。

向芋穿了一件吊带连衣裙，细细的带子搭在肩上面，像春天里的柳梢，引人侧目。

她蹲在床边，一边看报纸，一边用外文词典查着什么，绷着脸，神色认真。

这种翻出陈年旧醋来吃的样子，真是让人喜爱得狠。

靳浮白外文很不错，一目十行地看完报道，笑着说："找什么呢？要不要我来给你翻译？"

"你闭嘴！别打断我。"

向芋真的是好认真地在翻译，细细的指尖指到某一句话，翻几下词典，蹙着眉，不满地说："就这句，你和她吃饭也就算了，还'相谈甚欢'？"

她这样子实在可爱。

吃饭行，订婚也行，就是不能相谈甚欢？

都不知道怎么说她，这姑娘怎么就这么傻呢？

靳浮白俯身，偏头，扶着她的后颈深深吻她。

他解释说："没有相谈甚欢，就是当了一回媒婆，把堂弟介绍给褚小姐。"

向芊讶然："是你介绍的？我还说你家里那个弟弟又没你帅，怎么挖了你的墙脚……"

她说这些时，靳浮白温热的气息顺着肩头向下，向芊几乎是条件反射地瑟缩，推开他的脑袋，也不算账了："你别……现在才是早晨呢，医生都说让你好好休养了，你不能太劳累，再睡一会儿吧。"

靳浮白把人抱上床，按了遥控器，关上窗帘："嗯，睡，你陪我。"

也不知道是不是因为这一年 B 市的夏天格外晴朗，只是相拥着赖床，也让人觉得，静静流淌的时光都染上了一层糖霜。

2. 那些与日俱增的爱意

靳浮白这一年 35 岁，又经历了一场车祸，可他就像被时光格外优待的人，看起来和那年他离开时，没有什么差别。

反而性格上，更加柔和了。

向芋搬过来后，他们就像又回到那年在高层同居的日子——

两支电动牙刷并排摆在一起，一支酒红色，一支暗夜蓝。

衣柜里的衣服，左边是靳浮白的，右边是向芋的。为了彰显地位，向芋的这边占的面积要更大些。

晚上休息时，床边柜子上总是放着两块被摘下来放在一起的手表。

拖鞋是同款，餐具是同款，连睡衣也是同款的。

不过放在床头的水只有一杯。靳浮白几乎夜里不起，这水是给向芋准备的。

她如果夜里渴，会缩在他怀里，闭着眼睛哼唧，说要喝水。

熟睡中的靳浮白醒来，第一反应是用手掌挡住她的眼睑，然后才按开台灯，把水端给她喝。

他也有犯坏的时候。

看着怀里的人闭着眼睛，唇瓣微张，一副毫无防备地等着喝水的样子，靳浮白哪怕拿了水杯，也故意不给，凑过去吻她。

有时候向芋睡得太死，意识没有完全苏醒，也会下意识回应他的吻，还会主动抱他，好欺负得很。

有时候呢，这姑娘渴得已经清醒，就没那么好惹了。她会一口咬在靳浮白唇上，睁开眼睛，凶巴巴地质问："靳浮白！你怎么这么流氓！我的水呢？！"

有那么一次，向芊的力度没掌握好，咬狠了。

第二天早晨靳浮白从卧室出去，向芊还没起床，就听见他和骆阳在院子里说话。

"靳先生，您的嘴怎么肿了？是不是上火？"

被问的人就不咸不淡地应一句："没，我这是——"

他顿了顿："——罪有应得。"

向芊听到这儿，蒙在被子里，笑得开怀。

她的幸灾乐祸还没收敛，外面的人回来了，掀开被子，把笑成一团的她抖搂出来，去挠她的腰："还笑呢？起床了。"

上班族的周末是神圣不可侵犯的。

向芊就重新窝回被子里，像一只寄居蟹，理直气壮道："我不！我今天休息，我要睡一天！"

靳浮白就在这个时候，投递给她一个情绪莫测的目光，语气沉而暧昧："那我也陪你睡一天？"

这话向芊不是没听过，在他养伤那会儿，她也有过傻天真的时候。

当初医生说靳浮白要多休养，还说他体力肯定大不如前，向芊还以为她的男人可能快要不行了，毕竟出了车祸，年纪也比当年大了。

现在想想，她真是太低估 35 岁男人的能力了。

思及此，向芊也不赖床了，一骨碌从床上爬起来，勤快地开始叠被子。

靳浮白还很诧异，问她："怎么不睡了？早饭还没好，可以再睡一会儿。"

向芊三两下把被子叠好，开始抻胳膊抻腿，胡乱找理由："不能辜负大好时光，我要锻炼身体！不锻炼身体很容易老的。"

靳浮白瞥她一眼，挂着不拆穿她的笑容："哦。"

结果，大好的时光果然是没有被辜负。

下午，周烈打来电话，说是周末加班的几个员工在办公室打牌吸烟，烟头点着了窗帘，还烧了几份未装订的杂志内页。

所幸及时用了灭火器，人没事，就是这几个员工面临着赔偿损失和被开除的问题，该罚得罚。

这属于人事部门的职责范围了，向芊不得不去公司一趟。

她挂断电话，认命地收拾好自己，拎了包准备出发。

靳浮白拿了车钥匙："我送你。"

到了公司楼下，向芊现在的职位已经拥有了停车位，靳浮白把车停在车位里，先解了自己的安全带，又帮向芊解开，俯身吻她："大概多久？"

"我也不知道多久，不然你先回去吧，完事我自己打车回去。"

"等你。"靳浮白言简意赅。

加班的三个人都是新人，平时什么表现都落在向芊的眼里，监控录像她也看过了，她果断做了决定，把他们都开除了。

她又和周烈沟通了一下，这事儿就算解决完毕。

向芊是拿笔记本电脑办公的，微信也挂在电脑上，周烈俯身在她身边，正在看一个带新员工的老员工给向芊发来的致歉信。

冷不防，电脑发出一声提示音。

向芊放在桌面上的手机也跟着一振，是靳浮白分享过来的一份文件。

"五十六种姿势，高清无码 .docx。"

"咳！"向芊把电脑"啪叽"一声扣上。

身旁的周烈也偏过头，用咳嗽掩盖了一下尴尬，利落地转身，回自己的办公桌去了。

周烈走开，向芋才打开电脑，用一种表面上不动声色的态度，把键盘敲得噼啪作响。

她问靳浮白：你在哪儿？！

靳浮白很快回复，说在对面。

周烈再抬眸时，就看见向芋猛然转头，对着办公室的落地窗"目露凶光"。

随后，她幽幽抬起手，做了个抹脖子的动作，用口型说——

"你、死、定、了！"

向芋今年28岁了，平时在公司时，话并不多。

除了偶尔和前台一个长着杏眼的小姑娘聊得多些，大多数时候不是在办公就是在打游戏。

鲜少见她有这样少女的时刻。

原来她谈起恋爱，像个18岁的大孩子。

周烈收回视线，笑一笑，继续自己的工作。

所有事情处理完，向芋夹着包，气势汹汹地往对面办公楼里跑。

靳浮白就坐在整层空旷的办公区域中唯一的办公桌旁，拿着花瓶里新换的一枝洋桔梗，笑着问："忙完了？"

向芋扑进他怀里，坐在他腿上，两只手往他脖子上卡，还作势要拢紧："你怎么那么流氓，都看见我在办公了，还给我发那种东西！"

"哪种东西？"被问的人不紧不慢，把花塞进她手里。

"就那个啊，什么五十六个姿势！"

靳浮白笑起来，一只手扶着她，另一只手从她裤子兜里摸出手机。

他找到那个文件，帮她点开："早晨不是说要锻炼身体吗？刚才看见个不错的瑜伽姿势分享，讲得挺细，就发给你了，你想哪儿去了？"

向芋一肚子火气没处发泄，只能去咬他。

靳浮白吻她，结束后，才指一指身后的落地窗，无辜地问："你们老板应该没闲到会用望远镜往这边看吧？"

向芊无言。

他是故意的！一定是！

所以说，如果有人问向芊，35 岁的靳浮白和 28 岁的靳浮白有什么区别，她会回答：谢邀，区别就是，老男人脸皮更厚！

不过正经想想，靳浮白和那时候的区别，也还是有那么一丁点的——他把烟戒了。

那会儿久别重逢的欢喜盖过一切，等她反应过来，才想起来，好久不见靳浮白抽烟了。

最开始向芊还以为是因为车祸，他要谨遵医嘱。

可后来见他照样熬夜，医生说不让他劳神，他也没少操一点心。

向芊就问靳浮白："你是戒烟了吗？"

"让你吸二手烟不好。"他只是这样说。

问他这话时，向芊、靳浮白还有骆阳，正在院子里做一个木头板凳。

秀椿街有一些手艺人，手艺很厉害，骆阳空闲时很爱去一位老人家里，帮人做做活，也听老人教他一些小手艺。

他说老人很慈祥，像他过世多年的爷爷。

向芊听说骆阳要自己做个木头板凳，十分兴奋，从屋里把从靳浮白身体里取出来的那堆钢钉、钢板拿出来，问："这些能用得上吗？"

看着骆阳一言难尽的表情，靳浮白笑出声："能用就用上，二次利用。"

不过骆阳手艺不精，抢着锤子没锤几下，就一锤子砸在手指上，疼得他直跳脚。

冰箱里有冰块，靳浮白也是去帮忙拿冰块时，才发现了向芊的秘密。

难怪这姑娘每天晚上，都要自己出来待一会儿。

幸好骆阳的手不算严重，只是冰敷一会儿，就已经消肿。

他喷了些消肿止痛的药水，收工，回屋休息去了。

盛夏天气闷热，晚上向芋洗过澡，又和往日一样，说要自己去院子里看星星。

她悄悄溜进厨房，打开冰箱门，还没等选好拿哪个，身后传来靳浮白的声音，正好和她的心声重叠在一起："选哪个好呢？"

向芋猛地回眸，试图用自己的小身板挡住冰箱。

但是失败了。

靳浮白靠过来，站定在她面前。

他伸手揽过她的腰，把人往自己怀里带："别往冰箱上靠，穿这么薄，回头着凉。"

冰箱里有各式各样的冰激凌雪糕，瓶瓶罐罐的，还有不少甜筒。

靳浮白垂眸，看着怀里心虚到目光乱飘的姑娘："不是怕你经期不舒服，不让你吃？"

其实靳浮白离开的这几年，向芋真的没怎么吃过冰激凌，甚至从来没有主动买过。

但他一回来，说不上为什么，她的食欲与爱意一同苏醒。

知道靳浮白是为了她着想，向芋摸出一小盒雪糕："我没有多吃，只吃了一小点。"

雪糕盒里本来就只有一个球的容量，现在剩了一半，是昨晚吃剩的。

靳浮白吻一吻她的鼻尖，有些无奈："吃吧，过几天就别吃了，快到生理期了，实在是看不得你疼得满头大汗的样子，太让人心疼。"

卧室的窗子是开着的，晚风阵阵袭来。

空气里弥漫着夏季的温暖，以及庭院里的花香。

向芋趴在床上，边玩消消乐，边用木制小勺把雪糕送进嘴里。

她已经决定了，今天是她最后一次吃冰激凌。

以后省下来的钱，她要给靳浮白买戒烟糖吃。

其实他戒烟一定不容易，骆阳都说过，他回国之前烟瘾很大，抽烟抽得总是咳嗽。

那么大的烟瘾，为了她说戒就戒了，他一定不适应。

"靳浮白！"她喊了一声。

浴室里的水声停下，他的声音像是覆了一层水雾："叫我了？"

"你喜欢什么口味的戒烟糖？薄荷？还是秋梨膏？"

她穿着一条薄薄的裙子，腿悬起来晃动着。

靳浮白洗完澡从浴室出来，正好看见这一幕。

他手上用毛巾擦头发的动作顿了顿，随后胡乱擦了几下，把毛巾丢在一旁，顺着床垫凑过去。

"问你喜欢什么味道，嗯……"

向芊感受到床垫的下陷，转身，正好被他覆过来吻住。

她在吻中扬起脖颈，残留着一丝理智，提醒靳浮白别把放在床上的雪糕碰掉。

靳浮白不轻不重地"嗯"了一声。

然后他随手举起雪糕盒，继续接吻。

雪糕盒子被他举了一会儿，终于被放在床头。

……

床头放着的雪糕早化掉了，向芊无力地窝在靳浮白怀里，听他的心跳。

她有一种神奇的生理反应，嗓子掺着些哑声，声音很轻地问他，是不是他一直都是这样耐心的人，也问他，上学时候追女孩子，是不是也很有耐心。

靳浮白按着她的头发揉了两下，笑问："你希望我对别的女人也有耐心？"

"当然不是！"

向芊打他一下，只不过没什么力气，拍到他身上，顺势抱住他。

看她这样黏黏糊糊地撒娇，靳浮白心情极好地吻她的额头，和她讲起来，说其实他并不是一个有耐心的人，尤其对女人。

　　靳浮白从 7 岁起就知道，自己的家庭和旁人家并不相同。

　　他的父母会在早餐的餐桌上谈论股票，也会谈论商业企划和某些活动的策划。

　　但他们从来都是那样理性地对话，有时候靳浮白觉得，换掉他们的睡衣，给他们穿戴整齐，其实他们和坐在办公室里"皆为利来"的合伙人们没什么区别。

　　他也不是没见到过自己父母面容带笑的时刻。

　　他父亲揽着别的女人的肩膀时，也是笑得春风得意的。

　　他母亲依偎进别的男人怀里时，也是小鸟依人、满目喜悦的。

　　而回了家，他们又恢复了冷面孔，谈论完公事，各自回去各自的卧室。

　　所谓形婚，大抵就是这样的意思。

　　所以大多数时候，靳浮白对于男女之间的关系，不只没有耐心，还很厌烦。

　　哪怕是那天带着堂弟靳子隅去认识褚琳琅，靳浮白的耐心也只维持了十分钟。

　　十分钟后，他起身从饭桌上离开，耐心消磨殆尽。

　　讲到他提前离席这件事，向芊撇着嘴："真的只有十分钟记者就拍到了？会不会是你'相谈甚欢'，忘记时间，以为自己只聊了十分钟？"

　　靳浮白："我觉得，你还不够困。"

　　向芊尖叫着躲他，靳浮白并没想真的做什么，只是逗逗她就算了。

　　却没想到向芊忽然抬眸，眼波盈盈："靳浮白，问你个问题。"

　　"嗯。"

　　"听说，只是听说啊，男人特别喜欢……你知道我说的是什么吧？你想不想试试？"

靳浮白眯起眼睛："向芋。"

他拉着她的手，让她感受她这句话的后果。

向芋吓得蜷起手指往后缩："我错了我错了，我就是好奇，想要问一下……"

她那个惹了事又不敢担着的尿样子，靳浮白都看乐了，把人往怀里一按，给她盖好夏被："那就老老实实睡觉。"

没过一分钟，向芋钻出半个脑袋："真的会反应这么大？为什么呢？"

靳浮白无言。

也许因为秀椿街的青苔越养越好，外面渐渐有传闻，说这条街从古时风水就好。

也有人说，早年帝王来过的街巷，就是不一样。

向芋捂着肚子，衣服上贴了暖宝贴，缩在院子的摇椅里。

偶尔听院外有人这样议论，她心想，也没什么特别不同的，要不是靳浮白花了大价钱做人工河，哪怕古时候皇帝来把这条路给踩平，这些苔藓也活不了。

归根结底，还是靳浮白"败家"败出来的。

她这两天痛经，吃过药倒是有所缓解，但就是浑身没力气，腰也酸，总想靠在某个地方坐着。

靳浮白带着骆阳出门办事去了，正逢她过周末，一个人在家。

前几天才下过小雨，去除了一些夏末的暑气。

到了9月，B市的天气本也不算太热，阳光却很明媚，落在院子里的石板地面上，晃得人眼睛疼。

向芋是想要懒懒地窝在屋子里玩游戏、看电视剧，如此咸鱼地度过一整天的。

但靳浮白出了门也不忘操心，刚才打电话来，叮嘱她，让她没事儿起来去院子里溜达溜达，说经期久坐不好。

向芋想要懒惰，又知道靳浮白说得对，暗暗撇嘴，还是答应了。

不得不佩服靳浮白的眼光，这房子选得实在是不错。

院子里种了不少花草，还有几株香水百合，一开花，整个院子都是香的。

向芋习惯性地捂着肚子上的暖宝贴，慢悠悠地往院子外面去，想要看看秀椿街的热闹场景。

她站在门边远眺，被一阵清脆的笑声吸引了目光。

回眸望去，是一个在人工河旁边看蝌蚪的小男孩。

这小男孩也不顾脏不脏，几乎是趴在河边，白皙细嫩的小胳膊像藕段似的，往水里捞。

惊跑水里一群蝌蚪。

那是个混血小男孩，长得特别白净，头发也是浅色的。

看面相，挺招人喜欢。

美的人无论男女老少，都一样令人赏心悦目。向芋也就没急着走开，闲着也是闲着，她想看一看他家人是什么样的。

当小男孩的妈妈拎着一兜甜点出现时，向芋却忽然怔住。

脑海里关于往事的记忆争先恐后地往外蹦。

如果她没记错，这个眸子如同琥珀的混血女人，应该叫珍妮。

旁人都说她是卓逍生前的情人。

稍微善良些的人，愿意说她是卓逍婚前的初恋，但往往，后面也会跟上一句："婚后的小三。"

可向芋更愿意称她为"卓逍认真爱过的女人"。

珍妮穿得总是十分简洁，褐色长发随意绾起，没有一点像他们说的那样被当作"金丝雀"养过的气质。

她蹲在小男孩身边，笑着看他用手拨弄河水。

中午的太阳很足，水面被孩子搅得波光粼粼。

向芊想，那些清澈的水，应该是暖的，带着阳光的温度。

可这些投映在珍妮眼里，她那双琥珀色的明眸，总有种说不出的怀念与惆怅。

向芊肚子不适，慢慢蹲下，坐在门槛上。

在微弱的风里，在街道偶尔的喧嚣里，她听见小男孩问珍妮："妈妈，这条街很美，对吧？"

"嗯，很美很美。"

"我就知道妈妈也会喜欢，妈妈喜欢这种湿的、滑溜溜的植物。"小男孩皱着眉，摸了一下青苔，然后很受不了似的，缩起肩膀。

"你不喜欢？"

"当然不喜欢，这个植物摸起来，嗯……就像是没有拧干的抹布。而且我踩到它摔倒过，我讨厌它。"

小男孩想了想，又笑了："我讨厌它，我喜欢水里的蝌蚪和小鱼，这条街真好。"

珍妮垂下眼眸，风吹过，她的睫毛轻轻颤了一下。

也或者，是她想到了什么，睫毛才轻轻颤动。

向芊坐在门槛上玩着游戏，一直隐约听着珍妮和孩子的对话。

她突然想起，很多年前忘记是在哪里，很可能是李侈那个八卦精给她看的照片。

她记得卓逍有一张干净的面庞，笑容算是温和的。

向芊玩了几把游戏，正准备收起手机回屋子里去，余光瞄到一双皮鞋。

她想，完了。

果然听见靳浮白的声音："厉害了，肚子疼还坐在门槛上。"

他俯身，把人抱起来："不冷？"

向芊熟练地抱住靳浮白的脖子，用一种"我很听话，我很乖"的语气说："不冷，这会儿阳光正好，我是听了你的话，从屋里出来散步的。"

靳浮白眉梢向上挑了一下，觉得好笑地问："从屋子里出来，走到门口，然后累了，坐了一下午？"

"……才没有。"

向芋被靳浮白一路抱进卧室，朝阳面的房间，床单被烤得热烘烘的，淡柠檬草的洗衣液味道挥散出来。

她坐在床上，和他说起下午遇见珍妮的事情。

说了半天，靳浮白一直是沉思的安静表情。

向芋一皱眉："你不会不知道我说的是谁吧？"

"嗯，在想。"

男人好像天生就不擅长记住这些，向芋只好解释说："珍妮就是卓逍生前的爱人啊，混血的那个艺术家，我们还看过人家做的钢琴和蕨类植物，记得吗？

"没想到，她的孩子都那么大了。"

靳浮白把人揽进怀里，手覆在她小腹的地方，轻轻揉着。

他同她讲起一段往事。

李侈和卓逍以前做过同学，知道卓逍很多事，也同靳浮白说起过一些。

李侈说卓逍和珍妮相遇，就是因为青苔。

在法国的某条小路上，青苔遍地，珍妮抱着画夹，不小心踩在上面，差点儿摔倒。

是卓逍路过，搭了一把手，把她扶稳，然后彼此一见倾心。

后来珍妮的所有创作，都带有青苔的元素。

所以说，她爱青苔，也许多多少少，掺有曾经爱人的影子。

温柔些想，那些去了天堂的人，其实仍在人间，活在很多人不动声色的惦念中。

向芋怔了一会儿，感觉比这个论调更温柔的，是靳浮白。

他见过过去圈子里形形色色那么多的关系，却从来不置一词，这是向芊第一次听靳浮白说起卓逍的事情，并不像当年的李冒那样对此嗤之以鼻。

他从最开始，就同他们不一样。

也是顺着这样的话题，向芊忽然问："靳浮白，你有没有过特别后悔的事儿？"

她想，像他这种人，多是有一些傲气在的，应该不会为了什么事情后悔吧？

但出乎意料地，靳浮白说，有。

向芊记得靳浮白说起过他那位娶了褚家小姐的堂弟，说堂弟对靳浮白有很多疑惑，觉得他总有一天，会为失去的感到后悔。

可是靳浮白也说过，人都会失去，所有人最终的结局，也不过是殊途同归地失去生命。

失去是常态。

能长久拥有，其实是一种要感恩的幸运。

他这么看得开的人，也会有觉得后悔的事情？

向芊靠在他怀里，仰头去看他利落的脸廓，故意揶揄："不会是后悔没能娶那位褚小姐吧？"

靳浮白抬手捏一捏她的脸颊，问她："这醋到底要吃到什么时候？"

向芊眼睛转了转："吃到有下一个吃醋对象的时候啊。"

本来以为靳浮白会说，不会有下一个吃醋对象，结果他说："嗯，那也没几年了。"

向芊顿时不乐意了，挣扎着想从他怀里出去："靳浮白，你居然还会让我有下一个吃醋对象！"

"会有啊——"

他胸口挨了向芊两拳，才笑着说完："——如果你是那种，会和自己女儿吃醋的妈妈的话。"

反应过来他说的是什么，向芊又补了一拳："谁要给你生女儿。"

"不生吗？我也能接受丁克。"

靳浮白的拇指，轻轻摩挲她的手腕："你喜欢什么样的生活方式，都可以。"

他说的后悔，其实只来得及思考一瞬间。

那是在国外出车祸时，靳浮白扭转方向盘的瞬间，突然后悔自己留了一枚钻戒给向芊。

车子像发疯的猛兽，奔着他冲过来，撞击声和疼痛都消失不见，可他记得自己清晰地担忧着——

如果向芊在他死后才发现那枚戒指，该怎么办？

他的傻姑娘一定会哭的。

那是他三十五年来，唯一一次后悔。

靳浮白这人，真的是个败家子。

骆阳说过一次"靳先生现在也没什么钱了"，在那之后，向芊总觉得这个生活奢侈的男人，马上就要落魄成穷光蛋了。

还以为靳浮白会收敛些，结果他偏偏是个花钱如流水的浪漫主义者。

来接向芊下班，他也不忘买上一束鲜花。

那天向芊穿着一身职业装从公司出来，晚霞染红了半边天，玻璃体办公楼都映了霞光，呈现出一种橘粉色。

靳浮白那辆车停在公司楼下，他本人长相又十分优越，穿什么都是很贵气的样子。

他靠在车边等她就够显眼了，再抱着一大束暖色调包装的鲜花，像从地平线的落日里走出来的求爱者。

往来人群任谁都要驻足打量一番。

向芊一路跑到靳浮白面前，接过鲜花，倒是没太在意从办公楼出来的同僚的起哄声，只有些纳闷。

她闻一闻馥郁的玫瑰："今天是什么特别日子呀？"

"也不是。"

靳浮白帮她拉开副驾驶位的车门："还没送过你整束的鲜花，想送，就买了。"

向芋坐进车里，想了想："明明送过啊，有一年情人节，你不是送过了吗？你忘了？"

他当然不会忘了。

只不过那时候的花束，不是他亲自去买的。

不像这束，每一枝都是他亲自挑的，总觉得更有意义一些。

向芋抱着花束，一边甜蜜，一边又不免劳神地想——

完蛋了，指着这个男人节约开销，简直是不可能。

晚上吃过饭，她收拾好细软，抱着一大兜子东西，去找骆阳："这是我所有的值钱货了，阿阳你找个地方卖了吧，应该能换一点钱……"

骆阳茫然地看着一堆珠宝。

光钻石耳钉就十来只，还有铂金项链、黄金手镯、钻石项链、铂金脚链等饰品。

最耀眼的是一枚粉钻戒指，得有好几克拉重，灯光下直晃眼。

"……向小姐，您是缺钱吗？"

向芋压低声音："我缺什么钱，我不是怕靳浮白钱不够嘛。"

骆阳瞬间笑了，还没等说什么，靳浮白正好从门外进来，看了一眼桌上的珠宝，随口笑问："开展览会呢？"

"靳先生，向小姐说要把这些卖了，赞助你。"

靳浮白意外地扬起眉梢："赞助我？"

"是骆阳前阵子说的，他说你没钱了……"

被说没钱的人忽然笑了，点点头，大方承认："是没以前有钱，不过我送你的东西也不至于卖掉。"

说着，他拿起一对金镯子，细细打量，然后逗她："前男友送的？"

"什么前男友！"

向芋伸出手腕："满月的时候家里老人送的，这圈儿的尺寸多小啊，我现在哪能戴进去。"

她明明那么拎得清的一个人，却一头栽进爱情里，为了男人，连满月时候的金镯子、小金锁都拿出来了，还准备卖掉支持他。

怎么就这么惹人爱呢？

靳浮白拉着向芋的手腕握了握："我看现在也太细，该多吃点补补。"

晚上临睡前，向芋凑到靳浮白面前，戳一戳他的肩膀："靳浮白，我有问题问你。"

灯光朦胧，她的发丝柔顺地掖在耳后，睫毛在下眼睑投下一小片阴影。

十几年前在校园里，靳浮白听大学教授讲课，当时教授说过，有些女人的眸光，是柔情潋滟的。

此刻的向芋，应该就是如此。

也许是因为，上一次她这样在床上严肃地叫他的名字，是问他一些问题，所以靳浮白不由自主地往那方面想。

可向芋完全没想这些，她蹙起眉心，还在担心靳浮白的财务状况。

她本来是不想提及的，可今天那堆首饰已经被靳浮白看见了，索性也就摊开了说吧。

向芋清一清嗓子："我有几十万元的存款。还有啊，那天我问过周烈了，公司对面的办公楼，租金要比我们的高一些，对面的面积好像也比我们大，得有一千七百多平方米了吧，租出去也是能赚好多好多钱的。我那些首饰什么的，卖了都没关系，反正我都有戒指了……"

她用手肘撑着趴在床上，神色认真，掰着手指头想要帮他筹钱。

这个姑娘，她明明是最拎得清的，也明明是最趋利避害的。

她那么聪明，当初听李冒说过卓逍，就已经见微知著了，这么多年，她却从来没想过去爱一爱旁人。

哪怕她心里认为，他已经快要破产，穷到快去要饭了。

靳浮白眼里漫着他的所有柔情，凑过去，在向芋耳边，轻声说了一个数字。

向芋一激灵，哆嗦着问："负、负债？那么多？"

"傻了？是存款。"

她很是不解："可骆阳不是说你没钱了吗？"

靳浮白被她逗笑了："他只是说他花光了我放在他那里的一部分，骆阳又不是我老婆，我还能把钱都放他那儿？"

顿了顿，他像是想起什么似的，又说："把钱都转给你算了。"

向芋吓了一大跳："转什么转？我的银行卡能不能存下那么多钱都不知道，你自己收好吧！"

"普通银行卡存钱也是没有上限的。"靳浮白吻她一下，笑着说，"别乱担心，知道吗？"

"可是我看过新闻的，都说你们那个集团出问题了，不是快要倒闭了吗？"

"百足之虫，死而不僵。"他说。

这话稍微有一点安慰到向芋，她那一脸超乎平常的精明算计劲儿立马退去，松了一口气："那你不早点说，我还想着，要不要下班再去兼职呢。"

怎么就这么能担心呢？

不都做好打算，他敢回来找她？

他真是一点都看不得她皱眉的样子。

靳浮白深情地望着向芋，最终把人拉进怀里吻。

吻着吻着，他先笑得呛住了，笑完才说："这辈子你是没什么为钱操心的机会了，要是真那么想做穷人家的媳妇，那我下辈子托生时，生得穷一点。"

但这个姑娘，对外是一条"咸鱼"，对他，好像总有操不完心的事情。

她躺下没几分钟，又直直坐起来，看着靳浮白："靳浮白，我突然发现，你应该是个很抢手的男人吧？"

不知道她是怎么想的，他过去难道不比现在抢手？可也不见向芋那时候有过半分紧张。

有时候他去参加个饭局，故意逗她，说饭桌上会有女人在，可她都是玩着贪吃蛇，头都不抬一下，不耐烦地催他："快去快去，那你快去啊，别总和我说话，打扰我玩游戏。"

靳浮白笑着问："现在才想起紧张我？"

向芋歪着个脑袋，径自思索片刻，忽然拉着靳浮白的手："我给你个定情信物吧。"

她这个浑身上下光溜溜的样子，真不知道能从哪儿变出信物。

靳浮白懒洋洋地靠在枕头上，听向芋胡诌理由，说他好歹是个坐拥一所养老院的老板，万一被哪个老太太相中了怎么办。

说着，她抬起靳浮白的左手，在他无名指的指背上，狠狠咬了一口。

她咬完还挺得意："好啦，这就是定情信物啦！"

这姑娘神神道道，说无名指有一根血管是通往心脏的，她相当于在他心口啃了一口。

她还说这就是封印，别人抢不走。

靳浮白关灯前举起手看了一眼，小牙印印在他手上，还挺好看的。

他关掉床头灯："那行，这就是封印了，以后转世，我就用这个找你？"

向芋大惊失色，十分不满地嘀咕："啊？你还想生生世世跟我一起啊？等我再投胎，我不得换个类型试试？每一辈子都是你，那多没意思啊。"

折腾了一晚上，靳浮白也困了，声音里染着倦意，却还纵容着她。他说："你喜欢什么类型，我就变成什么类型，不就得了？"

向芋也困了，往他怀里拱了拱："那你说话算数。"

"嗯，算数。"

3. 她在闹，他在笑

B 市入秋时，向芋跟着周烈以及几个公司高管去南方出差。

安排住宿那天，周烈给向芋单独安排了一个大床房的单间，其他人都是标间，连周烈自己都是和别人一起住的。

这个待遇，特殊得十分明显。

安排刚出来那天，向芋正好在酒店楼顶的公共休闲区域的泳池旁遇见周烈。

她对游泳没什么兴趣，连泳装都没换，只是听靳浮白说他来过这家酒店，楼顶泳池旁边的椰子鸡尾酒味道不错，所以她也想来尝尝。

瞧见周烈在里面游着，她蹲在泳池边等了一会儿。

周烈从泳池里钻出来，正对向芋，差点儿呛水："向芋？你在这儿干什么？"

向芋端着椰子鸡尾酒，幽幽地问："你把我自己安排在一个房间的时候，我用后脑勺儿都看见其他几个高管眼睛里的八卦了，他们到现在还觉得我们有一腿。"

"那应该不会，你这天天有人接有人送的，他们早该意识到你是'大哥'的女人了。'大哥'的女人，不得有特殊待遇嘛。"

周烈抹一把脸上的水，玩笑着继续说："还真不敢安排你和别人住，万一你家里那位杀过来怎么办？"

"那可真是让你费心了。"

向芋端着鸡尾酒站起来，心里说，除非她不点鸡尾酒，每天吃三杯椰子沙冰，估计今晚靳浮白就要飞过来，对她耳提面命。

这家酒店的鸡尾酒是靳浮白在打视频电话时推荐给她的，但挂断视频没过两分钟，向芋刚脱掉长裙，他的视频电话又打来了。

向芋只能接起视频，找好角度，只露一个脑袋："你干吗呀？我在换衣服。"

靳浮白在画面里笑了笑，故意逗她，说："那不是正好，说明我时间掐得准。"

被向芋骂了"色鬼"之后，他才开口说正事。

他说挂断视频电话才想起来，那个地方不只卖椰子鸡尾酒，沙冰也是出名的，但好吃是好吃，就是一份点下来，量太足。

靳浮白说："你这个小抠门的性格，点了又怕浪费，肯定是要都吃掉的，还是不要点了。

"南方潮热，吃太多冰本来就不好，何况你还有老毛病。"

靳浮白这人，话其实不多，真要是说上一堆时，那就是非常担心了。

向芋只好点头，说："不吃不吃，你放心。"

该叮嘱的叮嘱完了，这男人又恢复不正经的样子，目光有意无意地缀了些暧昧。

他问她："真不给看一眼？"

"看什么看！"

向芋挡着自己，凶完了直接挂断视频。

买鸡尾酒时，向芋还真看见有人捧走沙冰，真的是好大一份，堆得像小型富士山。

要不是靳浮白叮嘱，她没准儿还真买了，然后逞强地吃完一整份。

其实她也动过一点小心思，想着如果真的说自己想吃，依靳浮白的做事风格，会不会直接飞过来陪她，帮她吃掉剩下的。

可他最近，也是累的。

经常都是向芋睡了一觉醒来，他还在书房开着台灯看资料。

有时候她玩心大起，故意披散着头发，蹑手蹑脚过去，站在他身边，装成索命女鬼。

结果靳浮白胆子大得很，把她抱进怀里，笑问："是鬼吗？需要做些什么才能帮你转世投胎？"

向芋吓人不成，反而被按在书桌上占便宜，气得在他肩膀上留下深深的牙印："我转什么世！我现在就咬死你这个流氓！"

靳浮白在经商这件事上，哪怕投心投力，也总有那么一种和他性子相像的随性在。

"能赚十分，只取七分"这个理论，被他运用得更熟练，直接是"能赚十分，只取五分"了。

可能也不是什么策略。

向芋觉得，只能赚到五分这件事，归根结底，还是因为靳浮白败家。

养老院被他做得十分高端，里面吃的、用的都是同层次养老院里最好的。

向芋偶尔好奇，看一看进货单，胆战心惊地问："靳浮白，我们不会赔钱到倾家荡产吧？"

靳浮白也就一笑，说："多了没有，赚一点小钱还是有的。"

所以这阵子，靳浮白还挺忙的。

向芋知道他忙，出差也没多打扰他，反倒是靳浮白在某个夜里打电话过来，声音含笑地问她："怎么你出差这么多天，也不想我？"

谁说不想的？

这趟差出得向芋心烦意乱。

酒店顶层的椰子鸡尾酒再好喝，都不能让她开心。

主要是谈合作时，双方打太极般周旋得太久了。

对方这家合作公司确实咖位够大，几番推杯换盏下来，周烈那种好脾气的人都被磨得没什么耐心了。

半个月了，一个合作项目也没谈完，可又不得不谈，这个时装周的第一手采访稿如果给了别的杂志，那可是妥妥的损失。

向芊和靳浮白聊起这次出差工作上的不顺，叹了一声："我想回家了。"

电话里的人不知道想到什么，突然轻轻笑了一声，搞得向芊很不满："你笑什么？我说想家还想你，你居然笑话我？"

靳浮白的解释是这样的，他说他不是笑向芊，而是因为想起在国外时因想她而归心似箭的自己。

向芊住的那间大床房，还算宽敞，窗外是被秋风染黄的银杏树。

金黄的扇形叶片被路灯一照，柔和了边角，像是一树休憩的蝶。

因为通话时的话题，向芊想起以前。

那会儿靳浮白经常往国外跑，可他闲暇时，会常打电话来，也会发一些照片给她。

他实在是个让人很有安全感的男人。

那时候要面对的未知那么多，她其实也对他们的未来不安，但从未对他们之间的感情存疑。

那会儿靳浮白有个习惯，闷头忙完手里的事情会直接飞回来。

所以她总在他突然出现后，诧异地问他"你怎么回来了？"或者"你怎么在这儿？"

那份掩饰在平静表情下的激动，只有她自己知道。

她知道自己有多喜欢靳浮白突然出现的样子。

周烈这趟带着向芊出差，本来是因为她通透、聪明，知道什么场合说什么话。

但对方公司的态度惹毛了温和的周老板，他不准备再打温柔战术，饭局结束后，扯了领带和向芋说："这阵子辛苦了，你先回去吧，机票由公司报销。"

向芋一朝解脱，开心坏了。

也许是跟靳浮白学的，她决定这次提前回去也不告诉他，全当给他个惊喜。

于是最后一天，她故意绷着情绪说："我也很想早回去啊，可是事情太多了，可能还要再待几天。"

挂了电话，她飞快订好回程的机票。

她美滋滋地暗自揣测，靳浮白见她突然出现时，会是什么样子。

回到 B 市时已经入夜，天气不算好，夜风阵阵，有种秋雨欲来的感觉。

向芋裹紧风衣，打了个车。

其实整段路程她都有些不习惯，总觉得怪怪的，不自觉地拢紧风衣。

她衣服里面穿了一套特别的套装，明知道别人看不见，她也总觉得，是不是有人在她身上停留过目光。

这么忐忑了一路，终于回到秀椿街。

推门回家，院子里的石桌上面摆着紫砂茶壶和三个茶杯。

趁她不在，居然还有客人来过？

这点小插曲不足以打断向芋的兴奋，她轻手轻脚地走进屋子，扶着鞋柜，准备先把高跟鞋换下来。

靳浮白从里屋出来，正好看见她的身影。

早一点的时候，他打过电话给向芋，她是关机。

当时靳浮白还在想：这姑娘，不会是已经在飞机上了吧？

那个念头也只是一闪而过，他并没当真。

所以此刻，突然在家里看见向芋，靳浮白有种难以言喻的欣喜，唇角也随之扬起来。

向芋小臂上搭了一件长款浅驼色风衣，白色衬衫下摆掖在高腰牛仔裤里，勾勒出纤细腰部的线条。

　　她就那么弯着腰，脱掉高跟鞋，轻手轻脚地把鞋放在一旁，然后把脚踩进拖鞋里。

　　窗外风声飒飒，兴许是外面风大，吹得向芋发丝稍显凌乱。

　　她这样低头，几缕头发不听话地垂在眼前，靳浮白走过去，帮她把头发掖到耳后："回来了。"

　　向芋吓了一跳，猛然回首，看清靳浮白时，她笑得十分灿烂："嗨！"

　　靳浮白直接俯身，手臂揽上她的大腿，把她抱起来，往卧室里走。

　　她刚穿好的两只拖鞋随着他的步伐掉落在地上。

　　不知道她要回来，卧室里只有一盏夜灯亮着，是靳浮白去洗澡前点的。

　　光线昏暗，倒是意外地把气氛烘托得刚刚好。

　　向芋被放在床上，在暗昧的光线里扬起脸，看着靳浮白一点点靠近的面孔。

　　很多天没见了，她抬手，轻抚他的眉骨。

　　靳浮白扶着她的肩，偏头吻过来。

　　"等等，等一下等一下……"

　　向芋轻轻后仰，用手挡住靳浮白的唇，眸色发亮，有些小兴奋地说："我有东西送给你。"

　　靳浮白被她捂住嘴，只能轻挑眉梢，算是回应。

　　上一次这姑娘说要送他信物，结果在他无名指上咬了个牙印。

　　这一次，老实说，他还挺好奇她又能变出些什么。

　　毕竟她现在除了一件真丝衬衫和紧身牛仔裤，看不出有任何礼物带在身上。

　　"你挑什么眉，收礼物要认真，严肃点。"

　　靳浮白笑一笑，收敛了神情，好整以暇："这样可以吗？"

他的声音拂过她手心，产生微小的震动，惹得人胸口发麻。

向芋收回手，嘀咕说："可以。"

卧室里的夜灯是向芋在网上买的，仿了月亮的形态，灯光也是那种朦胧感的黄白色。

她整个人被笼在这样的光里，笑得狡黠。

毕竟是第一次准备这种礼物，向芋有些紧张，下意识抿了抿唇。

向芋的指尖搭在自己衬衫的扣子上，眼睛先是瞟去一旁，深深吸气，才转回来，直视靳浮白。

她盯着他那双深深沉沉的眸子，开始解自己的扣子。

起初，靳浮白两只手拄着床，眼里都是那种"我看你能变出什么"的笑意。

看着看着他脸上那种轻松的笑意逐渐收敛起来。

感受到靳浮白的神色变化，向芋又开始慌了。

她远没有想象中那么游刃有余，指部关节宛如假肢生锈，扣子怎么解也解不开。

她只能在心里恨恨地想：这衬衫版型什么的都不错，就是扣子太紧了！

害她丢脸。

靳浮白的手覆过来，动作温柔，帮她捻开衣扣。

他吻上她的耳侧，声音沉得像是有人拨动低音琴弦，问她："送我的礼物？"

买衣服时，导购极力推荐，说男人绝对会为之疯狂。

向芋也不知道男人见了这种装束到底会是什么反应，能像导购说的那么夸张？

向芋还忧心自己不够有魅力，马上开口说："还有的还有的，你先别急。"

"还有？"他问。

"……嗯。"

"回礼你自己选。想我温柔一点，还是，换个不一样的？"

向芋睫毛微颤，并不明着回答，颤声反问："不一样是什么样？"

靳浮白不回答了，直接拿起遥控器，关了灯光。

人造月光消失，卧室陷入无边的黑暗，各方感觉都变得更加敏锐。

她想起过去相守的那几个新年，那时候还没有禁放烟花的规定，天边总是绽着一簇又一簇的烟花。

向芋想，她此刻就像烟花。

曾经向芋对靳浮白的评价是：平稳、万事慵懒，也从不失控。

但他其实不是的，他也有满额细汗，瞬间浸染情绪，呼吸混乱，沉默用力的时刻。

比如，2015年的那个除夕；比如，久别重逢的夜晚；也比如，现在。

北方的秋天比南方的显得更萧瑟一些，那些金黄色的银杏叶已经落了满地。

向芋回来时天气就不算好，冷风阵阵，现在已经下起雨来。

窗外细雨是什么时候来临的，他们并不知情，浴室里"哗啦"的流水声掩盖了雨声。

他那双深情的眼眸在蒸腾的水汽里微眯一瞬，明明该是模糊的，向芋却觉得他的面庞格外清晰。

她仰起头，目光触及浴室顶聚集了蒸汽的朦胧灯光。

"你刚才有说什么吗？"

"说爱你。"

"再说一遍。"

"我爱你。"

隐约觉得好像有那么一个瞬间，她意识模糊，听见靳浮白在耳边温声说爱她。

思维混沌时，他那句低沉温情的爱，反复回荡。

她被爱意填满脑海。

向芋已经没什么力气了，只能伏在靳浮白肩膀，平复呼吸。

她那副啜泣过的嗓子，哽咽未消，声音小小地嘀咕起来："我这个礼物，只能送到这儿了，靳浮白，我感觉我可太爱你了。"

靳浮白笑着去吻她的侧脸，本意是安抚，却没想到被向芋误解成别的，吓得她急忙躲开，慌里慌张地打了他胳膊一巴掌。

这姑娘，每次都有点翻脸不认人的意思。

靳浮白笑着，温柔地拍着她的背。

向芋没什么气势地瞪他："抱我回卧室吧，我需要休息了。"

这种礼物，她短时间内不会再送了，简直是自我毁灭式的惊喜。

手腕上留下两道泛红的痕迹，洗过澡后，遇了热水，更加明显了。

靳浮白拿了药膏给她涂，向芋这会儿缓过来些，精神很好："靳浮白，原来你喜欢那样的啊？"

但靳浮白居然有脸反驳，轻飘飘地说了一句："也不是。"

"还不承认，那刚才你明明……"

靳浮白手上沾染了药膏的薄荷味，抬手捏一捏她的脸颊，以此打断她的胡思乱想。

傻姑娘不明白，是因为她准备"礼物"的心意，如此令人心动。

熄灯后，向芋忽然想起什么似的，问靳浮白："我回来时看见外面放了茶杯，除了你和骆阳，还有客人来过？"

"嗯，李侈。"

好久没听到李侈的名字，向芋愣了愣，才轻声问他："他还好吗？"

有很长一段时间，向芋都不太愿意回忆起李侈。

她总记得李侈的场子，纸醉金迷，灯红酒绿，集所有奢华于一室。

而李侈像是场子里最璀璨的一盏频闪灯，满身珠光宝气。

他总是戴着满手的戒指，项链也要好几款叠戴在一起，见了向芋，大手一挥，说："我嫂子今天不喝酒？那就拿果汁来，鲜榨的！"

李侈就像他的名字，穷奢极侈。

但后来，浮华退去，有那么几年，那群聚在排场里的人，也都随着靳浮白的消失，一同消失在向芋的生活里。

她在平静生活里遇见不少故人，但回忆起来，李侈总是最令她唏嘘的一个。

靳浮白说："不太好，这阵子有点想通了，正准备离婚。"

真正见到李侈，已经是深秋。

气温微寒，院子里的两棵银杏树只剩下星星点点几片叶子。

向芋那天休息，按照网上教的方式，煮了个秋季养生茶。

枸杞、红枣什么的都放了，她突然觉得养生茶和花果茶也差不了多少，自信地往里面塞了柠檬和橙子，末了撒上一把干玫瑰。

煮茶时向母打来电话，说是今年过年期间应该不太忙，能回 B 市过年。

向芋想了想，说："妈妈，等你和爸爸过年回来，给你们介绍我男朋友认识。"

其实向芋还挺紧张的，不知道她爸妈见到靳浮白，会是什么反应。

挂断电话，余光瞄到有人进了院子，她回身，正好看见李侈。

李侈和从前相比变化太大了，穿着一件黑色风衣，浑身上下再无装饰，连块手表都没戴。

他的面容沉稳了几分，不似从前总是嬉皮笑脸。

李侈看见向芋，先开口打招呼，客气地叫她："嫂子。"

他是来找靳浮白谈事情的。

看出李侈不自在，向芋便没多说什么，只是简单寒暄，把靳浮白叫了出来。

下午的阳光正好，深秋也不显凉意，靳浮白和李侈坐在院子里的石桌旁。

一转眼，几年时光悄然而过，物是人非。

向芋煮好了她的"花果养生茶"，端到桌边，非常热心地给他们倒好，催促他们："尝尝，我煮了半天呢，看看味道好不好。"

这"花果养生茶"卖相实在是不太好，主要是她加了一把黑枸杞，煮得紫黑紫黑的。

早些年宫斗剧里面的堕胎汤，看着都没有这么令人没食欲。

李侈还有些拘谨，看到这茶，他张了张嘴，到底还是没说什么。

他心想，靳浮白这人肯定是不喝的；他靳哥如果不喝，那他也可以顺势拒绝。

结果靳浮白端起茶杯，宛如品鉴香茗，轻轻吹散茶盏上面蒸腾的水汽，尝得认真。

以前在茶楼喝千八百块钱一两的茶，也没见他喝得这么仔细过。

向芋眼睛亮晶晶的："怎么样？好喝吗？"

靳浮白没什么表情："嗯。"

然后，向芋把目光转向李侈。

那眼神可太真诚了，饱含期待。

"谢谢嫂子。"

李侈端起茶杯，喝了一口。

酸、甜、苦，若再加一份辣，那可就真的是四味俱全了！

还有股中药混合花香的怪味儿。

哪怕落魄得马上就要退出那个名利大圈子，他也没喝过这么奇葩的茶水。

李侈表情变了变，强撑着咽下去，最终没绷住，呛得咳嗽半晌。

想当年，靳浮白口味之挑剔，那是圈子里出了名的，谁要是想请靳浮白吃顿饭，那真是要对饭馆精挑细选。

现在，这么难以下咽的玩意儿，他都能面不改色地咽下去了？

李侈咳了个半死，回过神时，正好听到靳浮白和向芋的对话——

"我煮的茶有那么难喝？你拿过来我自己尝尝。咦，味道是好怪啊……要不倒掉吧……"

"不用，我觉得挺好。"

倒是李侈现在百烦缠心间，也不得不飙出一句感慨："我真没想到，你俩感情好成这样？"

恩爱到，味觉都失灵了？

向芋其实并不拿李侈当外人，过去靳浮白圈子里那么多人，也就李侈同她聊过几次真话。

见他不再像刚进门时那么拘谨，向芋干脆瞪他一眼，和他理论："那你别喝这一整壶。靳浮白自己都能喝光，他喜欢着呢！"

说完，她扭头去看靳浮白："对吧？"

靳浮白满脸无奈和宠溺，顺着她说："对，你说的都对。"

隔了两秒，他又补一句："喝半壶行不？"

李侈愣了一会儿，突然笑起来。

他真是好多年，没有这么开心过了。

李侈现在已经当爸爸了，离婚这件事，女方家仗着权势高，要求十分过分，也不同意把孩子给李侈抚养。

可是孩子如果留在女方家，等女方再次联姻，再生孩子，李侈的孩子不就成了爹不疼妈不爱的小可怜了吗？

他需要一个能赢得过女方家团队的律师，所以想要借靳浮白的律师一用。

靳浮白离开集团之后，并没有私人法务。

他给堂弟打了电话，帮了李侈一把。

晚饭，李侈是留下来吃的，骆阳在菜馆订了几样家常菜，开车取回来，又买了一箱啤酒。

几瓶啤酒下肚，李侈才终于话多起来，又有了些从前的样子。

他好像有些醉了，同他们讲圈子里的那些人，讲到渠东航，他像以前一样，扬着调子问："嫂子，这人你还记得吧？"

他们曾经也谈论过这个名字，就是小杏眼跟过的那个渠总。

那是在去寺庙拜佛的缆车上，李侈像个璀璨的首饰展览架，在透明缆车里折射着阳光，向芋当时觉得，不戴墨镜都难以直视他。

那时他就拿着手机，问过向芋同样的问题，问她记不记得姓渠的。

他那会儿多风光，拜佛时还嚣张地说："这佛像全身缀满宝石，看着也没我亮堂。"

李侈知道向芋烦渠东航，便细细说起他公司破产的事情。

是因为女人，说某个枕边人把项目资料卖给了对手公司。

"这个下场适合他。"向芋点点头说。

后来李侈说起自己两岁半的女儿，当年叱咤夜店的浪子，笑起来，还主动给靳浮白和向芋看照片和视频。

向芋对着视频里面肉嘟嘟的小孩儿笑，连夸"好可爱"。

李侈离开时，借着醉意，像过去那样揽着靳浮白，忽然说："靳哥，这是我近些年，最开心的一天，真的。"

那天聊得晚了些，送走李侈，靳浮白再回眸，向芋已经困得像小鸡啄米，靠在椅子里合着眼，频频点头。

他脚步放轻，走过去，把人横抱起来。

怀里的人尝试着睁了睁眼睛，没睁开，索性闭目靠在他怀里："我要洗澡，在厨房煮茶时出汗了，都不香了。"

浴缸很大，在热水里泡了几分钟，向芋才完全清醒。

潮湿的空气里弥漫着淡淡的柑橘薄荷味道，向芋有点皮，戳了一坨泡沫，往靳浮白脸上蹭。

靳浮白没躲，只是无奈地说："别闹。"

她声音里还有睡意未消的懒散，不经大脑地说："你竟然……"

靳浮白手上的动作一顿，用指尖点她的额头："你可少说两句吧。"

李侈再来时，B市已经入冬。

B 市人喜欢铜锅涮肉，秋冬，羊肉也成了温补的首选。

偶尔不知道哪家邻居煮火锅，飘来一丝沸水煮羊肉的香气。

李侈带来一个小女孩，是他的女儿，小名叫迪迪。

李侈兜里揣着离婚证，和靳浮白一起靠在窗边。

外面下了一点小雪，迪迪和向芋在院子里，一个穿着小红袄，一个穿着厚厚的羽绒服。

她们仰头，傻看着雪花飘悠悠地落下来。

雪花飘落到脸上，一大一小两个姑娘，都缩了一下脖子，然后对视。

向芋把两只手曲着张着，放在脸边，逗迪迪说："我变成老虎了，现在要吃穿红衣服的小女孩。"

迪迪一声尖叫，小皮鞋"嗒嗒嗒"地在院子里响。

李侈看一眼身旁的靳浮白——这人眸子里缱绻着笑意，目光紧紧追随着向芋。

她在闹，他在笑。

连下了雪的冬季都格外温暖起来。

人这一生，会遇到太多选择。

站在那些岔路口，有时候觉得自己选对了，可其实路越走越窄。

秀椿街流传着一个传说，说曾经这里有个男人，早早卖掉了四合院，去南方经商，赚了一千三百万元。

本来他算是很成功很成功了，结果衣锦还乡，回到秀椿街，发现 B 市房价早已经飙升，当年他卖的那套四合院，市值两千万元。

他兜兜转转几十年，还不如遛弯逗鸟的邻居卖套房子赚得多。

像李侈，当年李家何其风光。

婚礼那天的场景，他还历历在目。

他记得他在婚礼上把钻戒随意往新娘手上一套，压低声音说："结婚是结婚，你别干涉我的自由，听懂了吗？"

那时女方家实力远不如李佟家雄厚，只能点头，笑着说："形婚嘛，我干涉你自由干什么？"

可后来呢，他不也沦落到看女方家脸色过日子的地步？

离婚这件事，他都是鼓足了不少勇气的。

退出这段婚姻，就意味着：他只能变成一个带着孩子的普通单身男人。过去那些豪车美人、股票楼盘、名茗美酒，都不再和他沾边。

往离婚证上盖章时，李佟很难说自己是真的觉得解脱，还是也有些许的留恋和惆怅。

可他看见靳浮白和向芉，突然又对未来的生活充满希望。

圈子里有不少人把靳浮白和卓逍相提并论。

在他们眼里，他不过是为了爱情疯魔的傻子。

连和褚家联姻的大好机会，都被堂弟抢走。

有人说他已经死了；有人说他变成植物人住在私人医院里；也有人说他一朝失败，穷困潦倒。

李佟笑一笑，原来浮华不过是过眼云烟。

那些人，他们有谁见过靳浮白真正笑起来的样子？

也许是觉得靳浮白和向芉的生活环境温馨，有那么一阵子，李佟常带着迪迪过来玩。

B市这一年冬天下过几场大雪，气温也降得厉害。

这天向芉上班时觉得脑子昏昏，眼皮也跟着犯沉。

去周烈办公室送东西时，她身子一晃，磕在桌角上，疼得直皱眉。

周烈连忙起身，问她有没有事。

向芉摇一摇头，勉强打起精神，忽然想起前几天晚上看见的场景。

她和周烈认识也有七年了，算不上朋友，但也算足够熟悉，于是打趣地问："我昨天晚上可看见你了。"

"在哪儿？"周烈见她没事，才坐回椅子里，问道。

向芉扬了扬眉梢，笑得很是神秘："在你把我家小杏眼拐上车的时候。"

周烈偏过头，不自在地咳了一声，说是雪天不好打车，正好顺路，就送她一程。

"哦，送一程呀！"

见她这样眉飞色舞地扬着调子，有一些反驳的话，周烈也就没说出口。

就让她误会着吧，总比看出端倪强些。

调侃完周烈，向芋拿了迷你望远镜，靠在窗边，往对面楼里看。

天幕沉沉的，被压了一层云，雪花纷纷扬扬，对面的花瓶里，很应景地插着一枝雪白的月季。

向芋笑一笑，觉得头疼都好了很多，凭借这份愉快，挨到下班。

只不过回家时，她还是被靳浮白一眼看出了不对劲。

靳浮白俯身，把手背贴在她额头上，然后眉心皱得沟壑深深，说她发烧了，要带她去医院。

出门时，向芋一个不小心，绊在门槛上面差点儿摔倒，靳浮白马上警惕起来，连路都不让她走了。

他还是老样子，紧张她身体时，什么都做得出来，哪怕向芋现在28岁了，他也坚持背着人满医院走。

医院里有个孩子在走廊里撒着娇，想让家长抱，被家长严厉拒绝。

家长说："你已经是大孩子了，要自己走路才行，动不动就让人抱，像什么样子？"

结果那孩子正好瞧见靳浮白背着向芋走过去，小手一指，理直气壮地反驳："那个小姨姨都是大人了，也没自己走呢。"

向芋发着烧都听清了小孩的控诉，觉得自己很丢脸，挣扎着想从靳浮白背上下来。

靳浮白步伐很稳，笑着逗她："你把帽子扣上，看不出你是大人还是小孩儿。"

气得向芋一口咬在他脖子上："我哪有那么矮，我也有一米六六呢！穿上鞋一米七！"

检查完，结果就是着凉感冒。

但是中医那边说她有点虚，所以容易生病，可以吃一点进补的中药。

这中药苦得比她的那个茶难喝一万倍。

向芋每天都要做将近一个小时的心理准备，才能捏着鼻子一口气喝完药。

她喝完，把碗往池子里一丢，转身就往靳浮白身上扑。

最近李侈总带着孩子来，靳浮白不知道从什么时候起，兜里开始有糖了，看着她吃完药，总是能变出一颗糖。

起先向芋没发觉，只觉得靳浮白的糖都是给小迪迪准备的，自己算是沾光。

但这中药，一吃就是半个月，后面天气越来越冷，雾霾也重，李侈怕迪迪感冒，几乎不太带她出门了。

可靳浮白兜里，还是每天都有糖。

有一天向芋喝完药，满嘴的苦药汤味道，皱着眉扑进他怀里，习惯性地往他裤子口袋里摸。

口袋空空如也，她当即蒙了。

她心想：完蛋了，靳浮白买给小孩子的糖，终于被她吃光了。

可是嘴里的苦还没散，简直要命。

向芋不死心地又往口袋深处摸了几下，靳浮白于是轻笑出声，故意把话说得撩人："干什么呢，再摸我要给回应了。"

她皱着一张脸："糖是不是……"

没有了？

话还没说完，靳浮白就揽着她，一低头，吻住她的唇，把嘴里的糖渡进她口中。

橙子的清甜顿时充斥口腔。

顺便，他加深了这个吻。

向芊含着糖瞪他，想说他这是趁火打劫。

但靳浮白不承认，用指尖托起她的下颌，很认真地问："难道不是和你同甘共苦？"

也是，他确实尝到了她嘴里的中药，也确实和她分享了糖……

向芊蒙了几秒，一时没想到反驳的词，然后换了个话题："迪迪都不来了，你还每天装着糖？有这么喜欢小孩子？"

"是喜欢你。"

"你说什么？"

还以为他又说身高，向芊声音都拔高了些。

靳浮白笑一笑："我给迪迪买什么糖，李侈才是她亲爹。"

正逢骆阳搬着一盆水仙花从厨房外走过，听见这话，脚步一顿，扭头。

窗外，露出他那种想说什么，又憋也憋不住的脸。

骆阳说，那天靳浮白买糖，他是看见了的，本来也以为是给迪迪买的。

结果有一天李侈带着迪迪来，靳浮白掏手机，无意间带出一块糖。

李侈当时还挺感动，说："靳哥，你是特地给迪迪准备了糖吗？"

靳浮白起先没说话，也确实把糖剥开，喂给迪迪吃了。

李侈又想发表一些"闺女获糖感言"，但靳浮白抬起手，做了个"止"的手势。

他淡淡开口："向芊最近在吃中药。"

李侈懂了，但迪迪没懂。

小姑娘的性子应该是遗传了李侈，开朗、话痨，且十分自恋："因为迪迪是可爱的小女孩，招人喜欢，所以迪迪有糖吃。"

靳浮白一点头，说："嗯，家里有个更可爱的大女孩，更招人喜欢，糖是给她买的。"

骆阳对靳浮白的评价是："靳先生的好胜心，都在向小姐身上。夏天那会儿，我说'院子里的花开得好，就指着这些花给增添色彩呢'，靳先生都要反驳我，说有比花更能增添色彩的人存在。"

说完，骆阳摇摇头，嘟囔着，说他自己已经 20 多岁了，也该去找个女朋友了，免得天天吃狗粮。

向芊笑得直不起腰，扭头去问靳浮白："你怎么这样？跟孩子也较真儿，跟花也较真儿？"

靳浮白并不反驳。

其实他不是较真儿，是真心觉得，在他眼里，万事万物都不如她。

12 月时，秀椿街街口处不远的一家酒店，据说因为家庭纠纷经营不下去了，准备转让。

这个转让的酒店，被靳浮白拿了下来。

谈合作那天向芊下班早，正好穿了工作时的西服套裙，就说要陪着靳浮白一起去。

她佯装成小秘书，跟在靳浮白身边，主动帮他拎档案袋，还帮他开车门，殷勤得很。

下车时，前酒店老板问起向芊："这位是？"

靳浮白微微偏头，向芊在旁边用眼神威逼利诱。

他只好不动声色地笑一笑，说："这是我的秘书——向小姐。"

她爱玩，靳浮白也没阻止她，就让她玩个够。

酒店不算大，比起以前李佟的那些，算是小巫见大巫。

但好在转让费用也不贵，蛮划算。

同人谈好合作后，靳浮白准备起身，向芊屁颠屁颠地过去帮他拉开椅子，乖巧得像换了个人，娇声说："靳先生，您慢点。"

靳浮白好笑地看她一眼。

他忘了告诉她，正经的秘书是不帮忙拉椅子的。

她这个殷勤劲儿，人家前酒店老板估计得以为他俩有一腿。

靳浮白绷着笑意，和前任老板握手告别，那人送他们到电梯。

电梯门一关上，靳浮白那种谈公事时的严肃脸也消失了，笑着去捏向芋的脸颊："好玩吗？"

"好玩啊！我是不是很尽职尽责？你们谈合作时，我都没有掏出手机玩游戏呢。"

向芋微微扬头，看他："你以前有没有那种身材火辣的女秘书，让你每次看一眼就神魂颠倒，觉得工作都不累了？"

靳浮白说："想什么呢，我是跟着外祖母的，在集团里没有实职，哪来的秘书？"

他的秘书都是借用长辈的，30 岁或者 40 多岁，还有 50 岁的老秘书，而且都是男人。

"那你好惨。"向芋笑话他。

"看一眼就神魂颠倒的倒是有一个——"靳浮白俯身吻她，语调挺不正经，"——这不，就在眼前。"

谁想到他们两个光顾着腻歪，根本没按电梯楼层。

人家前酒店老板也是准备下楼的，按了电梯之后，"叮咚"一声，电梯门缓缓打开，看见了正在拥吻的靳浮白和向芋。

两人闻声停下来，扭头，和这位满脸尴尬的前酒店老板面面相觑。

靳浮白到底是见过大风浪的男人，手还揽在向芋腰上，神色自如："您也一起下去？"

前老板连忙摆手："不用不用，您先您先，我再等下一趟。"

这回靳浮白按了一层的按钮，电梯门关上。

向芋慌张地扭过头："完了，靳浮白，你的名声不好了，会不会有传闻啊，说你和女秘书乱搞？"

靳浮白轻笑一声："传啊，我还要娶我这位女秘书呢，希望他们到时候能记得来随个礼。"

靳浮白和骆阳要顾着养老院这边，接手酒店之后，他联系了李侈，说是让他来帮个小忙，但其实是准备把酒店丢给李侈管。

酒店重新装修的效率很高，李侈几乎白天晚上都在监工，终于开业那天，已经临近新年。

这几年出了政策，不让放烟花爆竹，摆了一堆的电子炮和彩带筒，也是好不热闹。

这酒店其实谁做都是赚钱，靳浮白让给李侈，自己和以前一样只分一点红利，李侈是很感激的。

李侈说："靳哥，这可是挺来钱的项目呢，就往我手里送？金钱名利都不要了？你现在真是清心寡欲得可以。"

靳浮白指一指向芋："财权是小事，我的心和欲都在那儿呢。"

"得得得，三句话离不开。我可是刚离婚的，别跟我面前秀恩爱了，好吧？！"

开业那天，向芋看着门口长了翅膀的石狮子，笑着说："果然是李侈的风格啊。"

酒店里有柴可夫斯基的曲子，也有暖橙味香薰。

李侈也久违地穿了一身西装，领带颜色花哨，终于有了些以前的样子。

向芋帮李侈抱着迪迪，突然想起什么似的，把迪迪塞进靳浮白怀里。

她从包里翻出一个盒子，递给李侈，笑着说："李总，给你的开业礼物。"

那是个很眼熟的品牌礼盒，李侈接过来打开，盒子里居然是一枚黑钻戒指。

"听说戒指戴在食指，是单身的意思。恭喜你恢复单身，祝你未来更好。"向芋笑一笑，抬起手给李侈看自己的戒指上缠的渔线，"戒指尺寸是靳浮白告诉我的，但他选号码不一定准，不行你就自己拿去改改。"

李侈整个人是愣着的，顿了很久，他才开口："这怎么好意思。"

向芋从靳浮白怀里接过迪迪："有什么不好意思的，我的年终奖不多，差价是你靳哥补的，跟他你客气什么？"

李侈瞬间红了眼眶。

曾经那么巧舌如簧的他，现在却哽咽着不知道该说什么好，只能说了几次谢谢，然后把戒指戴在食指上。

"祝你获得新生。"靳浮白说。

李侈想给他靳哥一个大拥抱，但被靳浮白推开了，只能独自抹了抹感动的眼泪。

当天晚上，靳浮白浅吻向芋，问她："我怎么收不到你的戒指呢？净给别的男人送了。"

这话他也就是调侃一下，想逗她，看她什么反应，没想到向芋光着脚跑出屋子，还真翻出一个盒子，递到他眼前。

靳浮白打开，里面是一枚戒指，设计得几乎和向芋手上那枚一样——朴素的铂金圈，里面镶嵌了一圈钻石。

看来也是费心找了人定制的。

"哪来的钱？"

向芋从他手上拿过戒指："问我爸妈要的啊，跟他们说了，我要包养一个男人，让他们赞助我点钱。"

靳浮白笑出声："还想着包养我呢？"

"对啊，你给不给养吧，不给我就换一个养去。"

她这副小模样特别傲娇可爱，靳浮白笑了一会儿，才把戒指套在无名指上："行，我归你了。"

向芋叉腰道："那你以后可要听我的差遣。"

"听，都听你的。"

靳浮白把人揽进怀里吻了吻："岳父岳母什么时候回来？"

"后天。怎么了？"

"我和你一起去接机，再订个好饭店请岳父岳母吃顿饭。"

"这么殷勤？"

靳浮白笑着说："总要探一探口风，看岳父岳母愿不愿意把女儿嫁给我。"

4. 那是一种，滚烫的动容

那枚粉钻戒指，向芋只有周末才会拿出来戴一戴，尤其是在超市之类的场合。

用她自己的话说，她穿得普通，戴着这样的戒指逛超市，别人会觉得她戴了一大块彩色玻璃。

不容易被抢，很安全。

靳浮白有时候看到她戴着那样夺目的戒指，拎起一大桶酸奶，念念有词，说那桶酸奶是"加量不加价"款，划算。

她还规定他也要每天喝上一小杯酸奶，说是查过了，酸奶的营养更容易被吸收。

向芋这样说时，脸上还有多年以来仍未完全退去的一点点婴儿肥，显得她更幼态。

她身上有很多美好和柔软，让人只是看着她，心里就变得舒坦。

靳浮白喜欢她紧张他健康的样子，就好像总在无声地传递给他这样的信息——

我们要一起走过岁岁年年，所以要格外保重身体才行。

向芋唯一一次戴着戒指出席正式场合，是跟着靳浮白出国，去"见"外祖母。

陪他一起回去，是向芋提出来的，对那位老人，哪怕素未谋面，她也总是惦怀。

靳浮白的外祖母，一生都饱受争议。

在商业上，有人说她的决策都过于保守，让集团在最容易扩大市场时失去了很多机会。

也有人说正是因为她的保守，集团才能稳步走到后来。

可无关商业，抛开一切权谋算计，外祖母又只是外祖母。

只是一位有点忙碌的外祖母。

她在去世前，让靳浮白务必把集团里的事情代她打理妥善。

"集团是大家的心血，不能辜负，懂不懂？"

那天的交谈，靳浮白握紧外祖母苍老的手，老人手背的皮肤干燥、布满褶皱，吃了多少补品都无济于事。

说话也有气无力，气声更重过嗓音。

他那天握着她的手，第一次做祈祷这种无意义的事情。

靳浮白希望自己能握住的不只是她骨瘦嶙峋的手，还有她不断流逝的生命。

想让她再多留一阵，哪怕只是一阵子，也是好的。

可这都是妄想。

靳浮白眉头紧蹙，隐忍眼泪，对她承诺："外祖母，我懂。"

早些年，靳浮白还在上大学，毕竟年轻，性子比现在更急。

因为家里总想安排他进入集团，他不知道和长辈们吵过多少次架。

那时候他觉得自己很在理。

是，他是擅长经商，从小在商业圈子里长大，折纸飞机用的是投标书，到了初中、高中，看的杂志也都是财经类的，能不擅长吗？

可不能因为擅长，就去做一辈子吧？

他总该有权利选择自己的生活方式。

吵了无数次都没什么结果，最后还是外祖母出面，她那时还远没有那么苍老，身体也算硬朗。

外祖母就坐在餐桌旁，夹起一只虾饺，笃定而缓缓地开口："浮白就不必进集团挂职务了，我老了，很多事情都力不从心，让他来帮我就好。"

于是靳浮白变成了"靳先生"。

外祖母的手指弯了弯，可能是想要回握他，又力不从心，动作微弱。

她温和地笑一笑，老一辈纯正的粤语被她说得格外和蔼，哪怕咳嗽几声，再开口时都掺杂着哑音："浮白，电话里的小姑娘，真的是我未来的外孙媳妇吗？"

"是。"

老人那双已经混浊的眼，艰难地弯了一瞬，堆砌起更多褶皱。

靳浮白看懂了外祖母的意思。

她一定知道，他喜欢的不是那些想要联姻的小姐，而是一个相比之下，家境稍显平凡的姑娘。

她一定知道他们的感情有多艰难，才会在无意间同向芋通话时，明知不可能把那姑娘带来靳家，也还是温和地邀约，让向芋安心。

"浮白，喜欢人家，就要对人家好，不容易的事情会有很多很多，人生啊，人生没有容易的。不要、不要委屈人家。"

外祖母给靳浮白留下一笔钱，遗嘱里说，无论他遇见什么样的女人，如果他觉得值得爱，就去爱。

她在弥留之际，关于集团，只叮嘱了那一句，其他的精力，都在鼓励他勇敢去爱。

她一点也不像是他们这种家庭里的领头人，更像是普通家庭里慈祥的老人。

去国外那天，下了一场很大的雪。

雪后微风浮动，有稀碎浮絮飘在风里，阳光一晃，宛若金粉。

向芋献了一束纯白色的洋桔梗在墓碑前："外祖母，我来看您了。"

黑色的碑，金色的字，但靳浮白却说，外祖母其实并不在这儿。

外祖母一生没有爱过什么人，她叱咤商场，却总喜欢说粤语，哪怕在国外生活的年数早已经超过了在家乡生活的时长，可她仍然爱着那片土地。

她的骨灰遵照遗嘱，撒在家乡的土地里。

这趟行程有些压抑，回程的飞机上，靳浮白和向芋都有些沉默。

航班运行平稳，他们稍微睡了一下，醒来时仍然十指交握。

靳浮白眉心一直轻轻蹙着，快要抵达 B 市时，他才同向芋说，很是奇怪，外祖母一直都很希望他能遇见真正爱着的人，也居然真的阴错阳差，同向芋通过一次电话。

这也算是了却了老人一桩心事。

向芋说："我会对你很好的，外祖母一定能感知到你是否开心，她会放心的。"

她那模样，像个求爱的毛头小子。

靳浮白终于笑了笑："这种话留给男人来说。"

"那你也不说啊，爱我都没听你说过几次。"向芋想了想，夸张地捂住嘴，"好像都是那种时候说的，该不会——你其实只对我的身体有兴趣吧？"

靳浮白把她掩在唇边的手拉下来，吻她的手背。

他那含情脉脉的样子，向芋以为他是要说情话，便先柔和了表情，准备听一听。

结果这人说了什么？

他居然笑着说："那你实在是高估了你的身体。"

向芋差点儿把他咬死在万米高空上。

那阵子刚好过完新年，街上还残留着不少热闹的年味。

养老院里有几位老人，没有晚辈照顾，连除夕都是在养老院过的。

还有无家可归的骆阳和两个回不去家的工作人员，也算是凑了好热闹的一桌年夜饭。

B市人喜欢热闹,这种气氛一直延续到元宵节后。

向芋正月里收到很多条祝福信息,只有小杏眼的值得聊一聊。

小杏眼回老家过年,说是家里给安排了相亲对象,那男人一副敦厚老实的相貌,她说她很喜欢。

聊过几句,向芋把手机一收,长叹:"小杏眼回家相亲遇见有眼缘的了,完了,周烈没戏了。"

靳浮白在旁边,看着她长吁短叹地替人家瞎操心,好笑地问:"什么时候改行了?还想当媒婆?"

"什么媒婆?我看周烈和她很合适啊。"

靳浮白笑一笑,不予评价。

他反正记得,某次他在向芋公司对面的办公楼,拿着望远镜,正好和同样拿着望远镜往对面望的周烈目光相撞。

反正他瞧着,那位周老板的目光不像是对小杏眼有什么意思,倒像是,对他的姑娘有点特别的心思。

2月初的夜晚,小风吹散轻云。

白天下了一场小雪,因为天气暖和,落地即化。

空气里弥漫着新雪融化的微潮气味。

网络日新月异,只需要开通会员,就能在一些视频APP上看综艺、看电影、看电视剧……

但向芋和靳浮白仍然喜欢老式DVD,他们窝在床上,把光盘放入机器里,等着读盘放映。

片子是向芋选的,很老很老的一部国外电影——《毕业生》,上映于1967年。

画质和画面的颜色,都有种时光老旧的感觉;主题曲很有味道,是那首很有名的 *The Sound of Silence*。

男主角刚大学毕业,结识了一位父母的朋友——已婚的罗宾逊太太。

在这位颇具风韵的太太有意的勾引下，男主角和她发生了很多次关系，之后却陷入迷茫：这种感情到底是什么？

向芋抱着抱枕，盘腿坐在床上，无端叹气。

靳浮白递过去一盘提子："怎么了？"

卧室里开着一圈灯带，光线柔和。

电影播放到罗宾逊太太动作优雅、不紧不慢地穿上她的丝袜，男主角刚和她吵了一架，站在门口，却不舍得离去。

这一幕很是经典，光盘盒子上面的宣传画就是复刻的此帧画面。

"这男主角和我当时认识你时年纪一样呢，21岁，刚毕业。"向芋脸上映了些电视屏幕里的光，扭头瞪靳浮白，"我当时就是被你这样勾引的。"

她说完，捏起一颗提子放进嘴里，鼓着腮，边嚼边继续瞪人。

靳浮白看了一眼屏幕里穿丝袜的女人，挺好笑地问："我就是这样？勾引你？"

"当然啊，不然我是怎么上了你这条贼船的。"

向芋像煞有介事地说完，噘起嘴，给了靳浮白一个眼神。

得到眼神的人习惯性地伸出手，用掌心接住她吐出来的子。

靳浮白起身去把东西扔掉，顺便拎回来一个小垃圾桶，放在床头。

他穿着暗烟灰色的睡袍，走到向芋面前，挡住电视画面，抬起她的下颌。"我当年是怎么把你勾到手的？"他说着吻了吻她的唇，起身时又故意把动作放慢，拇指温柔地剐蹭她的唇珠，"这样？"

向芋用提子丢他，说他没个正经。

提子不轻不重地砸在他胸膛上，然后咕噜噜地滚到床底下去了。

床下缝隙就那么一点，向芋傻眼了，不知道怎么把它拿出来。

她试探着问靳浮白："要不，就放那儿？会不会时间久了，它就变成了一颗可爱的葡萄干？"

靳浮白一笑。"你当这儿是新疆？它发霉烂在下面都是好的，万一招来老鼠……"他存了逗人的心思，说到这里有意停了停，"或者蟑螂。"

向芋一听床底下会有其他生物，突然就有点不舒服，摸着自己的手臂，一脸愁绪地说："不会吧，真的会有老鼠和蟑螂？"

她这个忧心忡忡的样子靳浮白看不得，本来还想多逗几句，但眼见着她眉心都皱起来了，他也就咽下了后面准备好的那句诓人的"装修得再好，毕竟是老房子嘛，蛇虫百脚的，保不齐还有蜈蚣、蜘蛛什么的"。

放下逗她的心思，靳浮白安慰地吻她："逗你的，什么都没有，我去找个东西，把提子弄出来。"

靳浮白找了根竹竿，这根竹竿戳在院子里两天了，好像是骆阳捡回来，准备做个什么手工艺品的。

他进屋时，向芋撅在床边，正在拿着打开手电筒的手机看床底下的那颗提子。

他们穿的是同款睡袍，真丝面料，本来看电影时她抱着枕头靠在他怀里，像个虾米，睡袍肩领早就散开了一些。

她这个姿势，睡袍的一部分被她压在膝盖底下，小腿露在外面。

靳浮白收回目光，把人拎起来："鞋子也不穿，床上待着去。"

等靳浮白把提子钩出来，又把竹竿送回去，电影也没办法继续看了。

向芋正举着手机，接唐予池的电话。

向芋和靳浮白重逢的这半年时间，正好是唐少爷的创业关键期，几个月以来他和向芋联系的次数低过他们相识以来的任意一周。

因此他消息闭塞，根本不知道向芋已经和靳浮白感情迅速回温。

唐予池在电话里无意间提起靳浮白，还用一种十分宽容、温和的态度，规劝道："我说向芋，我看你最近在朋友圈像个文艺青年，要不我给你介绍个对象吧，和我一起创业的兄弟，还挺不错。"

靳浮白回来之后，向芋有空就和他腻在一起，哪有那么多时间更新朋友圈。

她半年只发过两条动态，一次是问：钢钉能干什么？

另一次是发了办公室桌上的橙子子绿植。

发橙子子绿植那次，向芋还以为靳浮白会超级感动，她发完朋友圈，特地提醒靳浮白。

结果这人迟迟没回消息。

她憋着一股气到下班，冲进等在办公楼外的靳浮白怀里："我发的朋友圈你没看见？"

"看见了。"

"那你怎么没个表示？"

"绿植养得不错。"靳浮白帮她系好安全带，慢悠悠地说。

向芋那天差点儿气死，火气直冲天灵盖。

他给忘了？！

结果这人把她往怀里一按，笑着吻她的侧脸："逗你的，我记得，是以前那几颗橙子子吧？养得真好。"

但这些弯弯绕，唐予池都不知道，他还以为向芋发这朋友圈是因为爱而不得，心情郁闷。

见向芋不说话，唐少爷隔着大洋，声声劝告："有关于靳浮白的消息都不太好，你说你等什么呢？万一，我是说万一，他回来是回来了，但早已经残疾了，你还会跟着他？"

这个部分，唐予池还举例了——

靳浮白可能瘫痪了；可能是植物人了；也可能傻了，每天淌着口水，等人喂饭。

卧室里格外寂静，唐予池的声音清晰地传遍了每一个角落。

向芋脊背僵直，木着一张脸回眸，看见靳浮白靠在卧室门口，似笑非笑。

唐予池可能是忙傻了，以前也是挺有眼色的一个人，今天偏偏要在她的沉默里，三句话不离给她介绍男朋友的主题。

他一口气儿说了三四个男人的名字，还列举了优点。

向芊琢磨着，这少爷再说下去，她今天晚上可能不会太好过了，毕竟上周……她的膝盖，现在还是青的。

于是她匆忙结束话题，挂断电话，连靳浮白已经回来了这事儿，都没来得及同唐予池说。

靳浮白已经靠着枕头，半躺在床上了，向芊刚才都没盖被子，手脚都稍微有些凉。

他把人拉进来，帮她暖着手："你那个发小，总给你介绍男朋友？"

向芊把脚也凑过去，贴在靳浮白腿上，毫不心虚地吐槽："你走了那么多年，唐予池一次都没惦记着给我介绍个男朋友，现在你都回来了，他居然提这事儿。"

"还觉得挺遗憾？"

靳浮白把手往她腰上掐，不舍得重，改成去挠她痒痒。

向芊在被子里缩成一团，主动献吻，以示告饶。

窗外的植物轮廓落于帘上，影影绰绰。

她窝在靳浮白温暖的怀抱里，愉快地盘算着，说等唐予池回来，要介绍他们两个认识，一起吃顿饭什么的。

靳浮白吻一吻她舒展开来的眉心："好，都听你的。"

他喜欢她诸如此类愉快的情绪。

过去，靳浮白有过无数次和唐予池打照面的机会，有时候是远远望见，有时候见面点个头。

向芊从来不为他们互相介绍，哪怕他们彼此都知道对方的身份。

她不介绍，是因为她自己从未发觉到的不安。

向芊同他在一起的那几年，几乎没有抱怨过，她甚至温柔地收敛起所有会让他有压力的关系网。

她怕介绍朋友给他认识，会让他感觉到压力，所以就不介绍。

她怕自己问多了行程让他有压力，所以就不问。

向芋在那段关系里，其实应该有很多女孩子该有的敏感和不安。

她时常不知道他在什么地方，也时常不知道他同什么人在一起。

可她从未把不安变成他的压力。

甚至某次他去参加饭局，外套被随意脱下来丢在包间的沙发上，不知道是挨着哪个女人的外套了，沾染上一身刺鼻的香水味。

那天他喝了点酒，带着向芋回了李侈的酒店，外套是向芋帮忙挂的，他还以为她会醋意地质问一句饭局有谁。

靳浮白也就拧开了一瓶矿泉水喝着，等候发落。

谁知道她挂完外套转身，蹙眉说出来的是："你怎么又喝冰镇的水？天气这么冷，喝冷水要伤肠胃的。"

靳浮白当时说不上自己什么感受，只觉得他委屈她太多，便过去抱住人，故意说起酒局上面的段子，状似无意地把去的人都说了一遍，好让她心安。

堂弟靳子隅好奇心旺盛，还真打探过向芋，末了跑来问他："堂哥，你爱的那位，我看着一般，你爱她哪儿？"

他没提向芋的名字，但靳浮白还是怔了良久才回答："爱她的所有。"

那时候面对向芋的"小心翼翼"，靳浮白总有一种鞭长莫及的无力感。

他可以给她爱，可以很爱很爱她。

可是他那时还不敢保证，他能永远那么肆无忌惮地爱她。

幸好现在，都过去了。

说到唐予池回国的日期，向芋说是下星期五。

靳浮白眯缝着眼睛算了算，突然扬眉，说道："下星期五？不就是 2 月 14 日？"

他捏着她的耳垂问："怎么感觉每次情人节，你都是和你那个发小过的？"

向芋躲着他的手，笑着往他怀里钻："那我晚上约他出来，咱们三个一起吃饭呀？"

"好。"

唐予池回国那天，天气真的是非常好，晴得万里无云。

衣锦还乡的唐少爷，戴着大墨镜，光是行李箱就推了一车。

他忙得都没时间过年，这次回国能待三个月左右，还以为爸妈和发小能多开心。

结果一路上，根本没人把他当回事儿。

爸妈兴奋地讨论着吃什么，说的都是向芋爱吃的。

唐少爷把墨镜一撩，眉头皱得老高，用手里喝了一半的矿泉水瓶子捅向芋的胳膊："你怎么回事儿，向芋，喧宾夺主呢？你干爸干妈眼里，现在哪儿还有我这个儿子？"

向芋好笑地看他："唐总这是跟我争宠呢？"

这一声"唐总"，叫得唐予池马上眉开眼笑。

他正准备和向芋说说从国外给他们带回来的好东西，可紧接着听见自己亲妈感慨："芋芋这半年来心情好了很多啊。"

唐母说："以前总觉得芋芋有心事，我们这些家长呢，也不敢多问，不过现在好了，知道有人照顾你，我和你干爸放心了不少。"

然后呢，自己亲爹也开口了："芋芋，有空带人回家里来，干爸看看是什么样的男人。"

上个星期才在电话里说要给向芋介绍对象的唐予池，真的是一头雾水。

愣了半天，他才猛地把胳膊往向芋肩膀上一揽，压低声音，语气很是不满："向芋，你在哪儿找的男人？连我都不告诉？又是一号危险人物？"

向芋把他那只爪子从肩上打下去："没找，靳浮白回来了。"

"谁？"

"靳浮白。"

唐予池一脸"一言难尽"的表情，最后只憋出一句话："还、还健全吗？"

那天是情人节，车子在市区堵了一阵。

满街捧着花束的情侣，电子广告牌不断跳出心形图案，不知道是哪家店，放着一首《告白气球》，空气似乎都是甜的。

但向芋不得不在这样的气氛里，小声和唐予池解释——

靳浮白真的没缺胳膊少腿，也没缺心眼儿。

毕竟干爸干妈不知道这些年的纠葛，只以为向芋是最近交到了称心的男友，所以向芋和唐予池交头接耳一阵，也就换了话题。

唐予池点名要吃爸妈做的菜，他们回了唐家，一起吃过午饭，坐在沙发上喝茶聊天。

聊天到下午，向芋的手机在茶几上轻轻振动了几下。

唐父泡的是特级毛峰，茶色不算浓，倒在薄薄的白瓷盏里。手机一振动，茶盏里漾起水波。

是靳浮白打来的。

向芋怕扰了喝茶人的那份清静心情，起身去阳台接电话。

说了几句，她拉开阳台门，探头问唐予池："晚上一起吃饭吧？咱们三个？"

"行啊！"

光从语气里就能听出唐少爷攒了多少八卦想问。

2 月中旬的天气还不算十分暖和，但胜在阳光明媚。

唐予池的穿衣风格还是老样子，宽大的羽绒服配牛仔裤，搭上他那张娃娃脸，还像个学生似的。

他和向芋站在楼下，趁着等人的工夫，掏出烟盒，敲出一支，点燃。

看样子他是老烟民了，出国在外没少抽。

唐予池抽的烟和几年前一样，有股子巧克力味。

"干爸干妈看见，又得骂你。"

"他俩明白着呢，那时候不让我抽烟，是觉得我为了感情问题抽烟，上不得台面。"唐予池食指和中指夹着烟，烟卷是黑色的，他嘚瑟地晃一晃手，"我现在抽烟，那是因为工作忙，熬夜的时候挺不住才抽，他们要是知道，那还得心疼我，知道不？我……"

这话还没说完，楼道里传来"叮咚"一声，紧接着是电梯门开合的声音，随之，唐父唐母的对话声也传了出来。

唐予池刚才说得挺美，可一听见爸妈的声音，赶紧把烟丢在地上，一脚踩上去。

"芊芊啊，我和你干妈琢磨着，你男朋友来接你们，我们怎么也得见一见，就下来了。"

向芊看着唐予池那双挺贵的运动鞋，死命地踩在烟上。

她忍笑回答："我们是晚辈，应该让他去拜访你们的。"

话音刚落，靳浮白的车子停在面前。

他从车上下来，礼貌地同唐予池的父母打招呼，握手时唐父稍微一怔，问："年轻人，我之前是否见过你？怎么称呼？"

靳浮白满脸谦恭："叔叔您好，我姓靳，名浮白。"

"靳浮白，好名字，人看着也不错，一定要对我们芊芊好啊。"唐母笑眯眯地说完，才愣着脸扭头问，"老公，这名字我怎么觉得好耳熟？靳浮白？是哪个靳浮白？"

唐予池拉着向芊和靳浮白上车，催促靳浮白："快走快走。"然后又摇下车窗，对着唐父唐母喊："就是你俩知道的那个靳浮白。外面冷，别在外面站着了，赶紧上楼吧！"

"看我爸妈那个没见识的样子。"唐予池拍着脑门说。

向芊坐在副驾驶的位置，扭头同唐予池吐槽，说自己爸妈见靳浮白时，表情比干爸干妈更加生硬。

生硬一万倍！

"你俩已经见过家长了？这么大的事儿，我怎么不知道！"

家长是见过了。

过年期间向芊的父母回国了，总共在国内待了五天，初二那天，靳浮白提着礼物拜访。

说"提"不太合适，也许"运"，更贴切一些。

是李侈开着车来的，还抓了骆阳当苦力，再加上靳浮白，三个男人分四趟，才把大大小小的礼盒都堆在向芊家客厅里。

靳浮白那天还吃了个瘪。

他们这个"来势浩荡"的样子，向父向母有点蒙，再加上李侈的话更多一些，一口一个"叔叔"，一口一个"阿姨"的，向父向母还以为，李侈是向芊的男朋友。

向父那天拉着李侈的手："哎呀，小伙子，来就来嘛，买这么多东西干什么？"

向芊清晰地看见李侈一哆嗦。

他连忙干笑着撇清："不不不，叔叔，我是来帮靳哥送东西的，您看我哪儿配得上嫂子啊！"

李侈走的时候，用胳膊肘碰一碰靳浮白，用口型说："靳哥，东西送完了，我走了啊。"

靳浮白睨他一眼，同样用口型说："快滚。"

靳浮白这个男人，30多岁了，平时在向芊面前那叫一个从容不迫。私下里，"岳父岳母"都叫了一两年了，结果见了向芊父母，腰背挺得很直，满脸正经。

他忙工作时都没这么紧绷过。

向芊看他和爸爸充满礼貌地握手，没忍住，笑出声。

搞得好像两国元首会面啊。

那天向父很迷茫，问是否见过靳浮白。

她看靳浮白沉默着思考一瞬，说应该没有真正会面过。

等向芋介绍了靳浮白的名字，她爸妈在商场里拼搏那么多年，也还是双双愣在那里。

"靳、靳浮白吗？哪个靳浮白？"

向芋和唐予池讲起这段，笑着说："我爸妈和他，两方僵硬得……就像咱们上学时候后排有领导听课似的……"

"领导听课时我可没见你僵硬过，老师点名回答问题时，恭恭敬敬地说自己不知道的，不是你？"

向芋用放在车上的抽纸，狠狠打了唐予池一下："这是重点吗？！"

唐予池坐在后排，趁着向芋扒着椅背和他说话，他用了个眼神，极小声地问："你怎么不早说他回来了，那天我说要给你介绍对象，靳浮白不会……都听见了吧？"

向芋露出一脸灿烂的笑："会啊。"

唐少爷能屈能伸，直接祸水东流。

"你早说靳哥回来了，我能给你介绍那些歪瓜裂枣吗？真是的，也不早告诉我。"

"靳哥你好，久闻大名，我是向芋的发小，唐予池。"

"你好唐予池。这些年，向芋多亏你照顾，晚饭我来请客。"

向芋翻了个白眼，在心里狠狠吐槽靳浮白和唐予池。

一个在家里一口一个"你发小"地吃醋。

一个在电话里一口一个"瘫痪傻子"地揣测。

他们见了面倒是挺和平的！

虚伪！

可她还是开心的，甚至在路上，趁堵车的空隙，还哼了一首小调。

是电影里的那首 *The Sound of Silence*。

她英文不好，瞎哼哼，被唐予池说是蚊子叫。

可她转头用目光询问靳浮白时，男人目光深深柔柔地看她一眼："比原唱好听。"

唐予池在后面，龇牙咧嘴。

他心想：靳浮白出车祸时，听觉一定是受损了！

吃饭的地点选在一家西餐厅。

窗外，一池早春阳光浸不透的冷水，柳树倒是枝梢婷婷袅袅，拂了一层新绿。

偶尔有燕飞过，生动了整片无云的天空。

牛排七分熟，刚好，蔬菜汤也鲜香。

靠窗的位置能看见被夕阳浸染的天幕，靳浮白和唐予池聊着天，两个男人的声音慢慢融进周遭场景。

唐予池问靳浮白和向芋的婚期，靳浮白唇角含笑，说他们在等向父向母今年的计划完成，选一个他们都不忙的日子——最好在夏末秋初，B市天气不冷不热时——然后举行婚礼。

向芋嚼着半颗圣女果，突然舒适地眯了眯眼睛。

她终于能把自己的爱人光明正大地带到朋友面前。

眼下这样的情景，是她过去连梦里都不敢妄想的。

向芋扭头，端起一杯果汁，看着靳浮白的侧脸。

他在用左手吃饭，右手放在桌下，紧紧牵着她的手。

两个男人从婚纱款式聊到婚礼流程，靳浮白生疏地把拖地鱼尾裙摆描述成"像扫把那样"。

向芋没觉得好笑，她感觉有什么东西从胸口流过，像夕阳落山时碰巧滑过她的心脏。

那是一种，滚烫的动容。

晚餐临近结束时，唐予池上了个洗手间。

靳浮白捏了捏向芋的脸颊，凑到她耳侧，轻声问："开心？"

"嗯，很开心。"

向芋这样回答完，感觉这个男人把手扶在她腰上，唇齿间有红酒的醇香，他说："回去让你更开心。"

她都没来得及反驳，余光看见唐予池满脸兴奋地往回跑。

向芋怔了怔，忽然觉得这个场景有些熟悉。

阴错阳差，唐予池今天穿的也是一件黑色的短袖，像高一那一年的艺术节。

他脸上有着和最初发现安穗时，很是相似的神情。

也许是某种发小之间的默契，向芋突然激动地抓住了靳浮白的手。

她看着唐予池从一堆埋了单准备离开的人里挤过来，满眼激动地说："向芋，看洗手间那个方向！刚走出来的穿白色羊毛裙的女孩儿，是不是很漂亮？我准备去找她要个微信号！"

向芋顺着他的描述看过去，一个很明艳的姑娘从那边走出来。

唐予池已经把手机准备好了，向芋和靳浮白对视一眼，靳浮白从向芋眼中看到了不少难以名状的欣慰。

这一年是2020年，好像生活早已经涤荡掉了那些令人沮丧的岁月。

一切都是崭新的、令人欣喜的。

一切都像抛过光的金属，露出顺滑的光泽。

5. 爱情稚拙，可又让人快乐

2020 年，3 月，乍暖还寒，却也生气蓬勃。

靳浮白就在这个花草复苏的季节里，不慎染上了同样复苏的病毒，突然发起高烧。

那是一个霾气沉沉的下午，空气里掺了沙尘暴的黄土味，天气差到极点。

满大街都是戴着口罩的行人，还有更夸张的，戴着类似于防毒面具样子的东西。

本来是周末，但向芊早起得到通知，只能赶去公司加班。

公司里有人和周烈开玩笑说："老板，这种天气出来加班，真的不算工伤吗？感觉气管都要被霾气堵住了。"

周烈不愧是私下里被骂了八年"周扒皮"的人，只发话说，加班结束后去后勤部，每人可以领一包口罩。

这项善举，得到了所有加班的人大声的"切！"。

雾霾重到几乎看不清对面办公楼里的陈设，只隐约识别到，插在花瓶里的，是一枝新鲜的飞燕花。

亮蓝色，在烟霭沉沉的目之所及中，划出一道惊艳。

向芊放下望远镜，给靳浮白发了信息，叫他出门时一定要戴口罩。

信息发出去，她再抬眸，周烈就站在她办公室门边，抬着手，看样子刚准备叩门。

"有事找我？"

周烈说没什么，只是路过，问她要不要咖啡。

随后，他指了指她的手机，笑着问了一句："什么时候能吃到你的喜糖？"

向芋大大方方笑着："也许夏末，也许秋天，要看我爸妈什么时候有空回国，他们太忙。"

周烈点点头："提前恭喜你。"

其实向芋有点不忍心聊这个话题。

小杏眼最近明显受到了爱情的滋润，向芋每天路过前台，觉得她的笑容都更灿烂了。

今天也一样，这么恶劣的天气，又加着班，也挡不住小杏眼满面春光。

向芋忍不住想——

看来周烈是真的彻底没戏了。

可怜的周烈。

靳浮白很快回了信息，说是会戴口罩，不用担心。

他还说让她忙完提前打电话，他来接她。

天气这么差，向芋不想他折腾。

她忙完了工作，也就没和靳浮白说，提前自己回来了。

也是碰巧，她捂着口罩一路小跑，居然在秀椿街街口遇见了同样忙完回家的靳浮白。

雾影重重，可她就是知道，那个身影是他。

她像只欢快的雀，飞奔过去，扑进靳浮白怀里。

他稳稳揽住她的腰。

向芋纳闷地抬头，看见靳浮白眉心微微敛着，睫毛根部的一圈眼睑隐约泛红。

她举起胳膊，把手背贴在他额上，触感滚烫。

向芋扯着靳浮白的大衣回家，进院子前一脚踹开大门，吓了骆阳一跳。

"这是怎么了？你们……吵架了？"

靳浮白开口时嗓音稍稍有点哑，咳了两声才说话，声音里有淡淡的无奈："有点着凉，想回来吃个药，正好被咱家女王撞见，给我逮住了。"

"女王"此刻气焰十分嚣张，叉着腰站在门槛上。

她一把摘了口罩："我可是严格按照你说的春捂秋冻，到现在还穿着羽绒服。你就穿一件大衣，耍生病了吧！"

她急得 B 市话都飙出来了。

向芋站在门槛上才和靳浮白勉强在一个高度。

靳浮白想吻一吻向芋，又怕感冒是病毒性的，会传染。

他只能先把她戴的防霾口罩扯好，凑过去，隔着两层口罩面料轻触，算是吻过了。

可能事情总有阴错阳差吧。

靳浮白身体好，几乎不生病，向芋见过他两次发烧，都是请李侈帮忙叫了医生来。

医生说了几种药，向芋记下，说自己去药店买就好。

外面天气实在差得可以，向芋从药店出来，居然又下起雨了。

雨又密又急，洗掉了空气里的浮尘，却也叫向芋一时为难，拎着一兜子药，有家难回。

她正琢磨着要不要给骆阳打个电话，叫他送伞。

身旁同在药店屋檐下的男人，在撑开伞的过程中，突然开口，语气里都是诧异："向芋？是向芋吗？"

向芋转过头，沉默地想了想，才回应一句："程学长。"

她也不是特别想叫"学长"，但她不记得他叫什么了。

男人穿了一件黑色大衣，围着厚厚的围巾，戴一副眼镜，显得很斯文。

向芋收回打量的视线，隐约记起多年前在大学校园里，面前的人穿着一身运动风格的衣服，染了一头的黄毛。

那时候，这位程学长在宿舍楼下大喊她的名字时，可不是这样儒雅的。

时光，还真是个魔术师。

"都毕业多少年了，叫什么'学长'，怪不好意思的。"男人笑着说，"十几年没见了，觉得你和大学时候一样，不像我，都发福了。那什么，你没带雨伞吧？去哪儿？我送你一程？"

向芋摇头："不用了……"

"向小姐，我给您送伞来啦！"骆阳从远处举着伞跑过来，甩一甩奔跑时额头上面沾的雨水，"靳先生一看外面下雨，夹着体温计把我踢出来的，让我来送伞。"

"多少摄氏度？"

"好像三十八摄氏度，医生说还行。"

向芋松了一口气，扭头对男人说："我家里人来送雨伞了，就不麻烦学长了，再见。"

"好，再见。"

回去后，向芋倒了一杯温水，把药喂给靳浮白。

她还拍拍他的额头，像哄孩子似的，说："睡一会儿，晚饭前叫你哦。"

靳浮白确实有些困倦，忍着笑，"嗯"了一声。

等她端着空水杯从卧室里出来，立刻被埋伏在外面的李侈和骆阳两个八卦精抓住，拽到一旁。

房檐很大，晴天遮阳，雨天遮雨。

所以窗下常年放着骆阳手工做好的木制椅子。

他们三个就坐在小椅子上，窃窃私语。

李侈这人没个正经，孩子都上幼儿园了，还是八卦得和从前有一拼。

他挤眉弄眼地问："嫂子，刚刚我可听骆阳说了，遇见熟人啦？大学的学长？还想撑伞送你、雨中漫步？骆阳还说，哎哟……"

"侈哥，你不地道！是你自己想八卦的，总扯上我干什么？"

"那你不跟我说，我能知道？"

这俩人为了听八卦，还特地端了一盘水果。

向芊好笑地瞥他俩一眼，拿了个橘子剥开，故意拖长音卖关子："想知道啊？——"

"想！"

"想！"

这俩人，一个是带着孩子的单亲爸爸，一个是没谈过恋爱的母胎单身，靳浮白和向芊感情又稳定，一点可以八卦的花边新闻都没有。

平日里，他俩全靠着养老院的大爷大妈们讲的风流往事找乐子。终于逮到向芊有点可刨根问底的过去时，两个人眼睛放光。

"也没什么八卦，刚才碰见的那人，在我读大一的时候，在宿舍楼下用蜡烛摆了个心形，跟我告白。"

"哇哦！"

阴天下雨，又正逢傍晚，屋子里是开着灯的。

灯光从窗口映出来，投落成一块发光的四边形在面前的地上，被雨水"滴答"砸着。

三个人正说得热闹，突然听见头顶一阵咳嗽声，不约而同地转头，抬眼——

靳浮白披着一件毛衣外套，站在窗边，垂着眸子，正看着他们三个。

李侈见势头不妙，拉上骆阳，冒雨跑了。

他临走还不忘落井下石，说："哎哟，嫂子，你上大学时还挺浪漫，哈哈哈。"

向芋丢过去一个橘子，还挺准，正中李侈后脑勺儿。

打得人一个趔趄。

向芋扔东西从来没这么准过，连空投垃圾都要掉在垃圾桶旁边。

然后由靳浮白起身捡起来，重新丢。

这次正中靶心，想来想去只有一个可能——

李侈该打。

骆阳是个节俭的好孩子，扭头捡起橘子，继续狂奔。

别人都跑了，向芋只能起身进屋，去抱靳浮白。

她塞一瓣橘子进他嘴里："不是说让你吃过药睡一会儿，晚饭再叫你？"

靳浮白所答非所问："后来呢？"

"什么后来？"

向芋怕他着凉，把窗子关好，再回眸时，才堪堪反应过来。

靳浮白是在问她，被用蜡烛摆了心形告白之后，怎么样了。

她笑一笑，拉着靳浮白往卧室走："还有什么后来，当然是被宿管阿姨发现了，说他在那个地方点蜡烛不安全，阿姨用水把蜡烛泼灭，然后用大扫把给扫走了。"

靳浮白跟着笑了，问她："我记得你大学时候有个前男友，就是这个摆蜡烛的？"

她说当然不是，大学时和男友是异地恋。

不过过年的时候她看见他们共同好友的朋友圈，好像赵烟墨已经结婚了。

向芋还以为靳浮白因为生病，所以心理脆弱，在吃陈年旧醋，她干脆翻出了那位好友的朋友圈给靳浮白看，说："看，人家还是奉子成婚的。"

靳浮白细细盯着照片看了一会儿，把手往她发顶一按，开口评价："这男人真没有眼光。"

向芋猛然回眸，看向靳浮白。

他没有任何醋意，只有一脸温柔。

时间太久，那时候失恋的情绪，她其实已经记不得了。

可靳浮白还是心思细腻地担忧着，怕她见到人触景生情，会不开心。

窗外屋檐落雨，雨被屋子里的灯光晃得像是流星微闪，滴滴答答滑落。

下午时还阴霾的天幕，此刻却好像被灯光镀了金色，暖融融，湿答答的。

"我才不会因为别的男人不开心。"

靳浮白笑一笑，提起往事。

他说向芋那时候因为失恋，哭得还挺凶，肯定是好伤心。他见她时，她披头散发地坐在光线暗淡的地方，一声不吭。

他说，还以为见鬼了。

向芋气得要死，极力反驳："靳浮白！我哪有披头散发，我那天明明美得像仙女。"

"是我说错了。像仙女。"

他被向芋狠狠咬了一口手腕子。

"仙女咬人？"被咬的人还挺愉快，扬着调子问。

"这叫什么咬人？"向芋下颌一扬，欣赏着自己整齐的牙印，琢磨着措辞，"这是……送你一块手表。"

靳浮白抬起手腕看了一眼："行，我瞧着不错，比江诗丹顿的耐看。"

小时候会有这种把戏。

那时候的孩子远没有现在这样繁多的玩具，家里的长辈哄人，有时候就用圆珠笔，在手腕上给画个"手表"。

越活越回去了，还开这种幼稚的玩笑。

也许爱情让人稚拙。

可爱情又让人快乐。

靳浮白的身体是真的好，向芋还琢磨着，如果退烧困难，也带他去医院看看的，结果吃过药才不到半个小时，他就退烧了，连咳嗽都很偶尔。

许是因为他提起初次见面的场景，向芋也跟着回忆起过去。

她说："靳浮白，我能遇见你，真的是很好的一件事。"

靳浮白喜欢这种话题，扭头，示意她说具体些。

向芋缓缓道来，同他说起自己小时候的事情。

她小时候其实很喜欢上学，学校有老师、有同学，好热闹。

回到家就很无聊了，就只有做饭的阿姨。

那时候还没固定用陈姨，家里的保姆一年半载就要换一次，也建立不出什么感情。

向芋那时候最不喜欢的就是下雨，只要下雨，还没到放学时间，从教室的窗户就能看见学校门口堆满了来接孩子放学的家长。

伞布各色各样，像彩色蘑菇，却没有一朵"蘑菇"是属于她的。

向芋永远没人来接。

她有钱打车，可是那会儿出租车不太好打，尤其雨天。

向芋在儿童时期就很通透了，她知道自己能在优渥的环境里生活、学习，都是因为父母事业有成。

所以她从来不去抱怨。

只是偶尔，她在被来接唐予池的干爸或者干妈一起接到车子上时，听他们家人之间聊天或者对话，听唐予池被骂成绩差时，总觉得那是一种难以描述的温馨。

哪怕唐少爷被干妈揪着耳朵训斥，说试卷上的题目那么简单，还能不及格，是不是要去测一下智商，向芋也是羡慕的。

细雨落在院子里，"滴答"轻响。

向芋很温柔地看向靳浮白："后来我在雨里认识你，再遇见雨天，好像也不觉得雨天多讨厌了。"

向芋想起2012年秀椿街的雨夜，也想起那年夏天暴雨侵袭的C市。

她满脸笑意地把手里的橘子挑着大瓣的撕下来，放进靳浮白嘴里，难得地柔声细语："你吃。"

靳浮白含着橘子，眉心微蹙。

向芋还以为他是心疼她了，正准备宽慰他几句，告诉他都过去了，她现在还挺喜欢下雨天的。他却说："向芋，这橘子你尝过没？"

"还没，怎么了？"

向芋站在灯光下，手里举着剩下的半个橘子，表情迷茫。

"酸。"

向芋气沉丹田，然后把橘子都塞进自己嘴里，猛地扑过去，吻靳浮白——

我叫你破坏气氛！酸死你！

靳浮白被酸得眯缝起眼，又咳了几声。

向芋得了便宜还卖乖，美其名曰：生病就是要补充维生素，你看我多爱你。

结果乐极生悲，第二天还没等睡醒，她先把自己咳嗽精神了。

人家先生病的靳浮白神清气爽。

而她，因为那个捣蛋的吻，染了病毒，又是流鼻涕又是咳嗽，持续了好几天。

这期间李侈过来玩，看见向芋鼻尖都被纸巾擦红了，露出一脸不怀好意的调侃笑意。

他摸着额头，明知故问："哎哟，我怎么记着，生病的是靳哥啊？怎么，难道是我记错了？"

向芋还因为被出卖的事情记仇，懒得理他。

李侈就摸着下巴，去问靳浮白："靳哥，怎么回事儿啊？你生病了也不节制点，瞧把嫂子都给传染了。"

向芊幽幽开口："靳浮白，你朋友也不少，我杀一个你介意吗？"

李侈大笑着往靳浮白身后躲，嘴上继续犯坏："靳哥你看啊，嫂子这嗓子都哑了呢，是不是……"

要不是骆阳拉着，向芊非用手里的硬抽纸盒给李侈开瓢不可。

不过李侈这人，其实很周到。

玩笑是玩笑，他转眼就送来两大盒补品，还送了一盒缓解咽喉肿痛的含片。

但他怕被打死，没敢自己来送，是让靳浮白转交的。

靳浮白用盒子戳一戳向芊的胳膊，逗她："我这个朋友，还杀不杀了？"

"还挺有眼色的，留一阵儿吧。"某个"女王"端着架子，这样说。

那几天，向芊总是越到夜里咳得越严重，靳浮白也就陪着她，轻轻拍着她的背，安抚她，给她倒温水。

向芊怕他休息不好，说自己想去隔壁客房住。

靳浮白拒绝了："你不在，我更睡不好。"

有一天醒来，是凌晨，天色将明。

向芊咳得清醒了，索性转身，借着昏昏的光线去看靳浮白。

靳浮白未醒，但感觉到她咳嗽，像是习惯性地伸出手来揽着她，轻拍她的背。

他问她："喝水吗？"

他的语气掺着困意，像是沾着晨露，轻轻的、温柔的。

向芊心里软得一塌糊涂，摇头说不喝。

靳浮白缓缓睁开眼睛，上眼皮因为困乏，叠出两层褶皱。

这样幽暗的光线，显得他眸色更加深邃，像是清晨泛雾的湖。

"睡不着？"

"嗯，有点，咳得精神了。不然你哄哄我？"

也许是听向芋声音确实精神，靳浮白也渐渐清醒了。

他半坐起来，靠在床头，忽然说："给你唱歌听？"

向芋上学的时候也遇见过给她唱歌表白的男生，她对这种方式无感，总觉得抱着个吉他，边弹边唱，像个人才艺展示，并不温情。

但靳浮白开口后，向芋才发现，她并不是对唱歌这件事无感，而是对那些唱歌的人。

靳浮白唱的是一首好老好老的美国乡村歌曲：*Take Me Home, Country Roads*。

歌声不是柔情蜜意的那种，他甚至合着眼睛，像呓语，却格外动听。

靳浮白的指尖，随着节奏，轻轻敲打在向芋的蝴蝶骨上。

每一下，都像是带电，引燃心跳。

他们都素着一张脸，连服装修饰都没有，是人类最原始、纯净的模样。

他们却在这个时刻，爱意绵绵。

一直到早饭时，向芋脑海里都是靳浮白哼唱的调子。

她也唱了一下，可嗓子是哑的，不好听。

靳浮白正在帮她盛粥，感觉到向芋的目光，挑眉看过来。

这姑娘幽幽地说："真应该再亲你一下，把病毒还给你。"

她身后是餐厅的窗，晨晖泛金，披散在肩头的头发也毛茸茸的，圈了一层金棕色的光。

靳浮白放下汤勺，单脚支了一下地，木制座椅在瓷砖上滑退一段距离。

他招一下手："来，病毒还我。"

向芋支支吾吾，最后叹气："算了，我这么爱你，怎么忍心传染给……"

她话都没说完，被他连人带椅子扯过来吻住。

向芋错愕一瞬，抬手打他："会生病的！你干什么？"

靳浮白笑着说："来尝尝你这张小嘴，是不是抹蜜了，说话这么甜。"

下过一场雨后，气温迅速回升。

院子里有两棵海棠，开得正旺。

向芊凑过去闻了闻，没有任何想象中的芳香馥郁，可她还不死心，又凑得更近些。

身后传来靳浮白轻笑的声音，他说："'一恨鲥鱼多刺，二恨海棠无香，三恨《红楼梦》未完'，张爱玲老师早说过，海棠无香是遗憾，怎么你还不死心？"

向芊闻声回眸。

这棵海棠不高，她是蹲在地上的，仰头看着靳浮白垂着眼睑的样子，突然觉得网上那句话说得真对——

"最怕流氓有文化"。确实是迷人。

她本来想拍个海棠花发朋友圈，想一想，还是算了。

那阵子向芊有点不乐意点开朋友圈，里面除了唐予池，还是唐予池。

唐予池谈恋爱的方式和以前一样，热烈。

向芊真的不想再看他一天无数条刷屏的朋友圈内容了。

李侈再来时，是找靳浮白谈正事。

李奶奶年纪大了，家里没人照顾，李侈想要把她送来靳浮白的养老院。

不过靳浮白有事出去了，李侈就在院子里，同向芊聊天。

聊起和靳浮白的初识，李侈想了想，说："那时候我好像是在上高中吧，靳哥也是个高中生。"

向芊没听过靳浮白过去的事情，很有兴趣地问："他上高中时什么样？"

"帅，话不太多，穿得特别高格调。"李侈皱了皱眉，"我那会儿像个土包子，还穿运动大裤衩呢，靳哥已经满身名牌了。"

李佟说就是因为当年见了靳浮白，才觉得自己不够时尚，后来就开始喜欢买买买了。

"不过靳哥和我还不太一样，我是那种'人生得意须尽欢'的。"

向芋蓦然想起最初听说李佟的名字，还是唐予池告诉她的。

唐予池说李佟去一趟澳门，能输掉几百万元。

她问李佟这事儿是真的假的，李佟一脸"往事莫要再提"的纠结："别说了，跌份。"

于是向芋知道了，那事是真的。

向芋短暂地走了个神，又继续听李佟说起关于靳浮白的往事——

那是 2006 年的冬天，在 H 市，李、靳两家人的饭局上，李佟第二次见到靳浮白。

那会儿李家的生意刚刚拓展到东北，有些事情需要借靳浮白家中的关系帮忙。

靳浮白代表他的外祖母，千里迢迢，被请到了 H 市。

靳浮白那时候已经大学毕业，在读研究生，一边读研究生，一边帮他外祖母做事。

他当时的身份已经不容小觑，连年龄长过他的人见他，也要叫一声"靳先生"。

为了暖场，饭局上也有其他老板，个个都能说会道。

那顿饭气氛挺好的，酒过三巡，这群人开始聊当年的新闻，一会儿说有个国家废除了死刑，一会儿说某个市高速铁路通车。

李佟跟着贫了一会儿，突然想起自己的任务是陪好靳浮白。

一转头，他看清了靳浮白的神色。

靳浮白似乎不适应那种过于冷的天气，几乎没怎么吃东西，只喝着热茶。

他脸色黯淡得像是窗外的雪夜，留意到李佟的目光，露出礼貌却疏离的笑。

"靳哥，不再喝点？今儿这白酒还不错，喝多了，明天起床也不会头疼。"

"不了，你们尽兴，我喝茶就好。"

那时候李侈就觉得，这位姓靳的哥哥，肯定是能成大事的。

他才 20 岁出头，就这么让人捉摸不透。

饭局结束，李侈为人八面玲珑，家里的长辈也就吩咐李侈，让他带着靳浮白玩。

李侈也有私心，想着跟着千万赚百万，陪好了，也许以后有合作机会，干脆吃吃喝喝，一条龙服务。

但玩了一圈下来，他发现靳浮白其实是个挺无聊的人——

吃得讲究，但饭量不大。

喝酒也有度，喝到一定的量，抬手叫停，任人怎么劝都没用。

玩嘛，更是什么都看不上眼。

李侈特地带靳浮白去了个高档的场子，里面的女人漂亮得很，什么样的都有。

台子上有女人跳着舞，身子扭动。

有个女人细腰丰臀，冲着李侈他们抛媚眼。

李侈再回头时才发现，靳浮白早已经踱步到百米开外的窗边。

场内喧嚣热闹，他置身事外，开了一扇窗，靠在墙边。

H 市多冷啊，窗外吹进来的都是霜气，窗子上还有一点冰花。

可靳浮白站在那儿，好像真觉得，外面被雪覆了的寂静城市，比这满屋子的女人更有意思。

那天李侈还犯了个错，他本来想找人晚上陪靳浮白，但看样子，靳浮白肯定不答应，于是李侈欠儿了一句："靳哥，你对女人没兴趣啊？那……"

李侈说，当年靳浮白看他的眼神，他现在想想，还觉得心有余悸。

"我差点儿以为自己把家里的事儿给搅黄了，好几天没睡好！"

向芊笑得前仰后合。

她一直觉得李侈能说会道，人精似的，没想到以前也栽过跟头。

李侈也跟着笑，只不过提起过去那些挥金如土的日子，他眼底到底是多了些莫名的神色。

顿了一会儿，他又开口："嫂子，我以前不懂，可现在是真心觉得，你和靳哥能成，太不错了。"

因为酒店离得近，李侈常带着迪迪来蹭饭。

他看过靳浮白给向芊夹菜。

他也看过向芊咬掉红烧肉上面的瘦肉，把肥肉丢进靳浮白碗里，然后靳浮白满脸宠溺的无奈，替她吃掉。

每每这种时候，李侈都忽然觉得，原来当年在 H 市，靳浮白站在窗边抽烟的场景，其实是孤单的。

如果那时候有向芊在……就好了。

他说了一堆感慨的话，向芊还在直盯盯地看他。

李侈纳闷："嫂子，你想什么呢？"

向芊说："我在想，把你丢在邻居家废弃的井里摔死或者淹死，这方法可不可行。"

李侈反应了一会儿，才想起来，自己刚才说得太真情实感，把想要给靳浮白安排女人的事儿也给说了。

他哈哈大笑着赔礼道歉，说都是过去的事了，而且靳哥洁身自好，才不随便沾女人，他嫌烦的。

向芊也不是真的计较。

可能是从心里，她把李侈和骆阳当成朋友，也就像和唐予池相处一样，偶尔开个玩笑，斗斗嘴，吵吵架。

"嫂子你别生气，我有靳哥以前的照片，你看不看？"

向芊最终妥协了，换来一张靳浮白以前的照片。

靳浮白和骆阳从外面回来，向芊便结束了和李侈的闲聊，坐在一旁，喝着保护嗓子的茶，听靳浮白他们商谈李奶奶的事情。

其实这三个男人坐在一起，摊开细聊怎么安顿老人时，有种格外的温柔感。

以前向芊觉得，靳浮白这人，锦衣玉食，穷奢极欲。

如果有一天他被生活琐碎绊住，一定会失掉不少颜色。

其实不是的。

偶尔，向芊也会陪着靳浮白和骆阳去养老院。

靳浮白关心老人身体的样子；悉心询问老人起居餐食的样子；同骆阳和聘请的院长商量是否要给老人们定期开设心理疏导讲座的样子。

——那些样子非但没让靳浮白黯然失色，相反地，向芊以为，这样的靳浮白相比从前更有魅力，也更迷人。

她喜欢听靳浮白和头发花白的老者交流。

偶尔遇见听力不好的老人，饶是靳浮白那样矜贵自持的性子，也不得不拢了手在唇边，挑高声音，喊着似的同老人对话。

那画面，温馨得不像话。

有老人打听，问靳浮白是否婚配。

靳浮白就指一指向芊，眼含笑意地说："今年完婚，我的未婚妻在那儿。"

李侈是在家里吃过晚饭才走的，睡前，靳浮白发现他的姑娘有些反常，总盯着手机发呆。

他凑过去问才知道，她从李侈那儿要来一张自己以前的照片。

十几年前的照片了，那时手里的手机还是某品牌的最初款。

靳浮白没看出什么特别的，只觉得那时候他确实是年轻一些。

向芊就在旁边，举着手机长吁短叹："你说你长这个模样，以前上学时，是不是有很多女人追你啊？"

"没有很多。"

"收到过情书吧？"

靳浮白笑一笑:"但没有人在宿舍楼下给我摆心形蜡烛。"

向芊这种"咸鱼"的性子,唯有在关于靳浮白的事情上喜欢较真儿。

她说:"你等着,我要给你看我以前的照片,也很美,绝不输你!"

向父向母手里肯定是没有的,他俩脑子里除了工作还是工作。

向芊特地给陈姨打了电话,说是想要一张小时候的照片。陈姨说她应该是有的,要好好找一下。

陈姨平时玩手机少,可能要鼓捣一会儿才能发过来,向芊玩着手机等,忽然看到快递签收信息。

自从搬来秀椿街,向芊的快递都是寄到这里,白天骆阳在的时候会帮她签收。

看到信息她才想起,今天有个快递还没拆。

靳浮白坐在床上,看着向芊的身影在他眼前晃来晃去。

她总有些特别的小工具,就像现在,向芊拿着一个鸡蛋大的圆形小东西,居然是专门用来拆快递的刀。

还有她手里拿着的一个像是滚动印章的东西,在快递信息上滚一滚,快递单上面变得黑漆漆一片。

向芊抬眸,对上靳浮白的目光,很是得意地显摆:"不懂了吧?这是专门用来涂抹快递单的。"

"为什么要涂?"

"不安全啊。这个丢在外面,很容易泄露个人信息的。"

快递箱子拆开,里面是两瓶沐浴露。

向芊举起来给靳浮白看:"这个沐浴露是小杏眼推荐给我的,说是桃子味的,很好闻。"

因为沐浴露,向芊向靳浮白发起了共浴邀请。

她想得简单,就觉得好东西要共同分享,没想到,把自己给分享出去了。

等从浴室出来,向芊腰肢酸软地蜷进床里。

手机里有两条未读信息，是陈姨发来的照片。

向芋点开一看，哭笑不得。

靳浮白凑过来，吻她的侧脸："看什么呢？"

"看我自己的照片……"

他也跟着把视线落在手机屏幕上，果然轻笑出声。

照片居然是向芋婴儿时期的，肥嘟嘟的小姑娘穿着——开裆裤。

两条小胖腿中间放了个大苹果遮羞，眼睛瞪得很大，像是对什么极度好奇似的，嘴角还有一点亮晶晶的口水。

向芋解释说，口水是因为她不看镜头，家里老人用吃的吸引她注意，她才馋得流口水了。

手机一振，陈姨又发了一张照片过来——

是向芋高中时候的证件照。

向芋得意地把照片给靳浮白看，说："怎么样，我以前也很美吧？"

迟迟没得到靳浮白的回应，向芋扭头，听见靳浮白笑着说："还好没在你高中那会儿遇见你。"

"什么意思！我不美吗？！"

他说："是怕认识早了把控不住，想拐你谈恋爱，拐你私奔。"

向芋觉得谈恋爱和私奔对靳浮白来说有点太纯洁了，她狐疑地问："只是这样？"

靳浮白就凑过来，唇贴着她的耳郭，轻声说："还想拐你睡觉。"

"靳浮白，你怎么这样！"

可能是怕她咬人，靳浮白把人紧紧按在怀里，向芋行动受阻，只能从他肩头窥见一点事物。

床头花瓶里插了一枝淡粉色的海棠，是前些天刮大风吹断的。

骆阳说这花花语不好，有苦恋离愁的意思。

可向芋此刻望过去，花影被灯光映在墙上。

她心想，也没什么不好，她瞧着就挺像爱情。

6. 有情人，是会终成眷属的

5 月，向芊休了年假。

靳浮白把那几天的时间空出来，开着车子带她去 B 市边缘的山里散心。

郊区的房子是李侈名下的，算是早年投资失败的项目。

那会儿李侈花钱如流水，人家说山里投资一个别墅区，以后房价翻十倍不止。

李侈把钱砸在那儿，不痛不痒。

但项目失败了，到现在房价也还是那个半死不活的鬼样子，丝毫没涨。

某天，靳浮白提起，李侈直接把五栋山区别墅送他了。

他还挺怕靳浮白嫌弃，连夜发信息，说千万别还给他。

那会儿向芊还纳闷，李侈都说了那房子打着别墅的名号，其实就是建得不伦不类的农家院，靳浮白要它做什么？

她问时，靳浮白只说，山外有一座牡丹园，风景不错。

不得不说，这个男人是懂她的。

向芊只不过在某天加班后，坐在饭桌边轻轻叹了一声，晚上靳浮白便提了，让她休一休年假。

向芊："请年假干什么？方便你没日没夜地折腾我？"

"好主意。"

不过后来向芋知道了，他只是想让她休息休息，怕她累。

所以他才收了李侈的几栋别墅，带她去看牡丹。

临出发前的晚上，向芋收到向父向母从国外寄回来的快递。

不过给他们回拨电话时，两人应该是又在忙，没有接到。

快递本该收到时就拆，外面的包装盒也确实是拆开了的，至于内层包装……

但怪向芋自己。

是她自己刚拆掉一条缎带，突发奇想，转身去找靳浮白玩闹，还把缎带往他手腕上绑。

靳浮白当时仰躺在沙发上，看着向芋在自己手腕上，用黑色缎带打了个漂亮的蝴蝶结。

蝴蝶结绑在他手腕突出的腕骨处，黑色的缎料，还挺有禁欲感。

靳浮白支着一只腿，一副似笑非笑的样子，懒洋洋地问向芋："这是在干什么？"

人吧，一得意就容易忘形。

向芋叉着腰，用一种极其嚣张的语气，一字一顿，说了很露骨的话。

靳浮白偏头，轻笑出声，看样子还很欣慰似的，点一点头："嗯，很有想法。"

他绑着的手也不老实，冲她比了个大拇指。

"靳浮白，你笑什么？你现在这个样子叫什么你知道吗？"

"不太清楚，能否赐教？"

向芋伸出手，指着自己："我为刀俎。"又指了指靳浮白，"你，为鱼肉……"

"哦。"

话音刚落，躺在沙发上的"鱼肉"只是动了动手腕，缎带忽然就散了。

然后"鱼肉先生"起身，横抱起他的"刀俎"，手里还不忘拎着缎带，大步往卧室走。

向芋蒙了。

不是，这缎带怎么这么容易就开了啊？

她开始耍赖："现在才9点多你就要回卧室？你这样不行！"

靳浮白顺着她的话点了点头："嗯，现在睡觉是有些早。"

说完，他步子一转，往浴室走去："不如，先洗个澡？"

后来那条被打湿的缎带，被向芋狠狠地丢进垃圾桶里。

靳浮白瞧见了，还问她："不留着了？"

向芋咬牙切齿地揉着手腕："留着干什么？！"

这么一折腾，快递也就没拆。

睡前靳浮白倒是问了："快递不拆开看看？"

向芋哪儿还有力气，钻进被子里，半死不活地哼唧着："不看不看，谁爱看谁看，我要睡觉，我被掏空了。"

卧室里的灯被调了最暗的挡位。

"不是岳父岳母寄的吗？不看了？"

向芋噌的一下坐起来，拎了个枕头砸过去："都说了不看！"

等她重新用被子蒙住头，还听见靳浮白在笑。

这人真的是，烦死啦！

所以这会儿，坐在副驾驶位置上，向芋刚拿出快递，就想起靳浮白昨天的恶行。

趁着他还没发动车子，她迅速扑过去，在他脖子上咬了一口。

她的力度没掌握好，留了个红牙印。

靳浮白对着倒车镜照了照，挺不要脸地笑着："出行礼物？"

拆开盒子，向芋的心情没那么轻松了。

其实向父向母真的不是什么浪漫的人，他们就是那种很普通的工科夫妇，然后投入到工作里，满心满眼都是工作。

这次寄给向芋的礼物，是一份"孕期日记"。

有一些笔迹是向母的，有一些是向父的。

他们像是记录工作日志那样，记录了结婚后向母发现自己怀孕，一直到向芋出生的十个月中的点滴。

日记的最后，是向母写下的一段话——

"芋芋，其实想想，爸爸妈妈真的很不称职，只是想着给你衣食无忧的富足生活，却总是因为工作忽略了你的感受。"

他们原本以为，向芋是个衣来伸手、饭来张口的小公主，幸福得连理想和打拼都不必有。

还是在见到靳浮白后，夫妻俩才醒悟。

他们的家庭不算太普通，但是同靳浮白家比起来，又过于普通了。

他们想起向芋手上那枚戴了很多年的戒指，想起他们莫名其妙地得到了百强集团的标，又想起明明后来实力更雄厚了，却还是被退掉标书……

在这些波折中，他们的女儿扮演的是一个什么样的角色呢？

他们的女儿一定经历了很多很多彷徨、无助和失落。

而那时候，他们并没有陪在她身边。

国外有一种教育方式叫作"放羊式"教育。

孩子到了一定年龄，就要给孩子足够的空间，不要干涉孩子。

向父向母一直都是这样的理念。

可他们忽然觉得，也许这样的理念，也不全然正确。

"芋芋，爸爸妈妈只想在你结婚前告诉你，爸爸妈妈爱你，你是被爸爸妈妈期盼着、兴奋着生出来的。

"我们没有任何一刻，停止过爱你。

"哪怕我们奔波在生活里。"

向芋想忍一忍眼泪，偏偏赶上爸爸打了电话过来。

向父说刚看见未接来电，问向芋打电话是否有什么要紧的事情。

向芋把手机贴在耳侧，垂着眸子，沉闷地开口："爸爸，妈妈在吗？"

"你妈妈也在，这会儿办公室只有我们两个，想说什么？我们听着呢。"

爸爸妈妈真的不会温柔委婉那一套。

他们之间的通话其实真的很少很少，有时候向父向母忙起来，也许三四个月都不和向芋通一次电话。

即便是通话，也很像他们开会的风格，简单地说完事情，也不会多聊些什么。

上大学时，向芋听同寝室的姑娘和家里通电话，常常会聊半个小时，一个小时都是有可能的。

这种事情在她身上，从未发生过。

但这并不说明爸妈不爱她。

他们很爱她。

向芋银行卡里的钱每个月都会增加。

甚至有时候，一个月会收到两次转账。

然后她就会接到爸妈的信息，简单一句："别亏着自己。"

向芋有些不太适应，清了清嗓子才开口："爸爸妈妈，其实我一直都很骄傲，你们有你们喜欢并愿意为之努力的事业。"

这种时候，难免要掉眼泪。

靳浮白把车子停在绿化带旁边的停车位里，怕向芋闷，把车窗落下一半。

绿化带里的洒水泵开着，水雾细密地落在草坪里。

刚修剪过的草坪，散发出湿漉漉的芬芳。

见向芋挂断电话，靳浮白解开安全带，俯身过去，用指腹轻轻帮她抹掉眼泪。

这通电话影响了向芋，一路上她都不太说话，垂着头玩《贪吃蛇大作战》。

一直到了牡丹园，靳浮白把车停在花海之外，和主人聊了几句，再返回来，说可以进，向芋才稍稍提起些精神。

牡丹开得正盛。

向芋遇见花，总习惯凑过去闻一闻。

等她再回眸，发现靳浮白得到主人允许，正准备摘一朵。

他把手搭在花枝上，突然一皱眉，捂着手蹲下去。

向芋大惊失色："靳浮白，你怎么了？是不是被花刺扎到了？"

她急着跑过去，蹲在靳浮白面前，把他的手扯过来看。

这人，手像玉雕的似的，骨相也漂亮，分明一点伤痕也没有。

"你……"

——个骗子。

她话没说完，眼前出现一朵盛开的淡粉色牡丹。

向芋抬眼，撞进靳浮白含笑的眸子里。

"这么紧张我？"

向芋抢过花，眉心还蹙着："能不紧张吗？我记得上学的时候老师说有个诗人，好像就是被牡丹刺给戳死的。"

"那是玫瑰刺，牡丹没刺。"

"你又知道了？！"向芋瞪他。

靳浮白用牡丹托起她的下颌，语气缱绻："不知道，别的都不知道，只知道一点就够了。"

"什么？"

"你爱我。"

向芋睨靳浮白一眼，刚想要笑着吐槽，他却从蹲着改为单膝跪地："前阵子和岳父岳母通过电话，他们9月空闲，9月嫁我好不好？"

她这个姑娘，不接花也不答应，居然愣着问他："你什么时候和我爸妈通过电话？我怎么不知道？"

靳浮白好笑地问她："不答应？"

向芋这才收了他的牡丹，扬起下巴，语气傲娇："应了应了，平身吧，小靳子。"

"小靳子"把这个乱说话的姑娘往怀里一揽，故意逗她："我原来是太监？那我昨晚……"

"流氓！"

靳浮白和向芋的婚期定在9月，初秋。

日子是养老院里一个97岁的老人给算的。

那位老人有点像向芋家里已故的长辈，喜欢书法，也喜欢佛经。

那时是盛夏，养老院里一方石桌上，白发苍苍的老人大笔一挥，蘸着云头艳墨汁的笔尖，在宣纸上写出一行字——

玖月壹拾贰日。

老人说，9月12日，是个好日子。

骆阳更新潮一些，用年轻人的思维稍稍动脑，说："靳先生，向小姐，'912'是很不错啊，谐音是'就要爱'呢。"

靳浮白看骆阳一眼，骆阳才赶紧改口，像李侈他们那样，叫"靳哥"和"嫂子"。

向芋请婚假时，周烈倒是很慷慨，直接给她批了二十天的假。

说是最近也不急着招人，她一个人事部主管，也可以歇一歇。

8月底，向芋婚假前最后一天上班。

她拎了自己最大的一只手袋，装满喜糖，带到公司。

这些年，向芋是眼看着周烈的小破公司慢慢步入正轨的。

办公室里的不少面孔，她不知不觉也看了七八年。

她把喜糖发出去时，那些热烈的祝福，不细细揣摩真情或者假意，也算是一片喜气洋洋。

向芋在公司里是个常年被当成话题的人物。

她本身家庭条件优渥，再加上身上总有几件靳浮白买给她的奢侈品，从来都是一股"咸鱼"劲头，却也连连升职。

都不用她戴上那枚粉钻戒指，对她的猜测就已经无数。

所有接到喜糖的人里，只有小杏眼是从心底里替向芋开心的。

小杏眼抱着喜糖，迫不及待地拆开一颗，塞进嘴里，眼睛发光地问："是靳先生吧？是不是？你是要同靳先生结婚吧？"

这阵子，小杏眼也许在和老家的男朋友吵架，时常神情落寞，向芋觉得自己是跟着靳浮白学坏了，故意卖关子，冲着她招了招手，让她凑过来。

小杏眼满脸紧张，瞪着眼睛都不敢眨。

隔了几秒，她才听见向芋用一种上课时说悄悄话的语气，轻声说："是他。"

小杏眼鼻子一酸，抱着向芋，泪流满面，嘴里不住地说着："太好了。"

当年跟着渠总，小杏眼还满脸天真。

她曾听渠东航警告，不要再同靳先生身边的女人攀谈。

酒店里面的灯光暧昧、昏暗，小杏眼有那么一点近视加散光，可想着戴眼镜不漂亮，所以每次见渠总，她都是不戴的。

她更喜欢光线清晰的场所，但他们每一次见面，几乎都是在酒店。

渠东航语气十分严肃，可小杏眼还不大知道"靳先生"是谁。

她很天真地问渠东航："靳先生是不是那位不太讲话、抽烟放沉香的先生？他长得好帅呀！"

这话说完，渠总叼着烟，眼含阴霾地看她一眼。

那会儿她不懂，还以为渠总是在吃醋。

为了他短暂的不悦，她甚至满心欢喜了好多天。

后来再聊起向芋和靳浮白，小杏眼说："觉得靳先生对向芋很不错，他们一定能长长久久。"

渠东航嗤笑一声："长久？那大概也是因为某些方面合拍吧。"

小杏眼也是从那时候起，才发现渠东航眼里的男女之情，和她以为的不同。

明明靳先生看向芋的眼神里，总是饱含深情，为什么渠总却总要把人往下流方面想呢？

这些不满，直到她和渠总分开，也没同他争论过。

可时光自有它的步调，迁徙掉那些心中揣测，给了她答案——

有情人，是会终成眷属的。

小杏眼抱住向芋，哭得满脸眼泪，向芋就从包里抓出更多的糖哄她。

这姑娘哭着哭着，哭腔卡在喉咙里，盯着向芋身后的方向，怔住。

向芋顺着她的目光回眸，看见一个面容干净老实的男人，戴黑框眼镜，手局促不安地捏了几下拎着的袋子。

那是楼下一家甜品店的纸袋，甜品味道很不错，造型也可爱。

纸袋被男人捏得有那么一点皱巴巴的，他抬手推了推眼镜，踌躇不前。

向芋看了一眼眼睑哭得泛着粉色的小杏眼，心想：这应该是她老家的男朋友了。

果然，小杏眼开口："你怎么来了？"

男人很不安："我、我觉得你这几天都不高兴，想来想去，可能是因为上周末我忙着没来看你。正好这几天单位闲一些，我来看看你……"

向芋适时进了公司里间，关门时，余光看见小杏眼扑进男朋友怀里。

那个圈子曾给她们留下阴影，还以为浮浮沉沉，终究逃不过潜在的规则。

可其实也没有，那里不是全然没有真心的。

比如，她和靳浮白；比如，小杏眼；比如，李侈。

浮华利益滔滔，可总有真情做中流砥柱。

向芋把一大袋装在薄荷色丝袋里的喜糖放在周烈办公桌上时，向芋不知道是不是错觉，周烈是顿了顿手里的动作，盖好钢笔帽，才抬头的。

他甚至没有第一时间说出"恭喜"，而是先摘掉眼镜擦了擦，才开口说了一句俗气的祝福。

向芋只当周烈是加班累了，拍拍糖袋子："里面有黑巧克力，可以提神。得了，你忙吧，我走了。"

向芋没走几步，被周烈叫住，转身，一个红包飞过来，她下意识接住。

捏一捏红包，向芋笑了，接着叹气，和周烈开玩笑："难怪大家都在私下叫你'周扒皮'，当老板的，就给八年的老员工随这么点礼？红包倒是很大。"

周烈只说最近财务紧，年终奖时再补。

等向芋出门，他才收敛起笑容，再次摘下眼镜，用眼镜布擦拭。

擦到一半，他怔了片刻，想起自己刚刚才擦过。

周烈拆开喜糖袋子，从里面翻出一块黑巧克力，剥开放进嘴里。

真皮座椅侧面塞了一沓现金，是刚才他从红包里拿出来的。

他刚刚没能反应过来，都已经表现得那么明显了，向芋那么聪明，真要是再包个大红包给她，还写上一张小篆卡片，她可能真要察觉了。

他手机里还有一条信息没回，是父亲问他要不要见一见朋友家的女儿。

周烈想起 2012 年的向芋，她一有空就抱着手机玩游戏，一个贪吃蛇玩了好几年，后来又换成消消乐。

就在前些天，她还在休息间跟他说，现在的贪吃蛇厉害了，不用怕撞到自己的尾巴，还能把别人撞成小点点，吃完自己会变长。

可她在靳浮白不在的那几年，很难露出那样轻松又愉快的笑容。

周烈笑一笑，觉得自己这段遐想也拖得够久了，是时候走出去了。

他给父亲回复信息，同意了饭局。

婚礼的地点是爱尔兰的庄园城堡，宾客几乎都是提前到场，在那儿玩了一个星期。

向芊问过靳浮白，为什么选这里。

靳浮白说原因有很多。

爱尔兰很美，几千座中世纪城堡坐落于岛屿之上，靳浮白选的这座，光是花园就有近千英亩①。

他想要给她一场值得回忆的婚礼，也希望来祝福他们的人玩得开心，宾客尽欢。

靳浮白说："还有一点很重要，这城堡寓意好。"

城堡建筑得十分美观，灰白色的墙体，处处复古，向芊确实很喜欢，但她不太明白，寓意好是什么意思。

她还以为是什么童话故事之类的寓意。

结果靳浮白说，这城堡有三百六十五扇窗，总觉得像是每一天都能同她相守的意思。

说起这个话题时是结婚前夜，他们提前离席，坐在花园里吹风。

向芊蓦然想起不得不分开的那几年，分开前，靳浮白也很迷信、疯魔，连旅游景点卖的"爱情长久"钥匙扣都要买。

当时他像个老头子似的。

她笑起来，靳浮白吻她弯起来的唇，问她笑什么，这么开心。

晚宴时他们都喝了一点红酒，吻着吻着很容易就收不住，结果身后传来一阵咳嗽声。

---

① 英美制面积单位。1英亩约4000平方米。

向芋转过头去，唐予池挡着眼睛，说："我可什么都没看见啊。"

唐予池把向芋给拉走了，说："明儿才是婚礼呢，你俩注意点，今儿向芋得陪娘家亲友，也不能和新郎睡在一个房间。"

晚上临睡前，靳浮白穿过长廊，自己回到卧室。

中世纪装修的房间里，天花板上有白色浮雕花纹，白色布面笼着复古台灯，光线柔和。

靳浮白坐在椅子上，看一眼手表，还有不到十二个小时，向芋将成为他的妻子。

他有抑制不住的愉快感，却又觉得这么长时间见不到向芋，有些难耐。

到爱尔兰的这几天，向芋本来都是同他一起住在这间卧室的，但她此刻不在，和伴娘住到二楼去了。

唐予池那小子，说什么结婚前一晚新郎新娘不能住在一起。

门被叩响，骆阳走进来："靳先生，在想向小姐吗？"

没等靳浮白纠正他称呼，骆阳自己先举起手："我明天再改，而且我还想要改口费。"

靳浮白笑一笑，没说话。

骆阳送完安神茶，出去时，偷偷笑着，给向芋拨通了电话。

没隔多久，卧室的玻璃窗被敲响。

爱尔兰的天气和英国很像，总是阴雨连绵，下午时还下了一场小雨，窗外空气潮湿微凉。

靳浮白应声看过去，看见向芋披着一件外套，两只手遮在眉侧，正向里面张望。

他愣了一瞬，忽然笑起来：这姑娘怎么总像鬼似的。

向芋看见他，用口型说："开窗！快！"

她好像传递暗号的特工。

靳浮白拉开窗子，向芋攀着窗台就要往卧室里爬。

她边爬边嘟囔，说烦死了，唐予池那个傻子就住在靳浮白对门，怕他听见她溜出来找靳浮白，和干爸干妈打小报告。

看她的样子，还走窗户，靳浮白笑起来："你这儿跟我偷情呢？"

向芋站在窗台上，张开双臂，往靳浮白怀里扑："我可是听骆阳说了，有一位姓靳的先生，我一不在就想我，想我还不说，就坐在那儿转动手上的戒指。"

靳浮白把人稳稳接住，没什么印象似的反问："我转动戒指了？"

"骆阳说的，他说我再不来，你要用戒指把手磨出茧子了。"

那是 2020 年的 9 月，他们在爱尔兰生活了十五天。

9 月 12 日当天，爱尔兰晴空万里。

靳浮白和向芋结为夫妇。

7. 我是你永生永世的信徒

等婚礼的精修录像做好，寄回 B 市，已经是 11 月初。

满街金黄的银杏，梧桐那巴掌大的叶片开始蜷缩干枯，秋色像是被烘烤过一样。

那天大家正好聚在秀椿街吃饭，唐予池在，李侈带着女儿迪迪也在。

天气微凉，他们点了个火锅在家里吃。

靳浮白的手机放在桌面上，有新消息进来。

手机振动时，桌面上的薄瓷小碟上叠着筷子，也跟着震动，发出清脆声响。

靳浮白垂头，屏幕上显示着"快递派送提醒"的字样，也是在这时，门口传来叩门声。

快递小哥敲一敲敞开着的房门，探头进来："靳浮白先生在吗？有您的快递。"

"在。"

"本来想放在门口的。"快递小哥抱着一个大箱子走进来，很热心地说，"我看门开着，就想着给您送进来。"

这附近住的老人多，快递小哥都很热情，有些体积大或者重量大的快递，他们都会帮忙送进院子里。

"多谢你。"

靳浮白赶紧起身走过去，接下快递，签好名字，再次礼貌地同快递小哥道谢。

很大的箱子，像是台烤箱一样。

靳浮白这人，从来不网购，向芋也就很好奇地凑过去，问他是什么。

拆开才知道，是婚礼录像的光盘。

比起存在电脑里的视频文件，他们更喜欢光盘。

所以婚礼的录像应他们要求，被定制成光盘形式。

他们定制了两套，一套用来观赏，一套用来收藏。

别人的婚礼录像都只有婚礼当天的内容，顶多再剪进去一些新郎新娘、伴郎伴娘准备婚礼时的花絮。

靳浮白定制的这份录像，整整跟拍了他们半个月。

也许是为了配合在爱尔兰举办婚礼的这个主题，盒子是灰白色的，材质特别，用了仿中世纪装修风格的浮雕设计，花纹突出。

两只大盒子放在桌子上，像是切割了两块城堡墙体带回来。

每盒十五张光盘。

每张光盘记录一个小时。

这些记录了他们在爱尔兰的那段时光。

靳浮白把没拆封的那套放在摆满电影光盘的架子上，和《泰坦尼克号》挨在一起。

本来那天只是一起约了午饭，但收到光盘后，骆阳、李侈、唐予池都起着哄想看。

火锅又沸腾过几轮，没人再有心思进食。

一群人索性收掉餐桌，端了茶点坐到客厅里，放录像看。

画面最开始的一帧，是大家到爱尔兰的第一晚。

离婚礼还有几天时间，主客都十分放松，那天晚宴，最引人注意的，是餐厅摆放的一个十层的香槟金字塔。

酒店餐厅灯光璀璨，向芋穿了很普通的牛仔裤和短袖，笑着站在靳浮白旁边。

短袖外面披了一件衬衫，也许是靳浮白怕她冷，加给她的。

李侈是那天负责开香槟的人。

难得地，他又像过去一样，穿了一套宝蓝色西装，戴着黑钻戒指的手一扬，拎着复古造型的香槟刀，扭头故意问靳浮白："靳哥，这酒可不便宜，开多少瓶？"

靳浮白笑笑："全部。"

他那样子，很像当年拉着向芋去听音乐会时——张扬、兴致明显，眉眼间有不自觉的愉快感。

想一想，音乐会事件是在 2013 年年初。

一晃眼，他们已经热恋了如此多的年头。

向芋是想要自己倒香槟的，但十层的香槟杯，摆得实在太高。

向芋总不能在众目睽睽之下，踩着椅子去倒酒。

唐予池这个发小，还真起身，拖着椅子往外走："向芋，你站椅子上，你那个头肯定够不着，别回头把香槟给碎了！"

他没走两步，被唐母揪着耳朵拽回去。

录像师傅给了个特写镜头，正好拍到唐母用她精致的手包砸唐予池的后脑勺儿。

唐予池靠坐在沙发里，看到这儿，撇嘴，同身旁的人说："我妈真是的，也不给点面子，那么多人呢……"

他扭头，发现坐在他旁边的人，是李侈。

沙发算是大的，实木雕花，又因为向芋总是磕磕碰碰，换了一次软垫。

浅灰配铁锈红，撞色，倒挺好看。

李侈就倚着一方铁锈红的抱枕，抱着迪迪，坐在一旁。

他本来是在帮迪迪剥橘子的，听见唐予池的话，也有些尴尬，但还是接了一句："也是。"

唐予池和李侈，都是常出入靳浮白和向芋这处住所的人，常会碰面，却从不寒暄。

他们彼此都知道，没什么好说的。

关于唐予池前女友和李冒混过的事情，李侈是知道的。

那时候李家风头正旺，李冒过于嚣张，是捧高踩低的一等好手，女人也多。

他给花钱花得最大方的，就是唐予池的那位前女友——安穗。

本来李冒和什么人在一起，李侈是不干涉的。

但那阵子唐予池每天都去他的场子，经理给李侈打过电话，说唐家这位少爷背景也不算太一般，而且每次来都好像在找人似的，先要溜达一圈，才包个卡台喝闷酒。

再加上李冒那阵子总在推托安排在场子里的酒局，说是跟着他的那女的不喜欢去，所以李侈总觉得，这里面有猫腻。

查一查果然发现，跟着李冒的安穗，就是唐予池前女友。

他们还不是正常分手的，是唐予池被绿而分手的。

安穗最开始跟着的人，不是李冒，但现在她跟李冒混在一起，这事儿搞得李侈挺头疼。

圈子里，李冒名气当然没他李侈大，可要是算起来，好事不往他李侈脸上贴金，坏事肯定都算在他头上。

人们说起坏事来，连李冒的名字都不带，都说，那混账是"李侈堂弟"。

最头疼的也不是这个，毕竟李冒这个王八蛋每年惹下的事情，十根手指都数不清。

要命的是，在李侈查到的消息里，唐予池和向芋关系不错。

向芋是什么人？是靳浮白亲口承认的"嫂子"。这事被李侈一直压在心里，他不敢声张，默默盼着李冒赶紧把那女人玩腻了，免得他提心吊胆。

不过到底是东窗事发了。

李佟还记得因为这事，向芋和靳浮白吵了一架。

靳浮白倒是没为难李佟，只不过语气凉飕飕地说："李佟，你还真有个好堂弟。"

好在靳浮白和向芋很快又和好，李佟才放心下来。

后来李佟和向芋走得越来越近，也慢慢没了那么多隔阂。

不过对唐予池，李佟不太主动搭话。

倒也不是什么别的原因，而是他觉得，唐予池大概不乐意搭理他。

在爱尔兰，靳浮白和向芋的婚礼上，李佟是司仪，唐予池是伴郎。

婚礼前的几天酒宴，两人也都坐在同一桌，只不过一直没有交流。两人唯一的交流，是在回国前最后的晚宴上。李佟和唐予池都喝多了，晕乎乎离席，回房间刚好同路。

起初两人都硬撑着面子，谁也没表现出自己喝多，坐过一程电梯，克制不住了，双双奔往男厕所。

两人在厕所门口撞在一起，吐了个稀里哗啦。

一个吐了对方满鞋，一个把自己的手机掉进了对方的呕吐物里面……

这事太过丢脸，这俩一直不准备和对方有交集的人，吐过、清醒后，默默整理好了卫生，然后表情极其不自然地约定不会和其他人说。

有过一次共患难的经历，回国之后再见面，他俩也算是能说几句话。

电视里的录像还在放着，唐予池顿了几秒，才状似不经意地找话，打破尴尬："橘子甜吗？"

"挺甜的，你来一个？"

李佟主动把装了橘子的塑料袋递过去，唐予池摸出一把砂糖橘，道谢。

随后，唐少爷看了一眼电视里的录像画面，和李佟吐槽说："这向芋真是，都让靳哥给惯坏了。"

画面里，向芋正被靳浮白抱起来，往摆成金字塔形的高脚杯里倒酒。

唐予池说完，李侈还跟着点头，说："靳哥以前在场子里，别人坐他边上，他都不愿意有人挨着他，没想到居然会这么宠老婆。"

"那不怪靳哥，向芋从小就像个猴儿似的，可没形象了，上学的时候还会翻墙呢……"

堆积在两人之间的偏见与矛盾，在这几句聊天里，算是瓦解了。

但向芋听见了唐予池的吐槽，她当即把录像暂停，拎了沙发靠垫，绕客厅三圈追杀唐予池。

"唐予池你有没有良心？要不是你发信息说你在校外遇见了劫路的，差点儿被打死，我会翻墙？！"

"你放屁，你自己想吃校外的章鱼小丸子那次，体育课上不也翻墙了吗！你忘了？"

向芋当然不乐意自己的陈年往事被当着靳浮白的面抖搂出来，气得当即炸毛，拖鞋都被丢出去了一只，为了打她的狗发小。

靳浮白眼含笑意地看着向芋，见他的姑娘没占下风，才问李侈："矛盾解开了？"

"能有什么矛盾，还不是李冒过去惹的祸。"

"最近去看过他们？"

李侈沉默半秒，才开口："看过，里面的生活条件肯定是不好，我瞧着一个个的都瘦了不少。也行，敢做犯法的事儿，就得受制裁。"

他和靳浮白说，人这一生，真的说不清。

以前，李家的老一辈看不上李侈，觉得他没野心，整天就知道瞎玩，刨去八面玲珑、会说话，也没什么优点。

但碍着他是跟着靳浮白的，家里也就没大管他。

可后来呢，一朝出事，家族里那么多被牵连的人。

偏偏李侈这个只知道吃喝玩乐买钻石的纨绔子弟，对那些事情一问三不知，免了牢狱之灾。

而李侈的奶奶，本来老人的身体就不算特别好，正赶上李家出事的前几年得了阿尔茨海默病，后来严重到连牙刷和梳子都分不清。

家里出事时，她没跟着着急上火，门上被贴了封条时，老太太还天真地问："这是什么？"

老太太现在活得好好的，在靳浮白的养老院里，每天跟着合唱团瞎唱，昨儿还唱了《夕阳红》。

"你看，人这一生啊，有时真的说不清。"

唐予池被向芋逮住，本来想要反抗。小时候他和向芋常常这么闹，他从来不把向芋当女孩子，摔跤绝对不让着向芋。

结果这次他刚准备反抗，余光瞥见靳浮白正盯着自己，只能垂着头，认命地挨了几下。

唐予池护着头："向芋，你太卑鄙了，小时候打架就总当着你干爸干妈的面，结婚了就当着老公的面，总找人撑腰！有能耐，咱俩单挑？"

"谁跟你单挑。"向芋把沙发靠垫一丢，坐回靳浮白身边，"我就喜欢这种被偏爱的感觉。"

李侈笑着和靳浮白说："希望迪迪长大以后，可以像嫂子一样，乐观开朗。"

靳浮白瞄了一眼睡着的迪迪，却说："嗯，但她随你，不会像向芋这么美丽。"

李侈："宠老婆也有个限度啊，靳哥！"

闹了一会儿，录像重新放映，稍微倒回去两分钟，画面正好从城堡内部的景象开始——

餐厅的墙壁是一种银灰白色，浮雕精美，有小天使的图案。

或许，那是两个世纪前人们眼中的丘比特形象，在灯光下泛着微微的银色。

那是一种旧时候欧洲人喜欢的涂料，据说他们把用火烧过的葡萄藤磨成粉状，产生出来的颜料是一种带有蓝调的黑色，同白色颜料混合，会得到这种有高级感的银白色。

餐布也是相应的银白色钩边，各方宾客坐在餐桌旁，含笑看着向芋想要倒香槟，身高又不够的样子。

靳浮白忽然单臂把人抱起来："倒吧，够高了。"

十层的香槟塔，不是一瓶香槟就能填满的。

向芋垂头问靳浮白："能行吗？会不会很累？"

"你倒你的，我来做你的梯子。"

香槟倾入酒杯，缓缓化为瀑布。

酒香四溢，醇醇醉人。

那天晚宴的最后，摄影师举着摄像机，去问每一个宾客的感受，问到了向芋，她有些醉意地看着摄像头，说："我很开心，能嫁给靳浮白……"

周围是一片哄堂大笑，有人起哄说："嫂子，婚礼还没开始啊，还有好几天呢，这么迫不及待？"

这群看热闹不怕事大的，想要套向芋多说些什么。

向芋醉酒的脑子不灵光，一瞪眼睛，眼看着就要反驳。

靳浮白从她身后伸出手，轻轻捂住她的唇，把人往怀里一揽。

他对摄影师和周围的人说："你们也真会挑人，我家女王你们也敢套话。你们敢，我不敢，真让她说了什么丢脸的，回头酒醒，我可能吃不了兜着走。"说完，他把人横抱起来，丢下一句"先回去休息了，明天见"，就抱着人大步走了。

看到这儿，李侈嚼着橘子说："看得我都想再婚了。"

向芋窝在靳浮白怀里，盯着电视愣了一会儿，眉心蹙起，又松开。

她扭头问他："那天晚上是怎么回去的，我一点印象都没有。"

"你醉了。"

"我以为喝香槟不会醉呢。"

向芋酒量还不错，喝几瓶啤酒都是没什么问题的，可能因为喝了香槟之后又喝了红酒，混合着，那天还真是有点晕。

回忆起来，她只能想起在卧室里醒来，睁眼看见墙上巨大的油画。

那晚其实是温馨的，他们借着酒意亲密，然后又在半夜，穿好衣服，溜去厨房吃东西。

宾客里有老人和小孩，靳浮白安排得很是妥帖，担心会有人饿，厨房里随时备着吃的。

他们溜进厨房，只开了一盏仿蜡烛造型的夜灯，在昏暗灯光里，热了一份当地特色的炖肉，还有炸鱼薯。

晚风从半开着的窗口慵懒拂入，炖肉的香味弥漫厨房。

很多新娘在婚前都会严格控制饮食，但向芋没有这个担忧，她用勺子舀起一块羊肉，放进嘴里，舒适地耸肩眯眼。

她很瘦，靳浮白喜欢看她大口吃东西的样子。

他转身出去，找到一包湿纸巾，扯出一张，动作轻柔，帮向芋擦掉嘴角汤渍。

向芋捏了块炸鱼薯给他："你也吃。"

她手里的炸鱼薯是半块，上面留着明显的牙印。

靳浮白也就笑着对她面前的餐盘扬了扬下颌，问她："那么多呢，只舍得给我一半？"

向芋不承认自己抠门，脸庞干净，眼神明亮，一本正经地胡诌："异国他乡的，万一有人想对你图谋不轨呢。这块我替你试过毒了，放心吃。"

"那我不用等等看会不会毒发？"

"哎呀，不用了。"

向芋还需要用手拿羊肉吃，非常没耐心地把半块炸鱼薯往靳浮白嘴里塞："不用等不用等，香得很！"

靳浮白以前对这些油炸小吃没什么兴趣，吃东西都喜欢清淡一些的。

也许是向芋喂给他的鱼薯格外好吃吧，他吃完半块，还主动从她盘子里抢了一块，把向芋气得去咬他的嘴唇。

这姑娘不满地说："我这嘴要是订书机就好了，咔嚓咔嚓两下，把你嘴唇订死，你就不能跟我抢吃的了。"

靳浮白像没听见她的怨念，还和她打着商量："羊肉不分我几块？"

他们可能是婚前饮食最放肆的男女了，深更半夜在厨房里美餐，还很有情调地小声放着音乐。

音乐是用向芋的手机放的，她常听的一首曲子就是《泰坦尼克号》里的 *My Heart Will Go On*。

那晚随机播放到这首，两个人都是一怔。

向芋当时正在冰箱保鲜层里翻餐后水果，刚摸出一盒小番茄，听见熟悉的节奏，扭头，突然叹气。

她说："靳浮白，我想起来了，你没回来时，很多传闻说你死了，死法还不一样。"

她说这话时，不经意间垂下眼睑，看上去有些低落。

靳浮白不愿她不开心，存心逗她："我要是真死了，你想没想过再找一个？"

向芋说："没有。"

白日里的喧哗退去，此刻厨房里只有他们两人。

窗外是分割整齐的园林，花草树木都是左右对称的，在夜色里随风随雨，静静摇曳。

好像能听到一点大西洋的波涛声。

但其实没有，安静中只有向芋在娓娓道来，说她那时听闻噩耗，大胆地做了一个计划——

如果靳浮白真的不幸身故，她也要戴着那枚粉钻戒指，永远爱他，不会再嫁别人。

　　"我没有说，但我，一直在等你啊。"

　　那夜多少温馨，回忆起来，仍让人心动。

　　可能是录像里的情节让靳浮白和向芋不约而同地想到那天晚上的情景，他们对视一眼，用目光询问对方：是不是你也想起了那晚……

　　气氛很好，不过向芋还是把手伸到靳浮白的腰上，狠狠掐了他一把："那天晚上是很美好，可不是你再一次的理由！你知道我多丢脸？第二天我妈妈问我走路怎么看起来有些累，还担心我是不是穿高跟鞋不习惯！"

　　靳浮白有些理亏，任她下狠手，半句不反驳。

　　但向芋掐过人之后，又甜得像蜜糖，凑到靳浮白耳边说："我那天虽然喝多了，但也没说错，嫁给你，我真是很开心的。"

　　录像播放到婚礼。

　　向芋问靳浮白："好像外国电影里，婚礼都是在教堂的，对着神、对着主宣誓？咱们这种还算是中式的婚礼吧？"

　　"我是觉得，不用对神对主，也不用宣誓。"靳浮白沉沉地看着她，"你说一句你爱我，我就是你永生永世的信徒。"

　　婚礼的录像被反复看了很多次，骆阳还有些怀念地摸着下巴回味着。

　　他说："靳哥真是大方，爱尔兰啊，一玩就是半个月，皇帝大婚都没这阵仗吧？"

　　"和过去的皇帝比不了，皇帝大婚都需要内外兼顾，是政事，也是国事。"靳浮白笑一笑，"我这是家事，目的最重要的就是向芋开心，她开心就好。"

　　再去"梦社"守岁，已经是 2021 年的除夕。

也许是做生意的人记性都比较好，"梦社"的老板在给向芋和靳浮白做热巧克力时，把两人认了出来。

她说："哎！你们！"

她的语气那么自然，就好像向芋和靳浮白是熟稔的邻居。

距离他们第一次来"梦社"，已经八年之久。

这里还是和从前差不多，也许有些陈设被翻新过，墙壁也被重新刷白过，但仍然没有咖啡，速溶的也没有，想喝需要自己出门去便利店买。

这里只有热巧克力。

老板娘在这件事上，有她自己的坚持。

向芋也是第一次听老板娘说起只供应热巧克力的原因——

老板娘和老板初识，就是因为热巧克力。

那会儿还是千禧年的冬天，"梦社"老板娘独自北漂，在工作上有了失误，被公司辞退，蹲在街边无助地落泪。

也是那一天，她遇见了"梦社"的老板，他给她买了一杯热巧克力，说人生没有什么过不去的坎儿。

老板娘搅动着融化的巧克力，指一指楼上燃着篝火的天台。"后来我们熟悉了，就因为他总给我煮热巧克力，我胖了十多斤。我就跟他说：'你把我喂胖这么多，我也找不到男朋友了，怎么办？'他说：'那我当你男朋友吧。'"

这段往事令人动容，最打动人之处在于，事隔经年，老板和老板娘的感情还那么好。

楼上传来一阵热闹声，是有人鼓动老板唱歌。

老板是个面相普通的男人，也有点中年人的小帅，看样子，性格比老板娘内向一些。

他被起哄着，也就接过大音响的麦克风，唱了一首很老的歌，周传雄的《黄昏》——

依然记得从你眼中滑落的泪伤心欲绝，

　　混乱中有种热泪烧伤的错觉……

　　老板的歌唱得挺不错的，但老板娘却嫌弃地扶额："又是这首歌，从我跟他谈恋爱，到现在儿子都已经上初中了，他就只会这一首歌！"

　　向芋没忍住，笑起来，扭头对靳浮白说："你还记得吗？当年喜欢吃巧克力的那个小男孩，现在已经要上初中了。"

　　靳浮白当年来时，所有注意力都在向芋身上，对其他事情只留下浅淡的印象。

　　想了想，他才隐约记起，确实是有个小男孩，他还跟人家那儿诓来过一个仙女棒烟花。

　　热巧克力被装在马克杯里，散发醇香。

　　"巧克力不要你们钱啦。"老板娘看一眼向芋手上的钻戒，轻扬眉梢，"是订婚了，还是已经结婚了？"

　　向芋笑起来，眼里露出一些温柔的愉快感："已经结婚小半年了。"

　　"可能是岁数大了，我现在啊，就只喜欢温情的、甜美的场景。前些天收拾屋子时我还想呢，要不要把你们的照片撤下来，在我看来那真的很遗憾，但幸好我懒一些，放在那儿没动。能看见你们俩在一起真好。"

　　除夕的"梦社"还是不乏形单影只者，靳浮白习惯性地紧握着向芋的手，和她十指相扣。

　　他们被老板娘邀请着在天台上坐到了一桌旁，老板和朋友们抬来两箱啤酒，有一箱是果味的，适合女性喝。

　　夜幕挂着一轮玲珑月，幸而是远郊，篝火还能燃，烟花也能放。

　　街上有孩子放了鞭炮，噼里啪啦的，热闹得听不清楚身边人说话的声音。

　　风里掺着爆竹味，靳浮白帮向芋把毛毯裹紧，在她耳旁问："要不要喝啤酒？"

向芋摇头："你喝吧，回去我开车。"

记忆里，向芋对于啤酒还是挺喜欢的，夏天天气热时，她也会喝一点。

不过她说不喝，靳浮白也就没再问，还以为她只是今天不想喝。

"梦社"老板热情地问靳浮白："兄弟，喝几瓶啤酒吧？"

"不了，谢谢，回去还要开车。"

"你老婆开不了吗？喝点吧。"

靳浮白笑着："她也能开，不过回去时太晚了，不让她开，免得她挨累。"

老板娘就打了老板几下，说："看看人家的老公，多知道心疼人！"

回去的路上，向芋在副驾驶座位里睡着了。

距 2013 年已经八年，这条路比从前好走不少，路灯也明亮了，周围不再荒凉。

偶尔有新城耸立着高楼，招商广告铺了百米之长。

靳浮白戴着戒指的手轻轻扶在方向盘上，偏头看了一眼熟睡的向芋，突然记起，快到她经期了。

他把暖风调高一些，本来无意吵醒她，但他的手机响起信息提示声，惊醒了向芋。

她半睁开蒙眬睡眼，又闭上，慢吞吞伸手从包里摸出手机按了两下。

屏幕没反应，向芋才反应过来，这是自己的手机——玩游戏玩得早已经没电自动关机了。

"没什么要紧信息，不用看，你睡。"靳浮白说。

"不睡了，陪你一会儿吧。"

向芋坐直，摸出靳浮白的手机，按亮："你堂弟发来的，要看吗？"

车子行驶在高速公路上，一片灯火通明。

更远处的地方是黛色扇形轮廓的，层层叠叠，显露出一些冬日光秃树干的影子。

"帮我看看他说了什么。"

"'相关人员已入狱，祝堂哥新年快乐。'他说'已入狱'？什么已入狱？"向芋纳闷地睁大眼睛，认真地又看了一遍，"谁进监狱了？"

靳子隅，做事目的性极强，挑在这个新年刚到的时间发信息过来，不可能只是拜年。

靳浮白早有预感，可听向芋用睡意未消的倦嗓，迷茫地读出来时，他还是笑了笑。

怕向芋担忧，他单手扶稳方向盘，握一握她的手："别慌，是当年肇事的人。"

当年靳浮白车祸，凭借骆阳那点微弱的人脉，又是在国外，根本找不到肇事者。

这事，靳浮白没再提起过，向芋也不好再问，只是每次生日许愿，她都要诅咒一遍：所有坏人都不得好死！

现在听他说坏人被绳之以法，向芋很是开心。

她从羽绒服口袋里翻出几个盲盒，又是唐予池送给她的那款，她说有这么好的事情，肯定能拆出来限量版。

盒子打开，1月官网刚宣布发行的隐藏款，掉落在羽绒服上。

向芋举起来给靳浮白看："你看！果然就很幸运啊！"

是从来没有过的运气，向芋想，如果另一件事也能心想事成就好了。

她希望，经期不要来。

开回市区时，向芋有些汗意，拉开羽绒服："怎么暖风开得这么足？"

"快到你经期了，怕你犯老毛病。"

向芋手放在小腹上，张一张嘴，到底没说话，眼里却糅满了温柔。

正月初五，靳浮白的堂弟靳子隅来过一次。

向芋在秀椿街街口见到他时，是没反应过来的。

毕竟这位堂弟，她也只是在电视上短暂晃过的一帧画面里，见过瞬间。

那时她留意到褚琳琅嫁的并不是靳浮白，而新郎的模样……她只记得，自己很不甘心地认为那位堂弟绿了靳浮白。

他们同行的一路，靳子隅都在通电话。

向芋是听到那句"褚琳琅，什么叫形婚，你不懂？人我没领到你跟前，你管我和谁吃过饭、见过面"，才顿了顿脚步回眸，看清楚了身后男人的长相。

靳子隅很敏感，察觉到向芋的目光，也跟着停住脚步。

只是一眼，他就收敛了脸上的不耐烦，挂断电话，满脸笑容："嘿，嫂子。"

向芋反应也算快，只短暂地怔忪，然后笑着同他打招呼："堂弟吗？什么时候来的 B 市？"

那天靳子隅和靳浮白具体聊了什么，向芋没听。

她只听到靳浮白送人出门时说："集团的事不用再找我。"

正月初六，李侈来时，穿着一身西服，拎着车钥匙进门，走得摇曳生姿，颇有几年前春风得意的味道。

问其缘由，原来是买了新车。

李侈说："靠自己赚钱买车，真香！！"

"什么车啊？"向芋抱起迪迪，问李侈，"你以前特别钟爱的那款？"

她对车子并不敏感，只隐约记得，李侈以前车多，什么颜色的都有。

不过那是很久很久以前的事情了，那会儿 B 市还有三轮车可坐，停在校区外面或者街口，一块钱一位。

现在发展得日新月异，那天她还看见某公司旗下无人驾驶的外卖配送车在郊区做道路测试，也许不久后就要投入市场。

电动汽车挂着白配青色的牌照，满街跑。

最初电动汽车做测试时，向芊坐在李佟的场子里，听他说电动汽车没劲，像是老年代步车。

结果李佟把车钥匙拍在桌子上："买的电动汽车！"

"你以前不是说像老年代步车吗？"

"那不是以前嘛，愚见，愚见！靳哥换车不也换的是电动汽车？我想了想，觉得靳哥说得对，汽油是不可再生资源，还挺污染环境的，干脆换个电动的，也挺好。"

向芊觉得这个世界真神奇，以前的败家子们，现在都聊上环保了。

他们男人凑在一起要聊正事，聊车子、聊工作，向芊干脆带迪迪出去玩。

早晨才下过一场轻雪，天色还未晴，稍显沉闷。

向芊带着迪迪去秀椿街玩了会儿跷跷板，怕孩子冻着，不敢逗留太久，买了热奶茶便往回走。

秀椿街是 B 市的老街道，有些小胡同，向芊带着迪迪穿梭胡同回去。

小孩子都喜欢这些未知的新奇的地方，回到家里还在兴奋。

靳浮白和李佟坐在客厅，正喝着茶，就看见一大一小两个姑娘，被风吹得脸颊粉红，嘻哈笑着从门外进来。

"爸爸，靳伯父！刚才伯母带我去胡同里玩啦，特别有意思，还买了糖葫芦！"迪迪捧着奶茶，一路小跑着进了客厅。

而靳浮白的目光早已经越过迪迪，看向他的妻子。

向芊拿着糖葫芦，对靳浮白笑一笑。

她帮迪迪拆掉围脖，很细心地叮嘱："迪迪，如果陌生人说，带你去胡同里玩，你不要去，除了伯父、伯母和爸爸，谁说带你去，都不要去。"

"为什么呀？他们找不到卖糖葫芦的爷爷吗？"

向芋忽地收敛笑意，很严肃地看着迪迪："胡同很危险，在你长大之前，只有亲人能带你去，明白吗？"

迪迪一怔："伯母，会有坏人对不对？"

"对。"

这番充满母性的对话，落在两个男人耳朵里。

李侈笑着打趣："嫂子，你现在可很有严母风范啊，什么时候准备要个孩子啊？"

向芋起初只是笑笑，但她表情里的欲言又止，成功让靳浮白愣住。

她计划了这么多天，此刻真的有些得意，也就一脸得逞地看着他："我早晨验过了，两道杠。"

靳浮白没当过爸爸，也没研究过验孕试纸这种东西。

他还在思考这句话的意思，身旁的李侈已经吐出一连串的"恭喜"，然后十分有眼色地抱着迪迪跑了，给靳浮白和向芋留下了单独的空间。

跑到门口，他还顺手拉走了刚回来、一脸莫名其妙的骆阳。

"哎哎哎，李哥，你拉我去哪儿啊？"

"拉你去看雪！"

"啊？雪不是早就停了吗……"

"跟我走就对了，哪儿这么多废话！"

屋外人声渐远。

向芋故意说："靳先生，这段时间要辛苦你自己解决一下那些问题了，不然对孩子不安全。"

靳浮白平时并不是一个情绪起伏很大的男人，他永远优雅，又永远从容，向芋很少见他这么兴奋狂喜的时刻。

他甚至抱着她转了一圈，不住地说着："向芋，辛苦了。"

向芋摇头，肚子里的小生命让她变得很温柔很温柔。

"靳浮白，我们会有很美好的以后，你会是个很温柔的爸爸，我也会做一个慈爱的妈妈，我们的孩子会跟着骆阳在院子里喂流浪猫，会在养老院里学会尊敬老人，无论是男孩还是女孩，他（她）都会爱这院子里春天的梁上燕、夏天的花、秋天的落叶和冬天的雪，他（她）会爱这个世界，也会在爱里成长。

"因为，他（她）的爸爸非常非常爱他（她）的妈妈。

"而妈妈，也非常非常爱爸爸。"

靳浮白听着听着，忽然偏头，抬手抹了一下眼睑。

再转头，这男人眼眶泛红，他小心地把手贴在向芊肚子上，温声说："欢迎你，小家伙，从今天起，让我们一起爱你妈妈，好吗？"

8. 现在她是靳太太

有那么一阵子，向芋觉得自己怀孕后的生活，和隔壁养老院里那些白发苍苍的老人，也是差不多的。

她每天被车接车送地上班下班，饮食也都被严格注意着。

以前她还会在饭后刷碗；现在，刷碗这项家务也被靳浮白承包了。

很多时候，他在厨房干活，向芋会搬一把椅子坐着，或者干脆坐在料理台上。

她一半时间用来玩手机，一半时间用来看靳浮白。

这个男人有着出挑的身高，宽肩窄腰。

他的穿衣风格和多年前没什么差别，时常是一件样式很简单的深色衬衫。他洗碗时把衣袖挽起到手肘，露出有着流畅肌肉线条的小臂。

向芋迷恋靳浮白这样不慌不忙做着家务的样子。

就像她 21 岁那年，迷恋他动作优雅地把沉香条塞进烟丝里。

那时候向芋还以为，靳浮白这样矜贵优雅的败家子，只有在他万事从容、挥金如土时，才最迷人。

她无法想象他囿于家庭，也从来不敢奢望自己会和他有一个家。

向芋摸一摸肚子。

可现在他们真的拥有一个家庭，拥有属于他们的小生命。

洗洁精有淡淡的橘子味，窗台上摆了半颗新鲜的柠檬。

这是靳浮白发现她喜欢在厨房坐着看他之后，特地安排的。

听闻孕期妈妈对气味敏感，他照顾她几乎到了万事妥帖的地步。

窗外，一只小流浪猫踮着脚，小心翼翼地从庭院墙根矮丛处走过。

春风袭来，花枝晃动，小猫吓得飞奔着跑掉了。

向芊收回落在窗外的目光，靳浮白这边已经收拾得差不多，关掉水龙头。

他把餐具归拢回消毒柜中，又转身用温水帮她泡了一壶柠檬水，倒出一杯递给她。

见向芊没接，他手里的玻璃杯在她眼前晃一晃，问："厨房里的东西哪一样你没见过，看得这么认真？"

向芊回神时，正好看见他戴着婚戒的手，在她面前一晃而过。

她接下柠檬水："你啊。"

"我？"

靳浮白语气里染了调侃的意味："我哪里是你没看过的？"

向芊不理他了，捧着柠檬水喝了两口。

她心里却在想，21岁时再自诩成熟理智，其实也还是好局限。

如果相比，她更爱靳浮白现在的样子。

向芊想起前些天浴室的灯突然坏掉，正是晚上，不好请别人过来。

她说等到白天修也可以，晚上起夜可以用手机照明，但靳浮白不同意，怕她磕着碰着。

确实有那么一两次，她夜里起来懒得开灯，撞在实木床脚上，一声惨叫。

等靳浮白开了灯，看向芊缩成一团蹲在地上，疼得泪花闪闪。

靳浮白在储物间找到了工具箱，拎着回来。

向芊那天玩心大起，把手机手电筒放在下颌，故意吓唬靳浮白。

这人吓没吓着，她不知道，反正他十分淡定地揽着她的后颈，吻她："关了吧，别把眼睛晃坏了。"

恶作剧最无聊的结果就是被吓的人一脸平静。

靳浮白这种反应，搞得向芊还有些不开心，闷闷地坐在马桶盖上。

孕妇也是有小脾气的。

哼。

之前为了吓唬人，向芊关掉了卧室的所有灯，浴室里只有靳浮白的手电做光源。

手电被他放在旁边的洗漱台上，靳浮白蹲在地上，摆弄着工具箱。

他是在找螺丝刀头时才突然反应过来的，拎着螺丝刀抬眸，看着向芊。

向芊还在不开心，留意到他的目光，撇嘴。

她本来没想理他。

结果靳浮白突然开口："啊，吓死我了。"

这也太假了！

她那点吓唬人的把戏明明在几分钟前就结束了，连手机光源都关了，他居然才想起来配合？

而且靳浮白这种从小在世界百强集团家庭熏陶出来的语调，不疾不徐，明明没有一点要死的感觉！

可是……

向芊没绷住，笑出来，拎了抽纸丢过去："靳浮白，你这是什么低端的哄人路数？"

看着靳浮白站在椅子上拆灯，老实说，向芊其实不觉得他能修好。

他从前可是十指不沾阳春水的人呢，让他修灯，可太为难他了。

向芊都有些想说：要不放那儿别动了，明天让骆阳看看。

但真要是这么说了，她又怕靳浮白心里不高兴。

眼色她还是有的，不能让自己的男人没面子。

"向芊，来帮个忙。"靳浮白站在椅子上垂头，把手里的螺丝递给她，"帮我拿一下灯罩和灯泡。"

向芋顺从地站在椅子旁，后来又把新灯泡递给他。

他现在正在修理的，是属于他们的家。

这个念头浮现脑海，让人觉得，夜晚都变得温馨了。

修不修得好也变得没那么重要了。

头顶传来安装灯泡的窸窣声，忽然眼前一亮，向芋下意识抬头，被修好的灯晃得眯眼。

靳浮白用手掌帮她挡住光，拿走她手上的灯罩："闭眼。"

等她适应光线，再去看，他已经把灯罩重新装回去，正借着高度，居高临下地垂眸看着她。

这个男人30多岁了，仍然吸引人。

头顶的光源，使睫毛在他眼部投出一小片阴影，他的目光看上去更深更沉。

向芋拍一拍还没怎么隆起的小腹，说："爸爸你好帅。"

靳浮白喉结颤动，看了一眼仰着头、目光炯炯的姑娘，有些无奈："知道自己怀着孕呢，就别在这种场景里对我说情话。"

"什么场景？"

靳浮白单手拎起实木椅子，走到浴室门口，回眸："夜晚的浴室。"

向芋闭嘴了。

夜晚的浴室有多危险，她是真的知道。

那天晚上睡觉时，向芋在靳浮白耳边嘟嘟囔囔。

她说她现在有些后悔了，如果她21岁就知道被生活牵绊的男人也会依然有魅力，知道靳浮白哪怕在厨房、浴室做家务也还是靳浮白，就该自私地留下他，就该缠着他、腻着他。

或者干脆陪他一起去国外，陪他面对那些困难……

她说这些话时，已经困得睁不开眼，手搭在靳浮白腰上，指尖有一下没一下地摩挲。

因为靳浮白腰间，有一条突起的疤痕，是车祸留下来的。

靳浮白轻轻吻一吻向芋的额头，语气安慰地哄她入睡："乱想些什么？男人都得有些压力。快睡，别明天有黑眼圈了又怨我。"

也许因为那些风雨早已过去，靳浮白再想起来，真的不觉得那些年有多苦了。

不过他记得，那时候他很想念向芋。

每天都很想。

也许是因为孕期，向芋会有些和从前不太一样的地方。

她以前是"咸鱼"，什么都懒得在意，总是捧着手机打游戏。

她怀孕之后反而敏感很多，过去那些没表露的情绪，偶尔会流露些出来。

靳浮白当然希望她快乐，也希望自己能够无微不至地照顾她。

他私下里找到医生聊了好几次，可总觉得电话里说不清楚，干脆去了一趟医院，找以前给向芋看过病的那个老教授。

当年的老教授现在已经是院长，亲自下楼接靳浮白。

可能是行医习惯，老教授更习惯把电梯让给行动不便的病人，不愿占用，也就带着靳浮白穿过层层走廊和楼梯间，去最顶层他的办公室。

靳浮白跟着老教授走在楼梯间里，偶尔听见有女人哭得声嘶力竭。

老教授见靳浮白一脸凝重地思量，忽然问："冒昧问一句，怀孕的可是当年的那位向小姐？"

靳浮白笑一笑，眉宇间流露出温情。

他说："现在她是靳太太。"

老教授在医院，见过形形色色的人，有的科室，从来没有一天是空闲的。

所以老人心里觉得，唯有真情最难能可贵。

靳浮白打来电话时，老教授就猜测，一问果然。

他怀孕的太太就是当年的向小妞。

老教授想起多年前的深夜，他接到两个电话，第一次见到靳浮白本人，也是第一次见到向芋。

那天向芋输着液在病房里睡着了，老教授去看时，推门，看见靳浮白坐在病床边的椅子上，一只手放在向芋小腹的位置，轻轻揉着，另一只手抬起来，在灯光幽暗的病房里对着老教授，比了一个"嘘"的手势。

很多传闻说靳浮白是一个不好接近的人，也有传闻提到过靳浮白和向芋之间的关系。

但那晚之后，老教授始终觉得，传闻并不可信。

老教授推荐靳浮白看一些与孕期相关的书籍，告诉他，一定要呵护孕期妈妈的情绪，理解她、安慰她、陪伴她。

关于如何照顾孕期妈妈或者孩子，靳浮白没有相关的记忆。

在他的家庭里，所有孕期妈妈都是住进那种私立的月子中心，有高级营养师、医生、保姆，甚至有钢琴师陪伴照顾，直至生产。

然后孩子再由保姆、营养师、家庭教师等人员照顾，直至长大。

他不希望他的孩子那样。

他更不希望向芋那样孤单地为他们的家庭孕育新的生命。

这件事他不在行，所以给李侈打电话。

李侈也是个没用的人，非常惭愧地说，其实迪迪满周岁之前，他都没和迪迪同卧室睡过觉，是后来才悔悟的。

李侈说："靳哥，这种遗憾是一辈子的，你可千万别重蹈我的覆辙。"

后来李侈又说："靳哥，我家其实也不算正常，不然你问问唐予池？我觉得他家氛围应该很好，毕竟他……呃，看着就没什么太大的心机。"

也是，幸福的家庭才能保护孩子的天真。

靳浮白请唐予池一家三口吃了顿饭，席间也随向芋的叫法，叫唐父唐母为"干爸干妈"。

干妈给出了挺多主意，最后还建议靳浮白，可以去试试那个男人体验分娩痛苦的机器。

向芊不知道靳浮白最近都在忙什么，只知道有一天她下班，他和往常一样等在办公楼外面，靠着车子。

阳光明媚的春光里，也不知怎的，他的脸色十分难看，垂着眸，好像在和谁生气。

她叫他："靳浮白？"

被叫到名字的男人缓缓抬眸，目光沉沉地看着她，然后张开双臂，把她紧紧揽进怀中："辛苦了。"

向芊还挺纳闷，她坐在办公室玩了半天手机，辛苦在哪儿？

后来还是在靳浮白的衣兜里发现了体验机器的小票，她才知道怎么回事。

向芊乐疯了，笑得岔气。

她笑到最后全靠掐自己大腿，才忍住笑意："你怎么想起来去体验这种东西？"

"想知道你是什么感受。"

"那个机器不准的。"

"嗯，看网上说了，不抵女人分娩疼痛感的十分之一。"

靳浮白像是想起什么极度不愉快的事情，眉心拧得紧："分娩时我陪着你，我一直陪在你身边。"

"我怎么觉得你比我还紧张？我痛经，你忘了？我每年都要疼几次的，肯定不比分娩疼痛级别低，你放心，我习惯啦！"

即使向芊这样说，靳浮白还是丝毫没放松下来。

这男人睡前也不看养老院的财务支出了，捧着一本《十月怀胎知识百科》看得认真。

向芊以为，以靳浮白的夸张风格，当年她痛经他都能找来轮椅给她坐，如今她怀孕了，他肯定是不会让她多走动的。

但她想错了，人家看了很多书籍，说每天做适当的运动，顺产时能减少一些些痛苦。

春天那阵子，几乎每晚，靳浮白和向芋都会十指相扣，去外面散步。

B市的春天很美。

那些在秋冬蜷缩枯萎的，被劲风吹落，又被车轮碾过、人足踩碎的叶片，重生般变为嫩绿色的小芽。

同靳浮白在一起，向芋有种安心，这种安心让她产生一种浪漫情绪，愿意相信那些秋天的落叶不是真的死去，而会在春意盎然时重生。

玉兰一树一树地开，又被路灯衬着，花瓣白而亮，像精灵落满树梢。

向芋看着那些花，看着电线上落着的鸟雀，忽然想起什么似的，扭头和靳浮白说："他（她）一定和你一样，知道心疼我。"

最近向芋公司里有个员工也是刚怀孕不久，不在同一个部门，向芋和她不熟。只是偶尔在休息室遇见时，那姑娘总是孕吐反应强烈，面如菜色，看上去很难受的样子。向芋倒是还好，一次都没有反胃过。

靳浮白听她这样说，脸色柔和许多。

他用手隔着衣衫点一点她的小腹，说："知道心疼妈妈就对了。"

他们走过整条秀椿街，也撑着伞、穿着雨鞋去逛过夜市，徒步去李侈的酒店蹭免费水果，也帮骆阳在废弃的木场捡回一些木料。

某天，看见一群学生穿着校服在秀椿街街口打打闹闹而过，向芋突发奇想："靳浮白，我带你去我大学校园里逛逛吧？"

于是那天晚上，他们开着车去了向芋的大学，在校园里散步。

向芋和靳浮白讲，哪个教室是她当年上过课的，哪个小树林总有情侣约会，也说那些学校里发生过的趣事。

走到宿舍楼下，向芋说："这个楼，就是我大学时候的宿舍楼。"

靳浮白在她旁边，不咸不淡地"嗯"了一声，问她："就是有人给你摆蜡烛告白的宿舍楼？"

向芊还盯着宿舍楼，准备给靳浮白指一指哪扇窗是她当年住过的房间，冷不丁听他这样说，顺嘴回答："是……"

吐出这么一个词，她转头看靳浮白。

这人是在吃醋吗？

所以走到校园里某段玉兰盛开的路，向芊故意和靳浮白说："就在这儿，我和大学时候的那个男朋友，就是在这儿遇见的，他找我要的微信。"

"校园里回忆挺多？"

"对啊，前面的图书馆，也有人和我告白过。"

靳浮白深深看她一眼，没说话。

等到走出校园，坐进车子里，他才突然拉过向芊，垂头吻她。

他问她，这张小嘴，一路嘚吧嘚吧，专挑他不乐意听的说，是不是故意的？

靳浮白温柔是温柔，但也不好惹。

年纪越大，吻技越精湛。

向芊保留了一丝理智，没什么力道地推他："胎教很重要，都已经两个月了，能感觉到。"

"感觉到什么？"

"感觉到我们在接吻啊！"

靳浮白就开始不正经："感觉到就感觉到吧，那就当提前教育了。"

也许是因为在校园里走了一遭，她回忆起来很多，都是有关 20 岁左右的事情。

很多个日子交叠在一起，不可能记得完整，只能隐约记起，在某个夏天，学校食堂开了一家好吃的油泼面窗口，或者某个冬天她捧着书从教室归来，路上买了一个甜糯的烤红薯。

那时候的 B 市还没有比较严重的雾霾。

春天总有沙尘暴，可后来绿化越做越好，才有了现在，春色里一树一树花开。

她在认识靳浮白以前，就是"咸鱼"性格。

小学、初中、高中、大学，有时候选班干部，选到向芋头上，她都要亲自去找老师推托掉。如果被问缘由，她就实话实说，说觉得管事太累，这理由令老师们瞠目结舌。

开车回家的路上，太阳缓缓沉入远处街景中，路灯亮起，代替它成了城市的光源。

向芋把那些年的画面在脑海里缓缓过了一遍，最后停留在某个痛经的雨夜——

有一辆车牌是"44444"的黑色奔驰，在秀椿街街口为她的出租车让行。

向芋突然说："还是大学毕业了好。"

靳浮白问她："怎么，大学过得不开心？"

她说："也不是，但是遇见你，是大学毕业之后的事情。所以我觉得，大学毕业更好。"

靳浮白就在这时候，很是温柔地笑一笑，顺着她的话说："嗯，我也觉得我的人生是从 28 岁才开始的。"

向芋翻个白眼："喊，花言巧语！"

那段时间，向芋吃饭时胃口比以前好一些，但还是瘦瘦的，只有小腹微微隆起。

所以有一天，她睡醒，看见靳浮白正坐在床边，目光落在她腹部。

"你干什么用这种眼神看孩子？"

靳浮白什么都没说，只不过那天之后，每顿饭都添了两三道菜。

后来还是骆阳告诉向芋的，说靳浮白总觉得这孩子胃口太大，把妈妈的营养都吸收了，怕向芋身体吃不消。

所以他们后来的散步，每周都会有一两次是去超市。

向芋的体质很奇怪。

她不是那种食欲很旺盛的孕期妈妈，问她想吃什么，她都是恹恹地说："没什么特别感兴趣的。"

不过去超市，在蔬果区域走一圈，再去货架区域逛一逛，她总能遇见想吃的。

这季节，超市的奶油草莓和樱桃都不错，还有圣女果。

他们一样买了几盒，准备回去顺路给李侈和迪迪送一些。

有一些生活用品也该备下，向芋和靳浮白并肩穿梭于那些摆满货物的高架间，又置办了一些生活用品。

"靳浮白，最上面那层架子，蓝色包装的湿纸巾拿一包。"

靳浮白拿了湿纸巾下来，一扭头，向芋正踮着脚，在他身后的货架旁边，死死拽着一大包纸巾。

那是六包装的抽纸，买二送一，三大包贴在一起。

抽纸体积过大，向芋一时间拿不下来，又不甘放弃。

她就那么踮着脚、攥着提手，和十八包抽纸僵持着。

靳浮白从后面伸手，帮她拿下来，放进购物车里，下颌指一指货架："下面不是有？"

"是有啊，不过下面都是单包卖的，我刚才用计算器算了算，没有买二送一便宜。"

她这么说完，靳浮白才看见向芋手里捏着的手机，确实停留在计算器的页面上。

这让靳浮白想起上个周末，她那个发小唐予池过来，向芋说秀椿街上有一家卖的鲜牛奶，自己煮一下，特别好喝。

然后这俩一起长大的家伙就出门了，好久没回来。

向芋毕竟是怀着孕的，靳浮白有些不放心，正准备出门去找，门口传来向芋的声音。

她扬着调儿叫他："靳浮白，我回来啦！"

靳浮白大步迈出去，俩人大包小包地拎着不少牛奶回来。

好在大部分都在唐予池手里，向芋只拎了两个小袋子。

唐予池耸耸肩："别看我啊靳哥，向芋什么样儿，你不知道？人家卖牛奶的阿姨说买多了能便宜，她就都给买下来了，二十斤牛奶，喝到吐也喝不完。"

确实是喝不完。

也确实是喝到吐。

骆阳和被叫来帮忙消灭牛奶的李佟都表示，最近两年都不想喝牛奶了。

唐予池因为被向芋逼着喝了太多牛奶，回家拉了肚子。

唐少爷气得给靳浮白发了一张向芋小时候的照片，当作反击。

照片上的向芋应该是六七岁，吃西瓜吃得满脸都是，脸上还有个红红的蚊子包。

照片可爱到如果向芋发现，能追杀唐予池三条街的地步。

想到那张照片，靳浮白轻笑出声："走了，小抠门儿。"

"什么小抠门儿？我这是给你省钱呢，这是贤惠。"

结过账后，靳浮白把东西放回购物车，推到超市门口，让向芋等他，他去提车。

到这儿都还好好的，不过他回来，向芋明显觉得靳浮白沉默了些。

车子开过一个红绿灯，靳浮白才说："在停车场遇见一个熟人。"

靳浮白说的熟人，向芋也见过，不止一面。

早些年在李佟的场子里，那些圈子里的人来来去去，向芋见过很多，叫她"嫂子"的也有很多。

很多人都是一面之缘，或者见了数面，并没什么缘分。

靳浮白遇见的，向芋知道是谁。

不过现在想想，她也只隐约记得那男人烫了一头卷发。

那是分开的几年里，靳浮白的消息最频繁出现的一段时间。

却是一个好消息都没有。

她记得那天晚上，自己急于知道靳浮白的安危，开着他那辆奔驰车，撞了停在小区里的一辆宝马车。

她那天脑子太乱，对很多事情都记不清了。

她只记得那个被她撞了车的卷发男人，穿着睡袍，骂骂咧咧。

他好像说她，车子停在那儿一动不动都能撞上，像个残疾，不该得到驾照。

她也记得后来赶来的穿着黑色西装的人说"靳先生无碍"。

向芋有点不好意思，问靳浮白，有没有替她再道歉，毕竟人家的宝马车是无辜的。

靳浮白淡淡地说："不用道歉，给他的利益够他买一堆宝马车换着开，半个月不重样。"

他神色这样淡，向芋就知道，靳浮白的情绪是"延迟担心"。

他在想她当年此举的心态，也在想她当时的危险。

果然，车子停在秀椿街时，靳浮白帮向芋解开安全带，把人揽进怀里，很内疚地说："对不起，我回来晚了。"

"可你还是回来了，抛弃荣华富贵，抛弃有钱有权的褚琳琅，跑来投奔每个月九千块的我。"

向芋故意玩笑着说。

晚上吃过饭，向芋端着草莓坐进靳浮白怀里，和他说："你不是觉得你回来晚了吗？给你个将功赎罪的机会，伺候我吃草莓，这事儿就算过了。"

看着靳浮白拿起草莓，向芋嘴都张开了，谁想到这男人居然把草莓放进了自己嘴里。

"靳浮……唔。"

草莓被他吻着喂给她。

"以后别做那么危险的事。"

向芋搂着靳浮白的脖子，宽慰他："你看你也出过车祸，我也算是出过小车祸，情侣款。"

夫妻嘛，就是要整整齐齐。

这是什么谬论？

靳浮白笑着，拇指和食指按着向芋的两腮，轻轻一捏，这姑娘像金鱼那样噘起嘴。

他凑过去，再次吻她。

吻完，向芋抬手打他："我警告你，孩子出生以后你不许这样，给我脸都捏变形了，一点做母亲的威严都没有！"

"是吗？"靳浮白又捏了一下。

向芋直接咬住他的手腕，不松口。

靳浮白就笑："那你以后这么咬我，我是不是也没有做父亲的威严了？"

"做父亲要什么威严？"向芋很不满，"母亲有威严就够了啊。"

"嗯，你说得对。"

越是孕期久了，情绪越是敏感。

有很多时候，向芋也说不上为什么自己会不开心。

就像现在，她坐在衣帽间里，面对着叠放整齐的夏装，忽然提不起任何兴致。

已经是 5 月，B 市天气暖得不像话。

向芋本想把夏装整理好，但又发现，现在腹部隆起，以前那些修身的裤装和裙装，都已经穿不了了。

这件事本来没什么好沮丧的。

衣服穿不了了可以买新的，肚子一天天变大说明孩子也在一天天长大。

这些都是好事。

可她就是有种闷积压在胸口。

靳浮白从外面进来时，看见的就是向芊这副丧丧的样子。

他也知道女人孕期情绪会有起伏，没问为什么，走过去蹲在向芊身边，把人往怀里一揽，吻着她额头："需要我帮忙吗？"

向芊茫然地摇头："也没什么要收拾的了，感觉以前的衣服都不能穿了。"

"这件也不能穿了？"

靳浮白拎起来的是一条连衣裙，米白色，方领修身款，一整条拉链从胸口延伸到裙摆。

向芊气得打他一下："当然不能了，这种长拉链的裙子，稍微有一点赘肉穿上都不好看，我现在肚子这么大，会把拉链撑得鼓起一个弧形……"

她话说到一半，突然想起，这条裙子以前她穿着和靳浮白亲密过。

他说过，这裙子设计不错。

难怪这么多衣服他不提，偏偏问她这件能不能穿。

向芊扭头打他："你流氓！"

被打的人顺着她的力道，干脆坐在地上，垂眸笑起来。

靳浮白没有让向芊的低落情绪持续太久，过了一会儿，向芊还以为他出去忙自己的事情了，结果没两分钟，这人拿着他自己的手机回来了，还放着音乐。

是那首 *Back at one*，靳浮白在婚礼上唱给她的歌曲。

向芊有些不解："你放音乐干什么？"

靳浮白把音乐声音调大，随手把手机丢在一沓衣服上，关上衣帽间的门。

他拉着向芊，做了个双人华尔兹的动作。

"突然想要邀请你跳一支舞，愿意吗，靳太太？"

"我不会啊……"

"我也不算会，小学时家庭教师教的，随便跳。"

向芋跟着靳浮白的动作在音乐节奏里晃动，那团积压在胸口的烦闷忽然消散了。

她笑着问靳浮白："那你以前邀请其他人跳过吗？"

"嗯。"

"女人吗？"

"难道是男人吗？"靳浮白笑一笑，"是女人。"

向芋连个缓冲时间都没有，听见"女人"这两个字，直接扑过去咬他。

她脚下步子瞬间就乱了，磕磕绊绊，自己把自己绊得一趔趄。

还是靳浮白揽着她的腰，把人扶稳。他说："我外祖母80岁大寿时，我邀请她跳过。"

"那你不早说，故意卖关子，让外祖母听到我因为这事儿咬你，多不好？"向芋压低了声音，心虚地嘀咕。

"不会，她只会骂我'唔正经①'。"

靳浮白说自己不会跳舞绝对是谦虚了，向芋跟着他的舞步，觉得他跳得很不错。

后来向芋笑倒在他怀里，说："靳浮白你好惨啊，跳舞邀请的不是老人，就是孕妇。"

然后靳浮白评价她说："当年外祖母可比你跳得好多了，起码不踩人。"

她仔细想想，好像所有不快乐的瞬间，都有他陪伴。

晚上，向芋靠在床边，靳浮白帮她涂防妊娠纹的护理油。

回想下午那段突然的华尔兹，她慢慢反应过来，那是靳浮白哄她

---

① 粤语，意为：不正经。

的方式。

最近这样的事情有很多，向芊明白，是自己情绪的问题，而这个男人从来没抱怨过。

向芊忽然鼻子泛酸："我怀孕之后是不是脾气变得很古怪？"

"没有。"

"我自己都感觉到了。"

靳浮白抬眼时，被向芊顺着脸颊滑落的眼泪吓了一跳。

他手上又都是护理油，只能手掌后仰，用手腕内侧去蹭她的眼泪。

他笑她："哭什么？让孩子感觉到，还以为我欺负你了，你说我冤不冤？"

卧室里的灯光柔柔地笼着他们的面庞，向芊依偎进靳浮白怀里："我情绪这样起起伏伏，是不是让你很辛苦？"

靳浮白把手擦干净，抱着她，手掌覆在她小腹上面。

"向芊，你本来有很多选择，只要你想，你可以过任何一种生活，但你选择爱我，选择嫁给我，选择变成靳浮白的太太，并且愿意辛苦十个月为我们生育一个宝宝。"他语气很温柔，像是正午阳光下的风，"辛苦的是你，而我做这些是应该的，我应该让你快乐，懂吗？"

那天晚上入睡前，向芊迷迷糊糊地说，想要再听一次婚礼上他唱的那首 *Back at one*。

熄了灯的卧室，隐约听见一点窗外风声。

靳浮白拍着向芊的背，轻声哼唱：

一、你就像美梦成真。

二、就想和你厮守。

三、很明显，女孩，你就是我的唯一。

9. 时雨可以澍万物

盛夏时，靳浮白去南方出差。

那边有个关于老人健康方面很权威的讲座，连开三天，没日没夜的。

他就像以前出国时那样，有空时就打电话给向芋，实在没空，就发发照片或者文字。

他让她能知道自己的行踪，也顺便叮嘱她按时吃饭吃水果，叮嘱她晚上睡觉不要忘记关掉空调。

他也有犯坏的时候，见到南方体格壮硕的蟑螂，拍下来，想发过去，可一想她会怕，又删掉作罢。

他倒是发过几次南方盛开的花，向芋回复得很有意思——

"路边的野花不要采！"

她回这么一句，他想起了就想笑，能乐上老半天。

熬到最后一天，讲座持续到晚上9点。

这季节南方多降雨，窗外绵绵雨丝，被路灯晃得如同金线，簌簌而落。

靳浮白从酒店会议室出来，和同行寒暄过，站在过廊松了一颗衬衫扣子。

他推开窗子，凉爽夜雨的潮湿感侵进来，令人无端想念B市。

靳浮白看了一眼时间，眼里应酬的笑意敛起来。

晚上 9 点 17 分。

这时间太尴尬，他有点不舍得拨通电话。

这阵子向芋嗜睡，晚上常常是电影放不到一半就睡着了。

大概就是这个时间，她也许已经睡了。

骆阳也跟着靳浮白一起在这边开会，上了个洗手间回来，远远看见靳浮白站在那儿。

骆阳见他无意识地转着左手无名指上的婚戒，就知道他在思忖些什么。

骆阳说："又想嫂子了吧？"

出门三天，靳哥这个转戒指的动作，最为频繁。

靳浮白倚在窗边，看一眼空空如也的信息栏，笑得无奈，瞬间却又斟满宠溺："是啊，幸亏是结婚了，不然我像单恋似的，你嫂子都不主动联系我一下。"

"兴许觉得你忙，怕打扰你？"

骆阳这话说得十分违心。

靳浮白瞥他一眼，笑笑没说话。

向芋是什么性格，他会不知道？

她最近买了个防辐射服，正可劲儿玩手机呢，火柴棍儿粗的贪吃蛇能被她玩到手指头那么粗。

有时候他坐在她身边，明明什么都没做，赶上她一局没发挥好，撞在别的蛇上结束游戏，她也是要借机蹬他一脚的。

说是都怪他在，她才会分心。

靳浮白就在这种时候拉着人往自己怀里按，缠她深吻。

反正都被冤枉了，不如干脆行动一下。

防辐射服轻得像一层纱似的，还是个吊带装，他问她："这样呢？还分心吗？"

向芋怀孕之后，眸色更温柔，有时候他陷进那种目光里，挺难自拔的。

不能想，越想越觉得今天晚上该回 B 市去。

骆阳跟着靳浮白年头也多了，十分善解人意地把手机递过去给他看："靳哥，晚班飞机晚上 11 点 40 分的，现在过去，走 VIP 通道来得及。"

靳浮白垂头看了一眼手机屏上的航班信息，转身就走："这边交给你了。"

骆阳想要说一句"放心"都没找到机会，他靳哥步子迈得又快又大，转眼消失在楼道转弯处。

酒店就在机场附近，赶过去不算迟。

等飞机落地在 B 市机场，靳浮白在机身颠动和周围混乱中，缓缓睁开眼睛。

他关掉手机的飞行模式，被阻隔的信息接二连三跳出来。

意外的是，居然收到了向芋的微信。

时间在半小时前。

那都几点了，她还没睡？

机舱门打开，靳浮白一边点开信息，一边往外走。

"今天是讲座的最后一天吧？"

"明早通话能听到你正在赶早班飞机的消息吗？"

"不想听什么'没忙完''还需要几天才回'之类的屁话。"

"'沅有芷兮澧有兰'，懂吧？"

靳浮白走在人群里，看完这四条信息。

他没绷住，突然轻笑出声。

周围也许有人侧目，他却只觉得今天晚上回来是对的。

连屈原的诗都搞出来了。

"沅有芷兮澧有兰，思公子兮未敢言。"

想他还不好意思直说，她什么时候脸皮这么薄了？

打车回秀椿街的路上，靳浮白让司机绕了一段路，在一家专门在夜里营业的网红花店买了一束花。

花是他挑的，一种挺特别的白色渐变蓝色的玫瑰。

靳浮白问店主："这种颜色是不是有点过于忧郁？"

店主笑一笑说："不会，当下很流行这个颜色，您太太会喜欢的。"

难怪这花店会火，老板确实有眼色。

老板包好花束，还祝他百年好合。

回家路上总有种激动难以沉寂。

不像那年回国，被车祸耽搁，他们现在总有机会，想念时就能及时赶回来。

靳浮白这样想着，眉宇间浮起层层温柔笑意。

靳浮白抱着一大束玫瑰进了院子，发现卧室还留有一盏朦胧灯光。

好像特地为他留着似的，令人熨帖。

不过靳浮白也怕向芊其实是忘记关灯，已经睡着，放轻动作和脚步，像做贼似的。

早些年靳浮白十分自我，到任何地方都来去自如，做事全凭自己意愿。

同那时比起来，现在每一件事都似乎"束手束脚"，他却被束得好开心。

他觉得这是爱的羁绊。

向芊没睡。

她靠坐在床头，正垂着眉眼，轻抚着肚子和宝宝说话。

听医生说，同宝宝说话是好事，算胎教，向芊和靳浮白经常这样。

但也许是个有脾气的宝宝，有点高冷，从来不给他们回应。

床头一盏淡黄色夜灯，向芊的半张面容浸在暖色光源里，眼波柔和。

今天向芋讲的好像是一段往事。

她说："你爸爸是个坏蛋，我们谈恋爱的时候他经常出国，可什么时候回国又不说，突然就回来，出现在眼前。"

靳浮白轻扬眉梢，站在门口给向芋发微信。

"抬头。"

手机在向芋手边振了一瞬，她都没滑开，只看见屏幕上显示的字，下意识顺着抬眸。

靳浮白就站在门口，静静地笑着，看着她。

他走到门边，拿出那束玫瑰。

包装纸"哗啦"轻响，靳浮白说："傻了？"

向芋盯了他几秒，像是才反应过来似的，挂上灿烂的笑容。

她急着从被子里起身，拖鞋都不穿就往外跑："你怎么今天就回来了？"

"感觉到有人想我。"

靳浮白护着她的肚子抱起她，垂头同她接吻，唇齿纠缠。

明明分开不到三天，像是久别三年重逢。

等靳浮白洗过澡，带着满身沐浴露的清香出来，向芋还没睡，正在摆弄那一捧玫瑰。

她说："颜色真好看，居然是渐变色。"

"没你好看。"

他凑过去捏她的脸："怎么今天这么有精神？"

向芋摇摇头："已经困了，想等你一起睡。"

"睡吧，明天骆阳回来，我让他买了当地的特产，还约了唐予池和李侈来，睡不了懒觉。"

向芋往靳浮白怀里缩一缩："你有没有觉得，我肚子又大了些？"

靳浮白把手覆上去，声音温柔，携一丝倦意："嗯，再过两个月，该和我们见面了，小家伙。"

正说着，突然胎动。

向芋和靳浮白在黑暗里面面相觑，看见彼此眼中的惊喜。

"他（她）是不是想见我们？就像我们期待他（她）一样？"

"也许是吧。"

离预产期还有两个月时，周烈给向芋放了产假。

向芋表示很诧异："老板，这产假休得有点早吧？"

周烈摆摆手："休吧，别来了，我整天看你挺着肚子在公司里，生怕你出个什么意外，回头我这公司也跟着破产，冤得慌。"

周烈是个南方人，可在 B 市这么些年，说话也染了些 B 市腔。

向芋强调说，靳浮白现在可不比当年，手里只有个养老院。

周烈把人推出去，很糟心地说："别了，我害怕。"

等向芋回家，故意吓唬靳浮白："我失业了。"

靳浮白居然说："嗯，挺好。"

后来听说是提前给休了产假，这人皱一皱眉，问她："你那个老板，他怎么还不结婚？"

向芋本来以为不上班的时间会闲得发慌，没想到第二天连个懒觉都没睡成。

一大早，骆阳和靳浮白不知道站在院子里商量什么，隐约还能听见唐予池的声音。

向芋起床，把头发随手一绾，换了件衣服出去，看见三个男人正站在院子中间聊天。

院子西边本来是一堆放在花盆里养着的各类植物，这会儿都已经被挪到东边。

都不知道桌椅旁什么时候放了个花架，各类植物都摆在了花架上。

靳浮白最先感觉到向芋，转身走到向芋身边，帮她捋了捋头发："醒了？"

院子里堆着一大盒工具和木头，向芋挺纳闷地问："你们这是准备做什么？"

唐予池拿着个肉馅烧饼，吃得挺香："靳哥要给你和孩子在院子里做个秋千。"

"所以你也来帮忙了？"

"帮忙是不可能帮忙的。"唐予池咬了一大口烧饼，口齿不清地说，"我就是想起这边有家纯手工烧饼挺好吃，开车过来买烧饼的。要是知道你家今天有苦力活，我就明天再来了。"

向芊想要掐死唐予池。

她说："也别做什么秋千了，我瞧着这麻绳挺粗，用来吊死你正好，你选个房梁吧。"

靳浮白帮腔一句："别挂屋里，去外面。"

唐予池气得要死，从桌上拎起一大兜早餐，甩得塑料袋"哗啦哗啦"响。

他很是愤愤："你们夫妻俩可太没良心了，我买了这么多早餐给你们送来，你们居然想要把我吊死在这儿，还嫌我挂在屋里晦气，想要把我挂在外面？我是你家晾的腊肠？"

"唐哥，我没说要吊死你。"骆阳边解释边从袋子里掏了个肉馅烧饼，一口咬掉三分之一，"要是靳哥和嫂子把你绑上，我在你咽气之前帮你解开，你看行不？"

"骆阳。"唐予池阴恻恻地喊他，"你给我，吐出来，不然我变成腊肠也不会放过你。"

秋千当然好做，可主要是靳浮白要求高。

本来骆阳提议用汽车轮胎当座椅，可靳浮白嫌丑，决定做个木制椅子。

"工程量"一下子增了一倍。

不过竣工时，秋千很美。

和隔壁公园里建的那个相比，也完全不输阵仗。

向芊坐上去，不用人推，自己就能借力悠得老高。

骆阳瞧了一眼靳浮白。

他靳哥指尖有一个血泡，是赶工时用锤子不小心砸的。

被木刺戳伤的伤口就更多了。

骆阳问："靳哥，你真是为了让孩子玩？我怎么觉得，你这秋千就是给嫂子做的呢？"

靳浮白看他一眼，不置可否。

其间也有过不开心的事情。

李侈的奶奶是在一个很平常的夏夜里悄然离去的，甚至前一天，他们还一起吃过饭。

其实去世前，李奶奶已经什么都忘却了，很多生活中平常的工具，也不记得用途。

每一次李侈去养老院看她，都要拿出和老人的合影，解释半天自己是她的孙子。

老人将信将疑："真的？你真是我孙子？"

有时候李侈开玩笑说："我这儿天天上赶着给人家当孙子，老太太还挺不乐意要我。"

得了阿尔茨海默病的老人，很像天真的孩子。

李奶奶就瞧着靳浮白好看，总觉得靳浮白才是她的亲人，李侈说什么她都不听，可靳浮白提一句，老太太乐颠颠地照做。

有一次李侈说她："老太太，您能不能不穿您本命年的红裤衩了？一堆合唱团唱歌的，就您，白色裤子露个红边儿，寒不寒碜？"

老太太差点儿用拐棍儿给他打出去，骂得假牙飞出去半米远。

但靳浮白说适当吃一些西芹、红薯、玉米，对健康有好处，这老太太就能把已经从餐盘里挑出去的粗纤维食品，再用勺子舀回来，然后放进嘴里，认真地慢慢嚼着。

李侈都气笑了。"让他给您当孙子得了。"说完，他感觉到他靳哥目光浅淡地扫过来，赶紧改口，"我是孙子，我是您永远的好孙子啊！"

所以有时候，李侈和靳浮白夫妻聊天，说人真的是神奇得很，根本捉摸不透。老太太明明把所有事都忘了，可还记得她不怎么喜欢自己。

向芋就笑，说："你再当着所有老人的面说她把钱往袜子里藏，她还得更不喜欢你呢。"

祖孙两每次见面都是相爱相杀，唯独最后一次晚餐，相处得还算融洽。

冥冥之中，留下了一些足以温柔岁月的回忆。

夏季，B市盛行吃小龙虾，那天李侈买了好多带到靳浮白家，说是和酒店厨子新学的手艺，要给他们做。

有好吃的当然要把老太太接过来。

老年人胃肠不好，不能吃刺激性的食物，李侈特地做了两种口味。

一盆麻辣的，一盆蒜香的。

向芋进厨房想要帮忙，看见李侈翻炒小龙虾的样子，笑起来："李总好厨艺啊。"

迪迪在一旁学着大人的模样，背着手评价："爸爸好手艺啊。"

李侈被夸，那只戴着黑钻戒指的手，伸到锅里去，拎出一只小龙虾，用冷水冲了一下，剥开给迪迪："真好还是假好？"

迪迪也不细嚼，几下把龙虾尾咽下去，举起一个大拇指："真的好吃。"

李侈一笑，哪还有点当年风流的样子，俨然是个女儿奴了。

向芋摸着自己的肚子，期盼地想，靳浮白以后一定会是更温柔的父亲。

她笑着问："哪个是做好的，我端出去？"

"那边那盆……"李侈没说完，反应过来是向芋，赶紧摆手，"别别别，不用你，靳哥要是看见我让你端小龙虾，我就死定了。"

那天晚饭吃得温馨，暖风袭来，吹散了炒小龙虾的香料味，也吹散了笑声。

李奶奶也没再嫌弃李侈，十分享受地吃着李侈剥给她的小龙虾。

有时候李侈自己吃欢了，忘记给她剥，她就用拐杖戳一下地，咳嗽几声，以示提醒。

送奶奶回养老院后，李侈习惯性地说了一句："老太太，我明儿来看您。"

以前他这样说，李奶奶都是不立的。

可那个夜晚，老人拄着拐杖回眸，在月色下笑眯眯地说："明天见。"

李侈一怔，觉得自己剥龙虾立功了，也跟着笑了："快去睡吧，奶奶。"

可是李奶奶的"明天见"，到底还是失约了。

李奶奶是那天晚上在睡梦中走的。

养老院通知了李侈，李侈第一时间赶到，老人面容安详，静静躺在床上。

李侈没敢给靳浮白打电话，毕竟向芊产期临近，家里有丧事，不知道孕期女人会不会觉得触霉头。

但他绷着精神把事情处理到一半，靳浮白和向芊都来了，骆阳也来了。

向芊拂开李侈的手，声音很轻："我来帮奶奶换衣服吧，你是男人，不方便。"

他们说，来送送奶奶。

李侈情绪终于失控，抱着靳浮白号啕大哭。

他最后带着哭腔说："嫂子，帮我奶奶把假牙也戴上吧，不然她到上面吃不好东西。"

三天后，李奶奶火化，骨灰小小一坛，埋入墓地。

那些天大家情绪都不算好，向芊安慰李侈说："兴许是老人们留在这儿觉得孤单了，去上面聚众打麻将了。"

李侈叹气说："就是那样我才不放心啊，以前我奶奶就有个外号，叫'散财老人'，打一个月麻将能输二十八天，到上面要是遇见靳哥的外祖母，还不得输个底儿掉？"

成年人的悲欢，是被藏在心底的。

哪怕玩笑着，李侈眼里也都是伤感。

也许是因为老人去世带来的低落气氛，向芊连着几天梦见了自己家里早早过世的老人。

向芊同靳浮白说，自己小时候在爷爷奶奶身边生活过。

爷爷和奶奶养过一只猫，两个老人有一样的爱好，喜欢读佛经，也喜欢写毛笔字。

家里总有墨汁的味道，也有敬佛的沉香味。

靳浮白知道，向芊这是想念老人了。

于是他说："我陪你去看看他们吧。"

向芊有那么一点犹豫，因为她家有个挺传统的规矩，去墓地的小辈需要跪一跪老人。

见她不说话，靳浮白问："怎么了？我这么拿不出手？"

"不是，我家里人去看老人是要跪的。"

"跪。"靳浮白摸一摸她的肚子，"让老人认个脸，别回头在上面被我外祖母打牌赢了钱，俩老人生气，要把我提前带走。"

向芊笑着打他："靳浮白，正经点！"

"我不正经吗？"他本来覆在肚子上的手向上移，"这才叫，不正经。"

去看向芊爷爷奶奶那天，靳浮白依然是短袖外面敞着穿了一件衬衫，和向芊十指相扣。

走到墓碑前，他把衬衫脱下来，叠了几层，铺好，让向芊跪在上面。

他自己则和向芊并肩，跪在了石板上。

"爷爷奶奶，我来看你们。"向芊想起从前在老人身边的日子，鼻子泛酸，"我当妈妈了，孩子很乖，有时候晚上念故事给他（她）听，还会有胎动……"

向芊像所有母亲那样，说起孩子，滔滔不绝。

靳浮白在旁边跪得腿都麻了，他妻子半个字也没提他。

他用胳膊肘碰碰向芊："提提我。"

向芊的所有心思还都在孩子身上，突然被提醒，愣了一会儿，才笑着说："你急什么？"

她自己都已经嫌累改成坐着了，结果转头看见靳浮白，这人还直挺挺跪着。

"你怎么还跪着呢，不累吗？"

靳浮白用下颌指指墓碑："这不爷爷奶奶看着呢，怕他们对我不满意。"

向芊的预产期在 11 月。

临产前几天，赶上降温，小雨淅淅沥沥下着。

她披着毯子坐在卧室窗口，看水滴顺着房檐滑落。

院门响了一声，她抬眸过去，果然看见靳浮白撑着一把黑色的雨伞，从外面走进来。

这人死不正经，并不进来。

他走到檐下收了伞，把伞立在墙边，然后把手从外面伸进来，托起向芊的下颌："这位太太，接吻吗？"

靳浮白手上沾了些空气里的微凉，手扶住她后颈，深深吻过来。

向芊被凉得缩了缩肩，却是仰着头回应的。

吻后，他语气暧昧地在她耳边问："产后多久可以……四十二天？"

"那你可有的等了，万一我一百零二天都没恢复呢？"

靳浮白笑了："你就是三百零二天不恢复，我也得等着啊。"

见他不上当，向芋干脆换了个话题："不是说今天养老院那边有事情要谈，怎么回来了？"

"那边给老人做了鸡汤，我尝了一下，味道不错。你不是喜欢喝汤嘛，给你送回来一份。"

窗外雨声滴滴答答，靳浮白把汤重新热了一下，坐在餐桌前陪着向芋喝。

也许是体质寒，向芋喜欢温热的餐食。

汤是她的最爱，刚认识那会儿也是，她去到哪儿都不忘问人家店员，是否有可口的汤推荐。

靳浮白看着她舒展眉眼细细品汤的样子，想起初识时的往事。

那会儿向芋 21 岁，他们被暴雨困在 C 市。

这姑娘总有种苦中作乐的豁达，在下暴雨时问他，这种天气开车出去是否会堵车。

他那时候对她兴趣浓厚，也就顺着她说："想去哪儿？我载你？"

向芋不过分矜持，带着他去了一家饭馆。

席间，她对一份骨汤煮木槿花赞不绝口，那会儿她品汤的神态，和现在一样。

那时靳浮白还以为自己对她是一时感兴趣。

可时间一晃，他爱她已经九年。

靳浮白不经意弯起唇角，在她咽下汤眯起眼睛时，开口询问："孩子的名字，你有什么想法吗？"

被问的人摇摇头，说："没有。"

她十分坦诚地说，自己上学时成绩一般，记住的一些诗词都是关于情情爱爱的，没有正经东西，文化底蕴不深，不足以给孩子起名字。

向芋问他："你说我要是给孩子起名，叫'靳乐乐''靳欢欢''靳美美''靳帅帅'，是不是有点太不上心了？"

"还是我来吧。"

向芋在 11 月 29 日产下一子。

取名"靳嘉澍"。

"澍，时雨，降雨。

时雨可以澍万物。"

靳浮白用这个字来纪念 2012 年雨夜，与妻子的相遇。

他所有爱意，都在那晚暗暗滋生。

10. 遇见了此生最挚爱的人

孩子出生后，向芋有那么一点郁闷。

每天看见靳浮白在眼前晃，她就更加不开心。

不开心的原因很简单——

靳嘉澍这个小朋友好看是好看，可他简直和靳浮白长得一模一样。

他刚出生时皱皱巴巴的，也看不太出来，可第二天，这个粉团子就展露了他的真实面目。

靳嘉澍还是个很有规律的小朋友。

他如果哭，很快能找到原因——他饿了，或者想上厕所，或者哪里不舒服。

他只是在用哭声同他们沟通。

其他时候，他很安静，也很乖。

他真的连性格都像靳浮白。

向芋很是愤愤，几次咬着靳浮白的脖子或者手臂："我怀胎十月生出来的宝贝，怎么和我一点都不像？长相也就算了，连性格都不像我？"

靳浮白安慰她："也许长大后性格就像你了呢。"

向芋更崩溃了。

长大了性格才像她？那可完了，她是"咸鱼"啊，是沉迷手机小游戏的"咸鱼"啊!

男孩子还是应该像靳浮白才更好吧?

可要是完全像他,向芋又很不甘心。

反正为了这个事儿,有那么几天,靳浮白脖子和手腕总是顶着牙印的。

被咬的人丝毫不恼,有时候向芋忘了,靳浮白还主动把手腕往她眼前一伸:"今天不给戴点什么'首饰'了?"

向芋毫不犹豫地啃上一口,说是向氏名表。

他若是不躲,她就干脆连着啃两口。

靳浮白那双深情的眼里就噙满笑意,故意逗她:"今儿戴两块表啊?是不是有点太招摇了?不怕我出门被哪个小护士给看上了?"

向芋故意做出一副凶神恶煞的样子:"你家里有老虎,我看谁敢盯。"

可能真的"一孕傻三年",她自己挖坑把自己给说进去了,说自己是母老虎。

这种时候,靳浮白都不说话,偏头轻笑,被抓住又是一顿咬。

靳浮白其实还挺享受这种方式的。

毕竟她和唐予池闹,或者和李侈、骆阳玩笑时,随手拎起什么都能当武器。

但咬人这个法子,只针对他。

也算是一种独特的"偏爱"吧。

不只生气和打闹,一些特殊场景,向芋也喜欢咬他。

有时候靳浮白会觉得,向芋上辈子可能是个小吸血鬼。

但"吸血鬼"转世也有脆弱的时候,生产完这两天,哪怕她精神看起来不错,其实也还是虚弱的。

咬他时留下的牙印,都比以往轻很多。

以防意外,靳浮白和医生商量后,决定让向芋在医院多住几天。

向芋身体还在恢复中，老教授来嘱咐过，让她不要长时间玩手机，说是很毁眼睛。

手机里占了大半块屏幕的各种小游戏，向芋也只能含泪挥别。

正逢冬季，北方院落里都是枯木，风萧萧，天还常有霾色，没办法去医院的院子里溜达。

所以有时候小靳嘉澍睡着了，靳浮白会给向芋读一些书籍，给她解闷儿。

向芋自己不喜欢看书，但无论靳浮白读什么，以他的声音，读出来都很好听。

她就说："上学的时候，语文老师要是有你这把嗓子，我成绩还能再高一点。"

靳浮白翻动书页，笑着说："还是别了。"

"你什么意思？你是觉得我笨，觉得我朽木不可雕？老师再好也教不了我？"向芋眼睛一横，连连发问。

"让你遇见个那样的老师，万一有别的事情，那还有我什么事儿？"

向芋笑起来，问他，每天读书给她，是不是怕她知道得少，当不好妈妈。

他说不是，是因为怕自己当不好爸爸。

初为人父人母，说不紧张是假的。

可向芋很是温柔地说："原来孩子，真的是爱情的结晶呢。"

病房里有股淡淡的甜香味，不知道是婴儿沐浴露还是宝宝霜的味道。

靳浮白的手机响了几下，是李侈，说想把酒店旁边的店面盘下来，开个重庆火锅店。

他先给李侈回了信息，然后同向芋说起这件事。

听见"重庆火锅"这四个字，向芋脑子里浮现无数弹幕：小腰肝、鸭肠、黄喉、毛肚、猪脑、牛肉……

她一阵点头，说不知道是不是怀孕之后吃得太清淡、营养，现在总想吃点辣的，让李侈开吧，以后好去蹭饭。

可是有时候食欲一来，很难抵挡。

向芋咽了咽口水，神色快快地同靳浮白说："完了，我现在就想吃。"

这种餐食，医生是不让吃的。

刚生产过，吃辛辣的很容易影响恢复，对身体不好。

靳浮白也不可能同意。

可他真是看不得向芋垂着眉眼的失望样儿。

晚上，靳浮白买了一份自热小火锅回来。

煮好后，用清水涮了半天，在向芋的指挥下，靳浮白挑最大的一块毛肚夹给她。

他说："只吃一块解解馋，问题应该不大。"

向芋眉眼带笑，咽下毛肚，激动得口齿不清："我感觉我的灵魂都得到了救赎！"

一大盒自热火锅，她只吃了一块，剩下的，依向芋这种小抠门的性格，丢掉实在是说不过去。

于是她和靳浮白说："你吃了吧，我不会馋的，真的。"

话是这样说没错，但靳浮白吃到第二块，向芋已经扑过去，用吻迷惑他，叼走了他嘴里的牛肉。

在靳浮白眯缝着眼睛看过来时，这位新上任的妈妈有着孩童般的幼稚。

她高举双手："不会有下次了，我保证。"

当然，这句话是在她把牛肉完全咽下去之后才说的。

靳浮白盯着她将近半分钟，最后无奈地哄人："等你恢复好了，想吃多少吃多少，这段时间再辛苦一下！"

向芋反正是吃过了牛肉了，卖乖，点头点得可顺溜了："好的好的，不辛苦，一点也不辛苦的。"

她这个样子，眉眼含笑，看上去很幸福。

靳浮白却忽然想起，生产过程中向芊的样子。

她那时耗光了体力，满额汗水，眉心紧蹙，却又眼睛很亮地说："靳浮白，你说我会不会生完孩子就死了？"

"不会，别乱想。"

"那你说你爱我，不许停。"

那时她发丝浸了汗水，粘在脸颊和脖颈上。

靳浮白看着她，说了不知道几百次"我爱你"，靳嘉澍小朋友终于肯出来看看这个世界，向芊也虚弱地回应靳浮白："我也爱你啊。"

靳嘉澍扯着嗓子大哭，却像在说，他也爱他们。

那一刻产房里的味道一定不好闻，血腥味混合了消毒液味。

可是后来靳浮白把早准备好的干柠檬和橙片给她闻，向芊却摇摇头，说她好像闻到一点沉香味，就像他以前抽的烟味。

那几个小时，是靳浮白此生最揪心的时刻。

他的爱人都被汗水浸透了，眉心轻轻蹙着，疲惫，却又那么坚强。

千禧年时有一首老歌：《可爱女人》。

靳浮白心里，所有关于"可爱"的形容，都是属于向芊的。

他的可爱的女人，靳浮白每每思及她生产时的那种状态，都有种被人用手伸进胸腔，狠狠揪了一把心脏的感觉。

向芊还在打自热火锅的主意。

他俯身去吻向芊的额头，情不自禁地又说："我爱你。"

这会儿向芊不需要加油打气了，坐在病床上，笑话他："靳浮白，你好俗啊，来来去去只会说这个。"

是俗了些。

他会说"我爱你"。

他买花也会优先选玫瑰。

所有人都是这样传递爱意的，这方式之所以变得俗了，就是因为太多太多人喜欢。

靳浮白说："让我这样俗气地爱你一生，你觉得怎么样？"

向芋扬了扬下颌，一脸傲娇。

她说："甚好。"

靳嘉澍小朋友出生后，B市进入12月。

连着两天多云，隐约有霾，室外阴冷阴冷的。

靳浮白的堂弟靳子隅从国外回B市办事，正好听说孩子出生，于情于理的事儿，也就顺路拎着果篮过来看一眼。

私立医院，顶楼一层都是VIP病房，倒也不算隔音。

走廊里，他隔着病房门就听见向芋说："小靳子，给哀家削个水果。"

被唤作"小靳子"的人，声音淡淡地问她："我又成太监了？那儿子哪儿来的？"

"我自己怀自己生的啊！"

"……那真是，感动天地。"

靳子隅之所以能听出向芋的声音，是因为他有那么几次和靳浮白通话，时常听见他这位嫂子的声音。

好像有一次是在国外的夜里，靳子隅给靳浮白打电话询问要事。

国内是早晨，靳浮白大概是把手机开着免提放在洗漱台上的，靳子隅能听见他那边关掉了水龙头。

然后就是向芋的声音传出来，欢欢喜喜的——

"靳浮白，你刮胡子吗？我帮你吧。"

"……不用了。"

"就让我帮你吧，我喜欢刮那个剃须泡沫，感觉像在给圣诞老人卸妆。"

靳浮白很是无奈："一个月刮破我好几次了，还来？"

"我感觉我手艺精进了，不信你试试。"

"试，等我接个电话。"

那几天靳子隅这边刚和褚琳琅吵过架，工作也有不顺。

偏赶上外面的情人也作，平时还是个红颜知己、解语花，可那阵子铆着劲儿惹他心烦。

他自己在办公室住了几天，冷不防听见靳浮白那边气氛活跃的对话，他当时是怔了的。

靳子隅想起那段对话，停住脚步，站在病房外愣了半天，迟迟没有进去。

向芋住的是一家私立医院，病房还算宽敞。

窗边放了张暖橙色双人座沙发，加湿器缓慢地吐着白雾。

桌子旁堆了不下十组鲜花和果篮，看起来就知道向芋和靳浮白人缘不错，身边热闹。

靳浮白此刻坐在沙发上，手里拿着一把水果刀，把苹果皮一层层削掉。

他手法很熟练，果皮垂下很长一条，断都不断一下。

隔着玻璃窗，那截自靳浮白手上呈螺旋状慢慢落下的果皮，让靳子隅愣怔，也让他想起一段看似平常的往事。

那应该是 2012 年的秋冬，靳浮白的外祖母生了一场病，出院后身体仍然欠佳，几天没有出面。

老人家是集团内举足轻重的元老级人物，靳子隅这个堂弟也终于有机会跟着家里人去探望，聊表心意。

有权的长辈都在屋子里，谈的是要事。

那时候靳子隅离核心人脉有些距离，在家族里稍显拘谨。

长辈们谈论的那些，他倒是有心想听，但又觉得自己实在没什么身份。

野心勃勃地跟进去，再戳在那儿，站也不是，坐也不是，着实太过尴尬，且太容易被看透。

他索性退出去，另寻他法。

他和这边的人都不熟，只和靳浮白走得稍稍近一些，便决定去找他。

问过人才知道，他堂哥在鱼池边喂鱼。

大晚上的，池水黑咕隆咚的，能看见什么鱼？

准是靳浮白懒得听他们絮絮叨叨，随便找个理由躲了出去。

那时候靳子隅是羡慕靳浮白的。

他们的处境完全相反——

一个想听，没机会；

一个有机会，想着法儿地躲出来。

靳子隅找到靳浮白时，他正坐在池边。

汉白玉砌的池壁，在夜里呈现出一种灰白色。

靳浮白大概是嫌冷，没坐在池壁上，不知道从哪儿拖了把椅子，懒散地靠在椅子上，叼着烟打电话。

青白色烟雾自他指间腾起，一股子沉香味。

也不知道电话里的人说什么了，靳浮白居然满眼笑意，带着些自己可能都没发觉的浪劲儿。

他问电话里的人："想我？"

靳子隅听见，高高挑起眉梢，忽然想起近期听到的传闻——

据说他堂哥身边最近有个女人，他还挺宠她的。

等靳浮白挂断那通"春意盎然"的电话，靳子隅才搓了搓被风吹得生疼的耳朵，走过去："堂哥，和哪个红颜知己聊天呢？明明后天就起程，偏要骗人家说年后才回国？"

靳浮白闻声回眸，在异国他乡的凉夜里，幅度微小地弯了弯唇角。

他俯身，把烟按灭在池边，烟蒂落入垃圾桶。

"逗逗她。"他好像是这样说了一句。

耳边忽起一阵疾风，带着冬季的凛冽感。

等靳子隅反应过来靳浮白说了什么，靳浮白面前已经多了一个人。

是他外祖母的秘书找过来，说老太太有个电话，让靳浮白帮忙接一下。

靳浮白接了电话，同人说着。

他神态淡淡，和刚才打电话时完全不同，没有那种放松的、暖意融融的笑。

靳子隅那时打量着靳浮白，很是诧异。

他堂哥被视为老太太的接班人，联姻是一定的。

在他们的大世界里，单打独斗成不得气候，身边的人脉关系越多越好，而最牢靠的一种捆绑方式，就是联姻。

婚前对几个女人感兴趣倒是没什么。但要是真有感情，挺麻烦吧？

靳浮白要去里屋给外祖母传个话，走了几步，突然扭头："和我一起？"

他大概是知道靳子隅也希望找个理由跟着，所以开了这个口。

整栋别墅都是按照靳浮白外祖母的喜好装修的。老人家都喜欢那种沉沉的实木，整栋别墅沉闷且富有年代感。

螺旋扶梯也是铺着实木地板的，踩上去，发出沉闷的声音。

顺着楼梯一级一级走上去，坐进人群里，他就算是摸到了集团最核心的圈子。

靳子隅记得他那晚每迈出一步的紧张，为了缓解情绪，他状似玩笑问了一句："堂哥，你不是那种要美人不要江山的人吧？"

靳浮白只是看了他一眼，不置可否。

但随后，他看了一眼手机，问靳子隅，知不知道哪里卖钻石耳钉，要成色好的。

别墅的螺旋式楼梯中央，是几盏水晶大吊灯。

一楼有扇窗子是开着的，水晶坠被风吹得轻轻晃动，灯光晃眼。

那天靳浮白带着靳子隅进去，屋子里的长辈们在针对集团发展策略谈话。

靳子隅听得几乎入迷，但是余光却瞥见靳浮白悄然起身，往门外走去。

现在回忆起来，也许那天就是他们人生的分水岭了。

他们明明走上了同一段实木阶梯，随路径盘旋着进了同一间房门。

可各自想要的是什么，在后来一目了然。

等靳子隅从这段往事里回神，病房里面的靳浮白已经削好苹果和梨子，分成小块放在果盘里。

向芋坐在病床上，很是挑剔地说："梨子不能分开吃的，分开吃就成了'分离'，寓意不好的。"

靳浮白一笑："谁说的是'分离'，我说是'不离不弃'，行不行？"

不知道为什么，靳子隅突然不敢迈进去了。

好像一门之隔的病房里，是另一个世界。

也好像他进去，就会永远陷进去。

靳子隅站在满是消毒液味道的走廊里，一时间五味杂陈。

他甚至突然想起大学时的初恋女友。

他也有过纯粹的、不掺杂任何利益关系的恋爱。

那时候他还在上大学，打篮球时被撞到，不慎摔伤，膝盖和手肘都破了好大一块。

他的初恋女友从观众席里冲出来，激动地和对方撞他的球员对峙。

可她平时，是个连和别人说话都会脸红的女孩儿。

那天初恋女友小心翼翼地拿着棉签帮他涂碘伏时，被他偷吻脸颊，羞得头几乎垂到胸口。

他是否有过难以平复的怦然心动？

因为初恋女友是穷留学生，毕业后只能回国内老家，而他不准备回国发展。

分别时她怎么说？她说早知道会是那样的结果，他不会为了她放弃任何东西，可她明知道，也还是陷进去了，她含泪祝福他想要的都能得到。

那天分手时，他是否有过不舍？

这些靳子隅以为自己早已经忘却的往事，一帧一帧自脑海浮现。

手机在裤子口袋里，连声振动——

有褚琳琅语气生硬，宛如汇报工作般公事公办的信息；

有情人发来的假意迎合；

也有业务往来伙伴带着利益目的的问候。

他在病房门口靠着墙壁，站了太久，连医护人员都察觉到不对劲，想要过来问问情况，却被靳子隅打个手势制止了。

他压低声音，说："我这就走。"

靳子隅拿出手机，滑掉屏幕上所有消息，措辞给靳浮白发了一段话。

大意是说自己此次回 B 市行程匆忙，不能当面聊天很遗憾，并恭喜他喜得贵子。

"恭喜"两个字打出来，停留在屏幕上。

既真诚，又让人觉得心胸空旷。

转身准备离开时，他隐约听到身后病房里传出来一阵笑声——

是向芋叉了一块水果去喂靳浮白，可能是因为不专心，戳到了他的下颌。

靳浮白"啧"了一声，说："怎么着，太后娘娘对小靳子的五官位置不满意？想把嘴给往下改改？"

靳子隅把果篮留在了医院问询处，在里面塞了个砖头般厚实的红包，转身离开医院。

出了院门，他坐进车里，司机问他去哪儿，他摸到自己裤兜里的车钥匙，才回神。

靳子隅没下车，只说："带我随便转转吧，师傅。"

12月的B市不算讨喜，车子开过街道，建筑红墙金瓦，也没能让人燃起一丝丝兴致去细细观赏。

靳子隅是在接到褚琳琅质问的电话后，才稍微打起些精神的。

"靳子隅，你什么时候回国的？你回国去见了谁？！为什么不和我说一声？今天出席大伯的饭局，只有我一个人来，你知道我多尴尬吗？"

褚琳琅的声音还是那么不讨喜，语气也冷冰冰的，像个机器人。

但也还好，这声音像是一条把他拉回自己世界的绳索。

靳子隅说："你急什么，我明天就回，我不在，你睡不着？不是说要去找别人？戾了？"

电话被对方狠狠挂断。

靳子隅突然压下情绪，笑了一声。

他无意间窥见一种不属于自己的温暖生活，居然有种怅然若失的感觉。

是他太贪心了。

还好褚琳琅的电话提醒了他，当初义无反顾地选择的，是什么样的世界。

他想了想，给褚琳琅真诚地发了信息："谢谢你的电话。"

褚琳琅秒回："神经病！"

靳子隅无视她的恶劣语气，再次真诚发问："我明天回去，你来接机吗？"

可能他真的太反常了，彻底惹毛了褚家的大家闺秀。

她居然爆粗口骂人："接个屁！"

靳子隅对着手机屏愣了许久，大笑出声。

出租车开过长安街，他说："师傅，麻烦您，送我去机场吧。"

其实生产前，靳浮白很担心向芋会出现产后抑郁。

他看了很多相关书籍，也咨询了医生，生怕哪里准备得不够充分，让向芋再有压力或者不开心。

但向芋的情绪其实还算不错。

哪怕出院之后回到家里，她每晚依然要在夜里醒来很多次，给小靳嘉澍喂奶，帮他换尿不湿。

靳浮白永远陪着她，用男人特有的笨拙，抱着孩子轻声哄着。

他给向芋和靳嘉澍小朋友讲《安徒生童话》，把他们哄入睡，自己才睡。

在 12 月底，靳嘉澍满月。

也许是在满月宴席上过于兴奋，晚上，在靳嘉澍小朋友第二次哭醒时，向芋喂过孩子，开始有些失眠。

靳浮白帮她倒了一杯温水，她喝了几口，说："你看，他都来这世界一个月了。"

靳浮白把向芋揽进怀里，瞧着睡在他们床上的小家伙说："嗯，也当了一个月的小电灯泡了。"

已经做了妈妈的向芋，眼里总有种不自知的温情。

她在夜晚轻声和靳浮白说："我睡不着。"

深夜里，人总会变得感性，向芋就拉着靳浮白，东一句西一句，随便聊着。

"靳浮白，你说他什么时候才能有记忆呢？明年春天院子里的海棠开时，他能记住吗？"

靳浮白就说："等到春天海棠盛开，靳嘉澍才不到半岁，让他记住，太为难他了。"

"也是。"

"不过他能记住你爱他，希望把所有美好的都给他的这份心情。"靳浮白很温柔地吻她的头，"睡吧，凌晨孩子还要醒一次，你总不能熬到他下次醒吧？"

向芋嘴上哼哼唧唧地应着，却迟迟未睡。

她干脆装可怜，说："那我睡不着啊，怎么办？不然你给我唱歌吧？"

那天晚上靳浮白哄着向芋入睡，给她唱 *All the time*。

> I got all the time in the world,
>
> don't you want some of that...

他只唱了这一句清晰的歌词，后面也许是不记得了，换成了轻哼调子。

向芋睡意袭来，声音也跟着减弱，小声地问："你是不是不记得歌词了……"

其实靳浮白记得。

只不过他唱的那句，唱完之后，他想到歌词的翻译——

> 在这世上我拥有一生的时间，
>
> 你不想占有一席之地吗？

他总觉得不太准确，不适合他。

于他来说，在这世界上，他拥有向芋，才是真正地拥有了一生。

向芋的身体恢复得很好，向父向母回国那几天，帮忙照看小靳嘉澍，她和靳浮白才稍稍有些属于自己的空间。

那时候靳嘉澍小朋友已经满百天，向芋自怀孕以来一直严格控制饮食，终于决定去吃一次她心心念念的关东煮。

靳浮白说："不去吃火锅？关东煮就行？"

"算了，还在喂母乳，去吃川锅又不能放肆吃，感觉好委屈自己。"

她笑一笑："就吃便利店的关东煮吧，买三串就行。"

早春的风还有些凉，出了门，靳浮白拉着向芋的手，放进自己的大衣口袋。

他们慢慢走过整条秀椿街，就像她怀孕时那样。

便利店在路的尽头，向芋端着一杯关东煮站在门口，出来时，靳浮白说忘了买一样东西，让她等一下。

隔着玻璃窗，她看见靳浮白的身影隐没在货架间。

他会有什么需要买的？

剃须泡沫吗？难道是家里的牙膏快用没了？

她本来还在想着这些，忽然有穿校服的学生从便利店里走出来，像一阵喧嚣的风，热热闹闹地从向芋面前刮过，吸引了她片刻的视线。

等她再去看靳浮白，他已经结过账走到门边了。

回去的路上，向芋问他："你买了什么？"

靳浮白说："日用品。"

总觉得他这个语气，怪暧昧的。

她伸手去他大衣兜里摸，摸到两个方形的金属小盒，瞬间感知到是什么东西。

果然是……

向芋没把手拿出来，在他的大衣兜里，顺势掐了靳浮白："你怎么还买了两盒？"

她下手太狠，隔着大衣都把人掐得闷哼一声，但是也没把人掐得正经些。

靳浮白还垂眸问她："你喜欢哪个？"

向芋继续掐他，不过后半程路，这人倒是沉默了不少。

她问他："想什么呢？"

靳浮白笑着："这不是想晚上做点特别的，得祈祷你儿子晚上消停点。"

靳嘉澍小朋友上幼儿园时，因为打架，被请了家长。

请家长那天，公司刚好有些忙，向芋接到老师电话，说靳嘉澍在幼儿园打架了，请她过去一趟。

向芋风风火火地去找了周烈，说工作晚点做完发给他，她要去一趟幼儿园。

到了幼儿园，向芋进到老师办公室，一眼看见小靳嘉澍站在窗边，正对着老师办公桌。

下午的阳光洒落进来，小靳嘉澍身上那股淡定劲儿，和靳浮白如出一辙。

但到底是4岁多的小男孩，听到门响也会好奇回眸，虽然只有一瞬。

当小靳嘉澍看清进来的人是向芋时，眉心深深蹙起，情绪也有了起伏。

向芋当然心疼儿子，把手搭在小朋友头顶，拍了一下，以示安慰。

她在无声地传递：无论你做得对或不对，妈妈来了，妈妈和你一起面对。

然后她才礼貌地笑着，同老师问好。

小靳嘉澍却突然激动起来。

他企图用他小小的身板把妈妈挡在身后，绷着脸，和老师说："老师，是我打了人，您不要批评我妈妈，做错事的是我。"

这举动惊得老师都怔了一瞬，还没等开口说什么，小靳嘉澍先哭了："老师，您不要说我妈妈，我妈妈生我很辛苦，我错了，我不该打人。"

向芋赶紧帮他擦了眼泪，但一时不知道靳嘉澍到底为什么打人。

她不能把孩子抱起来哄，怕无意中纵容了他的恶行。

靳嘉澍是坚强的小朋友，哭了几声，死死咬住嘴，自己忍住了。

幼儿园老师说，下午户外活动课，最后十分钟是自由活动时间，本来靳嘉澍是和其他小朋友一起玩的，但不知道为什么，突然打了另一个小男孩。

小男孩的家长还算明事理，来了之后只说小朋友之间的矛盾不要紧，接走了暴哭的孩子。

但靳嘉澍无论如何都不肯开口，也不告诉老师打人的原因。

老师实在没办法，才请了向芋来。

向芋蹲在靳嘉澍面前，表情严肃："靳嘉澍，你必须告诉妈妈，你打人的原因是什么。你有自己的想法是好事，但你解决事情的方式不对，你告诉妈妈发生了什么事，妈妈告诉你，你应该怎么做。"

小靳嘉澍不笑的时候，几乎就是靳浮白。

但也许是因为年纪小，他的眼廓显得比靳浮白更圆柔一些。

小朋友脸绷得很紧，拳头死死握着，半晌，才极其不情愿地说："林小豪问我，如果我爸爸和妈妈掉水里，我救谁。"他稚嫩的声音又染了些哭腔，但很快忍住，"我谁都救不了，我的游泳很差，自己游还会呛水。我不希望他说我爸爸妈妈掉水里，你们不会掉水里的。"

向芋眼眶跟着一红，揉着他的头发告诉他："嘉澍，不是别人说一说，爸爸妈妈就会掉进水里的。如果你不想回答他的问题，就告诉他你不喜欢他这样说；不要动手打人，打人不是一件好的事情。"

离开老师办公室前，向芋和老师要了被打孩子的家长电话。

她拨通电话，想要同对方家长道歉。无论如何，出手打人都是靳嘉澍不对。

但她拨通电话时，靳嘉澍突然开口："妈妈，你不要道歉。"

也许是靳浮白在生活中很护着向芋，靳嘉澍有样学样，认为无论如何都不能委屈妈妈。

最后，这通电话是靳嘉澍打的。

他很是清晰地同对面的阿姨说了原因，也说了自己动手打人是不对的，最后还在电话里和他的小同学道了歉。

晚上靳浮白回来，手里拿着一套故事书和一大捧玫瑰。

他进门时，向芋和小靳嘉澍正坐在书桌旁，学习关于动物的英语单词。

她起身，靳浮白把鲜花送到她怀里，顺便揽着腰抱住她，吻一吻她的额头："辛苦了。"

然后他才把故事书放在靳嘉澍面前，说晚点再看，先和他出去一趟。

小靳嘉澍知道白天自己做错了事，利落起身，点头并说道："好的，爸爸。"

靳浮白教育孩子，很多时候不当着向芋的面，他说他们父子是在进行男人之间的对话。

晚上睡前，向芋窝进靳浮白怀里，问他："晚饭前，你带儿子去哪儿了？"

"带他去了养老院。"

养老院里有一个长期工作人员，大家都叫他"小平"，负责帮忙收拾院落卫生，也会去厨房帮忙，见谁都是笑眯眯的。

但他是跛脚，走路不稳，一瘸一拐。

靳浮白就带着小靳嘉澍去见了小平，让小平给他讲自己的故事。

后来小平给靳嘉澍讲了自己高中打架的事情。他说是因为一点矛盾，和同学打起来，他被同学用刀扎坏了腿，从17岁起就变成了跛脚。

靳浮白要让靳嘉澍明白的是，动手永远不是最好的解决办法，冲动也不是。

熄灭床头夜灯，卧室陷入黑暗。

忙了一天，向芋也开始犯困，她睡意蒙眬地问靳浮白，是不是他小时候也是这样被教育的。

靳浮白说没有，他是小学之后才和外祖母生活在一起的。

因为困倦，向芋也没太把这句话放在心上。

她是第二天，在办公室用望远镜眺望对面的鲜花时，才把这句睡前的话翻出来，重新琢磨的。

靳嘉澍小朋友难过时，还会钻到向芋怀里沉默一会儿。

那靳浮白小时候如果难过，谁去陪伴他呢？

向芋给靳浮白拨了电话，他应该是在忙，电话响了几声他才接起来。

电话里隐约能听见其他人说话的嘈杂声，还有靳浮白轻声温柔地问她："怎么了？"

"我爱你。"向芋很认真地说。

电话里突然鸦雀无声，靳浮白沉默几秒，才说："嗯，我更爱你。"

"……你在干什么？"

"开会。"

听到他那边的笑声，向芋挂断电话，扭头看见周烈站在她办公室门边。

周烈笑一笑说："我什么都没听到。"

直到向芋把工作汇报完，周烈走前，他才说："感情真好，羡慕。"

向芋本来想当一回好员工，送周烈出门。结果听见他的话，她当即一脚把门踢上："堂堂老板，居然偷听！"

门外是周烈的笑声。

靳嘉澍小朋友越长大，和靳浮白的性格越相似。

尤其是在宠向芋这方面。

向芋喜欢给他们一家三口买一样的东西，吃穿用品都是。

她说，一家人就要整整齐齐。

有一次，靳嘉澍被换了个粉牙刷，靳浮白的也是粉的，只有向芋的是同款白色的。

被父子俩问起来时，向芋拒不承认是因为自己喜欢白色，说是买二赠一，他俩的是买的，她的是赠品。

一家三口出去看电影，向芋永远坐在父子俩中间，靳浮白帮她拿着大桶爆米花，靳嘉澍帮她举着饮料。

感觉要演到感人的场面，父子俩还得在昏暗光线里紧急交换眼神——

"爸，你带纸巾了吗？我妈好像要哭。"

"纸巾不是在你那儿？"

电影散场时，向芋一手挎一个，左手老公，右手儿子，羡煞旁人。

每年甭管父亲节还是母亲节，收到花的都是向芋。

父亲节，靳嘉澍抱着花进门，直接献给向芋，向芋如果看向靳浮白，父子俩就异口同声，说"哪来的父亲节，过俩母亲节刚好"。

一家三口出去旅行，向芋是体力最差的一个，常常走不了几步就嚷嚷着累，耍赖似的，一步也不走了。

就她这样的体力，还总要穿漂亮的小皮鞋，有一次去草原，没走几步，脚上磨出水泡，走不了了。

靳浮白背着她，靳嘉澍帮向芋背着包、拎着鞋，还得拿个扇子给她扇风。

夏季天气热，太阳也晒，靳嘉澍去买矿泉水，回来说卖水的老板给他便宜了一半。

向芋问他为什么，靳嘉澍没说。

后来她听见她儿子和靳浮白嘀嘀咕咕，说卖水的老板以为他们父子俩背着个残疾女人来旅行，很是同情。

向芋当时很想把这父子俩掐死在草原上。

日子过得好快。

靳嘉澍 17 岁那年的生日，靳浮白和向芋一起开了车去学校门口接他。

去得稍微有些早，靳浮白就把车子停在学校对面，开了暖风。

他抚着向芋的额头问："要不要睡一会儿？"

这几天是向芋的经期，倒是没有很疼，就是有点没精神，昨晚也没睡好。

她把座椅放倒一些，拿出手机："今天小杏眼推荐给我一个软件，说是安眠的，我午睡的时候听了一会儿，觉得很管用。"

有时候，靳浮白的反应总是令人心里一暖。

就比如现在，他听着向芊说完，又看着她把手机递到面前。

可他问出口的是无关软件的问题："你最近睡眠不好？什么时候开始的？"

向芊怔了一下，心里偷笑着，故意说："对啊，上星期开始的。"

上星期，靳浮白短暂出差几天后回来，又是没有提前打招呼。

进门时是傍晚，偏巧向芊刚洗完澡准备穿衣服，靳浮白就把人往浴缸里一推……

校园里的下课铃声响起。哪怕儿子都已经上高中了，向芊仍然觉得，在学校附近聊这个，有点太刺激了。

她瞪了靳浮白一眼。

于是靳浮白知道她之前说的都是诓人的，还挺有兴趣地反过来逗人："不是你先提起来的？"

"你还说！"

"不说了。"

"我刚才和你说什么来着？哦，这个软件，你听一下。"

学校里陆陆续续有人出来，向芊还在给靳浮白推荐这个软件："你听，这种潮汐的声音，是不是很舒服、很安神？"

靳浮白说："像游泳时耳朵进水。"

"你再听听，怎么可能像耳朵进水？"向芊把手机按在靳浮白耳边，不死心地问。

靳浮白听了几秒，忽然说："听出来了。"

"听出什么？"

"听出你爱我。"

靳浮白说，有好的东西她第一时间想要和他分享，可不就是爱嘛。

学生们一个个闹着、笑着往外走，青春年少，风华正茂。

靳浮白一扬下颌："你儿子出来了。"

靳嘉澍已经很高了，皮肤白净，蓝色校服外面套一件白色羽绒服，人群里一眼就能看到他。

有个女孩子从后面跑过来，喊他："靳嘉澍。"

靳嘉澍应声回眸，女生耳郭通红，笑着说："生日快乐啊。"

他大方地点点头："谢了。"

向芊从车窗往外看，正好看见这一幕，兴奋地用胳膊肘碰了碰靳浮白："靳浮白，快看，有个小姑娘和你儿子说生日快乐呢。"

等靳嘉澍上车，向芊干脆坐到后面去，问他学校里是不是有小姑娘喜欢他。

靳嘉澍性格随了靳浮白，非常没趣。

面对这种问题，他丝毫不羞，懒洋洋地往车后座一靠，说："也许有，但那不叫喜欢，只能说可能有点好感，来得快去得也快，不用放在心上。"

"没有女生送你生日礼物？"

"没，一会儿和你们吃完晚饭，朋友们约我去唱歌。"

向芊马上问："喝点什么吗？"

靳嘉澍笑了："不喝。今天舅舅给我打电话了，说我元旦的时候和同学出去玩，你给他打电话骂了他半个小时，说是他不教我好。"

靳嘉澍说的"舅舅"是唐予池。

向芊想起唐予池高中时的不良少年样儿，用鼻音"哼"了一声："那肯定是和他学的啊，你爸爸上学时又不这样，都是在很认真地学习。"

在前排开车的靳浮白轻笑："也没有很认真。"

"你怎么总在我教育孩子时插嘴呢？"

"你继续，你继续。"靳浮白说。

向芋的手机还开着那个安神的软件，有一种海水卷浪的声音。

靳嘉澍就顺口问："妈，车里什么声？"

"嗯？什么？"

向芋反应过来，拿起手机："对了，给你推荐个软件，马上上高三了，学习压力大，睡不好的时候听听这个，安神、解压。"

靳嘉澍一脸一言难尽的神色，最后嘟囔说："这声音，戴上耳机听，搞不好像是脑子进水了。"

向芋狠狠瞪了一眼前面的靳浮白：都是他遗传的破思维！

"你再听听。"

手机被向芋贴在靳嘉澍耳边，他听了一会儿，向芋问："是不是很舒服？"

靳嘉澍笑起来和靳浮白很像，他说："妈，我听到了，你说你爱我。"

向芋撇嘴："你这个油嘴滑舌的劲儿，像你爸。"

那天晚饭是靳嘉澍请客。

他用的是代表学校出去比赛得到的奖金。

他已经和靳浮白差不多高，站在向芋旁边，帮她倒了半杯红酒，然后坐回去，举着饮料："妈，感谢你在十七年前的今天给了我生命。"

向芋热泪盈眶："那你倒是少吃两口牛排！"

靳嘉澍说："那不行，我长身体呢。"

坐在一旁的靳浮白遭受了无妄之灾。

向芋心疼儿子，转头去咬靳浮白："你生的好儿子，和伟大的妈妈抢肉吃。"

靳浮白下颌线上多了个牙印，靳嘉澍再去夹牛肉时，他就糟心地说："你想让你妈咬死我，是不是？"

吃过晚饭，父子俩一个要开车，一个未成年，只有向芋喝了些酒，步子有点飘。

她踩着高跟皮靴，走在他们中间，挎着儿子和老公。

11 月底的 B 市飘起小雪，纷纷扬扬。

路灯把三个人的影子投映在跺上。

他们回到秀椿街。

向芊忽然说："靳嘉澍，我决定给你起个小名。"

靳嘉澍知道他亲妈又要出馊主意，赶紧看了一眼他亲爸。

看也没用，他爸都快把他妈宠上天了。

——要星星绝对不给摘月亮。

靳嘉澍只能无奈地问："什么小名啊？我都 17 岁了，不要小名也行吧……"

向芊摇头，十分肯定地说："你以后，小名就叫'秀椿'吧！"

"妈！你不觉得这名儿特像太监吗？"

可能是靳浮白实在听不下去，也看不下去她这几步喝多了的迷幻步法，干脆把向芊横抱起来，和儿子说："这事儿不用听她的，你妈喝多了。"

"可她为什么给我起小名叫'秀椿'？就因为咱家住在秀椿街？"

靳浮白稳稳地抱着向芊，护着她不被轻雪迷了眼睛。

他说："知道你名字里的'澍'，是什么意思吗？"

"及时雨吧？我查过。"

"嗯，我和你妈妈就是在秀椿街遇见的，那天下了一场雨。"

那时，靳浮白从不去小店吃饭，那次要不是李侈他们死活推荐，他也不会跑去秀椿街。

那天下了一场好及时的雨。

他遇见了此生最挚爱的人。

11. Happy ending（唐予池篇）

2020 年 2 月 14 日，情人节，唐予池回国。

国际航班时间久，十几个小时，带着他从大洋彼岸回到熟悉的 B 市。

飞机落地时，唐予池把手机开机，连着跳出来几条信息，都是和他一起创业的那帮朋友的插科打诨。

一群年纪相仿的男人凑在一起，非工作时间的聊天就没个正经。

他们在群里问唐予池，这么久的航程，有没有在飞机上遇见美女。

有人说："十几个小时呢！真要是遇见，可能孩子叫什么名都商量好了。"

唐予池小幅度地活动两下肩颈，看一眼自己周围的座位——

前面坐了一对夫妻，后面是俩大老爷们儿。

至于他身旁，是一个航程十三四个小时，咳了大概十个小时的——老阿姨。

唐予池心想：孩子名，我商量个屁，和老阿姨商量吗？

这时候群里冒出一句："叫'唐老鸭'。"

紧接着，这群人就开始对他八字没一撇的孩子，集思广益着起名——

唐山市；

唐人街；

唐僧肉；

唐伯虎。

居然还有五个字儿的——

唐拌西红柿。

唐予池盯着手机屏，差点儿笑出声。

机舱门打开，周围的旅客陆陆续续起身，空乘姐姐站在门边，礼貌微笑，目送乘客。

唐予池在嘈杂声里按着手机，直接回复了语音——

"真这么想看我有孩子，倒是先给我介绍个女朋友啊，我这儿还单着呢，自孕自生吗？"

之前坐在他身旁的老阿姨，估计只听见了"自孕自生"四个字，惊恐地回眸看了他一眼。

群里开始吐槽，说他就嘴上说得好听，实际上谁也瞧不上，还提起上个月追他，被他婉言拒绝了的一个女孩。

一起创业的朋友私信他："池啊，今儿国内情人节吧，情人节快乐哟。"

唐予池回他："我快乐个屁。"

后面手机又振了几下，估计是朋友的疯狂回击，他没再看手机，顺着人群走出去。

B市冬末的干燥空气迎面而来，阳光明媚里也带着丝丝凉意。

周遭景物十分熟悉，熟悉到他闭着眼都能找到出口和行李转盘处。

这是唐予池不喜欢的感觉。

倒不是什么近乡情怯。只是他上一段感情陷得太深，结束方式又太过可骇。

很多时候不受控制，唐予池总会在某些熟悉的场景里思及曾经。

就像现在，他踏出机场，轻而易举想起过往。

那会儿他刚高考完，拥有人生最漫长的暑假。

整个假期，他几乎都和安穗待在一起。

和她骑单车，和她逛公园，和她在游乐园门口蹲着吃棉花糖，和她在市图书馆看小说。

他们还去郊外河边抓过蝌蚪，本来想带回来养着，不过听钓鱼的老大爷说，那种蝌蚪会长成蟾蜍，吓得他们又倒回河里。

但到底也还是要顾着父母的。

那年 8 月，唐予池准备跟着爸妈去摩洛哥旅行，临走前，他请安穗吃饭。

席间，唐予池总觉得他的女朋友愁眉不展。

那顿饭去的是他和发小向芋还有爸妈常去的一家日料店，海胆馅的水饺做得格外地道。

饺子皮放了蔬菜汁糅合，是带着淡绿色花纹的。向芋那只猪，她一口气能吃两份。

他也不太懂女孩都爱吃什么，参照发小向芋的爱好，把所有他觉得好吃的，都推荐给安穗。

最后服务员都说："客人，您点的是四人份了。"

他当时倒是没在意价格，重点放在另一件事上，问人家服务员："那桌子能摆下吗？不然我们换个四人台坐？"

换了桌子，他干脆坐在安穗旁边，给她端茶倒水，拿了个迷你风扇帮她吹风。

唐予池用公筷夹了一个海胆水饺，放在安穗面前的小碟子里："怎么觉得你不高兴，舍不得我啊？一个多星期吧，我就回来了。"

安穗穿了一条样式很简单的白色连衣裙，头发在暑假剪短了些，梳成马尾时，发梢刚好垂在颈部。

她那双小鹿眼里，总是湿漉漉的，惹人怜爱。

所以她转头，那样沉默着看过来，唐予池情不自禁，凑过去吻她。

安穗像是吓了一跳，躲开后，整个脸都红了。

她有个习惯，害羞时，用手死死挡着脸，只露出通红的耳郭。

"你干什么呀，好多人看着呢。"

唐予池就笑她："都成年了，亲一下也不好意思？"

安穗脸更红了："大庭广众的……"

"那下次，换个没人的地儿，是不是能多亲一会儿？"

唐予池这样说，安穗就柔柔地打他一下，他继续逗她，问："没人的地儿，能深吻吗？"

她那张脸，红得像秋实。

那时的唐予池，心思不够缜密。

他说不上安穗那天到底为什么不开心，也说不上她算不算是被他一个吻给哄好的。

反正后来，她没有再露出那种攒眉不乐的神色，唐予池也跟着爸妈去了摩洛哥。

安穗没来机场送他，说是被他家人知道不好。

他在登机前给她打电话，说听说摩洛哥有个地方很美，到处都是蓝色房子，他去探探路，要是真的漂亮，以后带她再去一次。

忘记了那天安穗说了些什么，也许是说上大学还要学习，哪有时间出去玩之类的。

唐予池就站在登机口，满心愉快地说："上大学时要是还没时间，那就等结婚的时候去，带你去蜜月旅行。"

都说 18 岁时的承诺经不起岁月的考验。

只有唐予池自己知道，他曾在 18 岁那年，站在航站楼里，看着停机坪上起落的一架架白色飞机，认真憧憬过他和她的婚礼。

后来好像没等他回国，安穗就在电话里说了分手。

毕竟年轻，他们那时常闹别扭，动不动就会分手。

唐予池从摩洛哥千里迢迢背回来的那些特产，几乎都被向芋给吃了。

向芋不但自己吃，开了袋吃不完的，还要背回去和家里阿姨分享。

所以隔几天，他和安穗复合时，家里已经只剩下两包椰枣了。

唐予池自己觉得很拿不出手，显得他很抠门似的，出一趟门就给人家姑娘带两袋枣子。

但安穗吃得很开心，她说："这个是枣吗？我第一次吃这种枣，好甜啊，糯糯的。"

安穗素着一张脸，鼓着腮，眼眸含笑。

唐予池觉得她又傻又天真又可爱。

他甚至有些迫不及待，想要大学毕业就娶她。

那时候他觉得自己会爱安穗到 100 岁。

如果他能活到 100 岁的话。

可她怎么就变成了那样的女人？

是他不够体贴吗？

是他没能照顾好她敏感的情绪吗？

安穗又是什么时候开始觉得，钱比他的感情更加重要的呢？

如果那年他没有去摩洛哥，如果他后来没有出国念大学，如果他平时请她吃饭不去挑那些死贵的地方……

会不会她就不会在长成女人之后，把钱看得那么那么重要？

打断这段"如果"的，是向芋打来的电话。

唐予池接起来，听见向芋威胁他说："唐予池，我已经看见你那趟航班有不少人出来了，你在磨蹭什么？比老太太走得还慢。再给你五分钟，不出来，我和干爸干妈就走了！"

"我还要等着托运的行李……"

向芋连他的话都没听完，直接挂断了电话。

唐予池没空再忆往昔，站在行李转盘的出口，看见行李箱出来，直接拎着就往行李车上放。

因为是情人节，机场里不少抱着花的男男女女，唐予池都没空多看一眼，推着行李车大步流星。

不能不着急，他再磨蹭一会儿，向芋和他爸妈可能真会把他丢在这儿。

初中的时候有一次，他在学校打篮球，爸妈来接他和向芋，说带他们去吃好吃的。

当时他还有半场没打完，就和他们说："等我一会儿。"

向芋隔着铁丝网威胁："你再不出来，我们三个就先走了。"

唐予池没当真，等他打完球才发现，他们居然真的走了！

最惨的是他赶到饭店时，他爸居然指着一盘白灼青菜说："你把这个吃了吧，芋芋说不好吃，我和你妈也不太喜欢。"

想到这儿，唐予池又笑了。

行吧，没有女朋友就没有女朋友吧，他好歹还有个狗发小，和他一样惨。

唉，向芋是真惨，靳浮白生死未卜的，她还苦苦等着呢。

唐予池愉快地感叹着。

结果回去的路上，他居然听说靳浮白回来了。

不但回来了，还十分健全！

向芋一脸幸福，她还喝掉了车上唯一一瓶可乐。

唐予池拎着矿泉水灌了两口，突然感觉自己失去了一个比惨的盟友。

他再抬头看一眼爸妈恩爱的样子……

合着这个情人节，就他一个是"单身狗"？

后来向芋拐着弯地问他："回国的感觉如何？"

唐予池笑一笑，说："比想象中感觉好很多，可能是在国外每天忙，快餐吃多了，回家后觉得白粥青菜都好美味。"

向芋一脸欲言又止的样子，最后说："算了，我不问了。"

在唐予池眼里，向芋像是他的亲姐姐。

他俩从小打到大，但也还是有很多默契。

哪怕向芊没直说，唐予池也知道，她真正想问的是什么。

她想问他，有没有彻底把安穗的事情放下。

他说："我已经没再想那些了。"

这句话他说得很轻，自己也难分辨，其中是否有逞强的成分。

也许是因为情人节，街上的人比平时多了一倍，商厦上放着恋爱主题的电影，街角有人卖氢气球和花束，空气里都弥漫着甜蜜感。

晚饭，唐予池是和向芊、靳浮白他们一起吃的，日子特殊，处处生意火爆。

绕停车场两圈，他们才找到空位。

那天很神奇，唐予池不停地想起安穗。

很难形容那种感觉，不是怀念，不是眷恋。

也没有愤愤不平。

只是很清淡平静地想起她。

就像大学毕业时，明知校园永不会再回，而在离别路上频频想起、以示告别的感觉。

那是一家环境很棒的西餐厅，他们坐在窗边的位置。

唐予池看着窗外还有些光秃秃的垂柳，忽然有种难以名状的预感。

他会不会遇见一个"她"？

她让他一眼就无法自拔？

吃过饭后，唐予池去洗手间，在吸烟区抽了一支烟。

餐厅放了一首老歌——

你会不会突然地出现，在街角的咖啡店……

唐予池掐灭烟蒂准备往外走时，走廊开着的窗口拂进一阵风。

似是无意，却又如有所感。

唐予池在那一刻回眸，看见一个穿着白色羊毛裙的姑娘，站在镜子前面补口红。

那姑娘对着镜子嘬起唇，还哼着歌，对着镜子眨了下眼。

她哼的是店里放的《好久不见》。

有那么一瞬间，唐予池的脑子是蒙的。

真的是一眼动心。

唐予池飞奔回座位拿了手机，和向芊他们说自己要去找那个姑娘要联系方式。

整个过程中，他脑海里只有那姑娘哼着的那句，"你会不会突然地出现，在街角的咖啡店"。

店里暖风很足，他只穿了一件黑色短袖，拿着手机，站定在人家姑娘面前。

还没等他说出目的，那姑娘先是礼貌一笑，眼睛随着笑容弯了弯。

唐予池想过结果。

无非是可以或者不可以。

但都不是。

那姑娘开口，居然问他："你叫什么名字？"

"唐予池。"唐予池垂头，把自己的名字打在手机屏上，给她看，"就这仨字儿。"

她也把名字打在了自己的手机屏上，给他看："我叫乔蕊。"

她继续说："唐予池，我今天不太想加好友，如果下次还有缘分遇见你，我主动加你，你觉得怎么样？"

唐予池忽地笑了："行，那我等你主动加我。"

回去的路上，唐予池把车窗开了一点缝隙。

晚风拂面，他说："向芊，我恋爱了。"

坐在前面的向芊十分受不了，拎了车上的抽纸盒丢他："人家姑娘连微信都没给你，你恋个屁！把车窗给我关上，冷死了。"

唐予池躲过抽纸盒，懒洋洋地靠在座椅靠背上，看了一眼窗外云层挡住的朦胧月色。

他说："你怎么知道我们没有这个缘分再遇见？"

向芊嫌他这话矫情，做了个干呕的动作。

但她随后说："也是，很有可能，C 市和 B 市也隔着一千五百多公里呢，我都遇见靳浮白了，想来光靠缘分也没什么不可能的。"

这明摆着就是秀恩爱，唐予池翻了个白眼，嗤笑她："你那么多缘分、运气的，传给我点？"

向芊呸他一声："我怎么传？用蓝牙吗？"

"传呀，多来点。"

结果他被向芊丢过来的空水瓶，结结实实地砸了一下。

虽然唐予池那样说，但他自己心里也没底。

B 市这么大，能碰见的概率有多大呢？

反正毕业之后，以前校园里常见的面孔，他一次都没在外面碰见过。

不过，万一呢？

他当年走了那么大个背运，都被人绿成呼伦贝尔大草原了，还不能跟月老那儿换点缘分？

眼看着出了正月，阴历二月二，"龙抬头"那天，有个老说法，说是那天理发是"剃龙头"。

唐予池被理发师推荐着，剪了个碎发。

剪完，他对着镜子一看，像重返校园似的，配上他那张娃娃脸和潮流穿搭，理发师说他像 20 岁出头。

吹头发的时候，手机振了几下，他拿出来看，瞧见高中群里正在张罗今天同学聚会的事。

前些天已经有同学联系过他了，当时唐予池没给准话，只说有时间就去。

正好没什么事，群里有同学找他，他看了一眼聚会地址，不算远，顺路。

他本来是想理发后去找向芊和靳浮白的。

早上，向芊还打了电话来，说二月二应该吃猪头肉，让他有空过去吃。

但向芊和靳浮白这俩人，时时刻刻都在秀恩爱，对"单身狗"的伤害实在是太大了。

前天一起吃饭，席间，唐予池和向芊掰腕子，差点儿就要赢了，坐在他身旁的靳浮白突然转身，胳膊肘碰到他肋间的痒痒肉，他一笑，手上失了力道，让向芊给赢了。

明明是蓄意，靳浮白居然说什么"抱歉，不是故意的"。

后来向芊去和靳浮白掰腕子，向芊用两只手也就算了，还一直用眼神威胁靳浮白，最后靳浮白垂头笑着松了力气，向芊欢喜获胜。

获胜就获胜，向芊还非说要给失败者安慰。

她给了靳浮白一个吻。

然后她给了唐予池一块咬了一口的炸鸡翅。

气得唐予池当场给他妈打了视频电话，告状说："妈妈你看，果然是女大不中留，你给向芊吃过多少鸡翅，她今天只给你儿子吃剩的！"

唐母当时正在打牌，认没认真听他说话他不知道，他只知道他亲妈说："唐予池，你和芊芊抢什么鸡翅！"

他不想吃狗粮了，也不想吃剩鸡翅还要挨骂了。

还是去同学聚会吧。

群里又有人找他——

"唐予池，唐少爷今天来不来啊？多少年都没怎么回国了，好不容易回来了，还不来聚聚？"

唐予池在群里回了一句："聚，半小时到。"

上学的时候他爱玩，也爱热闹，学习成绩不怎么样，狐朋狗友是真的混出来一大堆。

高中同学聚会，以前他也常参加，但也总是中途离席。

只要安穗打来电话，他都是一句"夫人催了，我先撤，你们继续"，然后真就会起身离席。

或许是他恋爱时太高调，他和安穗真的是尽人皆知。

后来他不乐意参加同学聚会，也是这个原因。

席间总有人问——

"唐少爷什么时候结婚？"

"什么时候把嫂子带来和我们熟悉熟悉？"

"光听说嫂子，也见不到人，金屋藏娇呢？"

……

那是他最后一次参加同学聚会时被问到的问题。

没想到时隔这么多年，还有人会问到他和安穗。

安穗不是他们班的，但毕竟是校友，总有重合的交际圈。

一个女生说："唐予池，安穗是不是和你一起出国的啊？你们什么时候结婚啊？怎么这喜酒等来等去，总没个消息？"

还有其他同学附和说："对啊，男人不能只顾着事业不顾女朋友，让人家等得太久，以后想求婚的时候人家不答应，看你怎么办。"

连班长也说："在国外商场里遇见过安穗和她爸爸。"

安穗出国的事情，唐予池也隐约听说过。

听说是和一个 60 多岁的老头子一起，她叫人家"干爹"。

他有很多闷在心里的内情，但他终究不是一个会在同学面前说前女友坏话的男人。

唐予池避重就轻地笑一笑："能不能别跟这儿给我上课了，酒还喝不喝了？磨叽。"

装了白酒、啤酒、饮料的各色玻璃杯碰撞在一起。

有人洒了些酒，被说是故意的；

有人杯子里剩了一些，被说是养鱼呢；

也有人三两白酒下肚，声音翻倍，唱起了老歌。

久别重逢的同学们聚在一起，这气氛应该是热闹的、令人舒适的。

可唐予池有些烦躁，又说不上为什么。

酒过三巡，唐予池拿了烟去二楼露台透风。

刚拢着打火机把烟点着，露台门口出现一个女人的身影。

女人的格子羊绒大衣敞着，里面搭配一条白色羊毛裙。她抱着一条围巾，看起来还挺怕冷的。

不用她回眸，唐予池就知道她是乔蕊。

B市这么大，他还真把她给等着了？

露台门边摆了两盆巨大的绿植，龟背竹肥大的叶片挡住了她半个身影。

唐予池靠在木制护栏上，忽然明白了自己为什么在人多的地方下意识四处张望。

他是在等，等他们还有缘分再见。

可真的遇见，唐予池又没急着开口，只安静地看着她。

这姑娘有那么一点多动，打着电话，闲着的那只手抚在龟背竹叶片上，一下又一下。

很神奇，她像隔着空气抚平了他心里那些烦闷的小褶子。

乔蕊似乎有什么着急事，手机举在耳边没几秒，又放下，手指不停地戳在屏幕上，像给人发信息。

发完她才蹙眉回眸，看见唐予池。

和她相比，唐予池的表情堪称悠闲。

他指间夹一支黑色香烟，味道倒是不呛人，隐约有种巧克力的味道。

会在这里遇见唐予池，乔蕊看上去也很意外。

她动作顿住几秒，眉眼间那种焦虑却没减少，和他对视的同时，又看了眼手机。

唐予池对着身后的夜色呼出烟雾，然后把烟按灭在垃圾桶上的白色石米里。

他能看出来乔蕊的纠结，猜她大概觉得做人应该说话算数，可碍于某些情绪，又觉得这时候实在没那个心情找他要联系方式。

唐予池笑起来："你忙你的，我透透气就回屋，今天不方便，等下次遇见再来找我要也一样。"

可能是他语气太过轻松笃定，认准了他们还有那个缘分能在茫茫人海里有第三次见面似的。

乔蕊怔了怔，忽然笑了。

"唐予池对不对？我记得你的名字。"她一只手挎着包包、抱着围巾、拿着手机，另一只手艰难地从衣兜里摸出几块糖递过去，"在前台拿的，请你吃。"

唐予池想问她：不是说好了找我要联系方式吗？就拿两块薄荷糖糊弄我？

但她无论是什么样的笑容，眼睛都是弯的，弧度很美，勾人心弦。

唐予池想问的话也就咽了回去，不由自主地伸出手，接了乔蕊递过来的糖。

两块都拿在手里，他撕开一块，先递给了她。

乔蕊明显一怔。

然后她大大方方接过来："谢谢。"

她身上有自信的女孩特有的从容韵味，也有着轻微的羞涩——不过被她用撩头发的动作掩饰了。

唐予池咬着薄荷糖圈，看着她一颦一笑、一举一动。

抑制不住地心动。

他借着丢掉糖纸的动作，也掩饰掉一些突如其来的紧张。

再抬眸时，隐掉各方情绪，他笑着问乔蕊："我刚才瞧着，你好像有什么急事？"

乔蕊看了一眼还没动静的手机，深深吸气，又吐气。

她走到唐予池身边，手肘搭在栏杆上，语气很无奈："来参加同学聚会，结果被告知前男友也要来。"

唐予池眉梢轻挑："怕见了旧情复燃？"

"那倒没有，没什么好复燃的。"乔蕊有那么一点苦恼似的，"只是前男友出席的身份让我很尴尬，他是我曾经闺密的未婚夫。我现在又没有男朋友，总觉得气势上败下阵了，就觉得很别扭，这种感觉你懂吗？"

唐予池点头："懂。"

"我又不能说不去，昨天在群里答应过，今儿我的前闺密才在群里说要带他来，我要是说不去了，好像我放不下。"乔蕊叹气，"根本不是我放不下，是大家放不下。他们总想着看点八卦狗血剧情。分手都好多年了，能有什么感情，早知道，我中间谈两段好了，好歹也有点谈资。"

唐予池将笑容敛起来，像是看见了另一个自己。

他没问，为什么没谈呢？

因为他自己很清楚缘由。

为什么没谈呢？

真的是放不下才没谈吗？真的是因为念念不忘才没谈吗？

其实也不是。

爱是要有相遇才开始的。

不是用来遗忘过去的工具。

也不是用来排解寂寞的工具。

只不过他们运气背了些，在这期间，没有遇见另一个能够心动的人。

说出来可能没人信，真的只是没遇见而已。

乔蕊说了一会儿，忽然扭头，看了一眼只穿着毛衣的唐予池："你是不是饭局还没结束？先回去吃饭吧，不用听我在这儿丧的。"

唐予池笑一笑："我不急，真不乐意回去。"

"难道你也遇上前女友了？"

乔蕊只是随口说了一句玩笑，谁想到唐予池笑着说："差不多吧，分了八百年了，还是总有人提起来。"

乔蕊忽然笑了，像是找到了盟友，语气很轻松地问唐予池："你和前女友什么时候分手的？"

唐予池说："和你一样，很多年了。"

细聊下来才发现，他们的情况真的很相似。

都是被绿了才分手的，也都是这么多年一直没谈过。

露台旁是一堵墙，可以避风。

楼下高树伸展着枝干，冬末的天气，玉兰已经顶了一树花苞，待春风来唤醒。

很多时候唐予池都觉得，是不是自己在前一段恋情里做得不够好，才让自己曾经那么珍视的恋人，变得那样面目全非。

当初知道安穗劈腿，唐予池当然是不信的。

他以为他的女孩只是一时被坏男人的花言巧语给骗了，分手之后他也确实想过去找她。

那时他隐约查到那人是李侈圈子里的人，他天天去李侈场子里蹲点，想看看到底是什么样的男人骗走了安穗。

他甚至想过，他们这么多年的感情，如果安穗愿意回来，他最后还是会原谅她的。

但越是了解真相，他越是觉得这件事好不真实，像一场恐怖的梦魇。

他无数次问自己：怎么会呢？会不会是哪里出错了？

高中时，安穗代表班级参加运动会，得了个冠军，唐予池特地借了专业摄像机拍她。

她羞得往自己同学身后躲，说："哎呀，你别拍了，我刚跑完，满脸汗肯定不好看。"

她总是那样，一害羞就脸红。

耳郭也会红，像刚被初秋染了一角颜色的枫叶。

这样的女孩，唐予池实在想不明白，她怎么会辗转过那些男人身旁？怎么会与他们进出酒店，又踩着他们做跳板，节节攀升？

在唐予池的记忆里，安穗明明那么乖。

高中上晚自习时她坐在教室里乖乖背书，蓦然回首，发现唐予池逃课站在后门窗户处看她，给她比心。

她当即吓得捂住嘴，眼睛都瞪大一圈。

坐在讲台桌看着晚自习的老师稍微一咳嗽，明明与她无关，她都能吓得一激灵。

她胆子那么小，和那些并不爱她的男人在一起时，她没有害怕过吗？

就只是为了钱吗？

钱有那么重要吗？

如果她提出来，他也可以啊，他也有钱啊，他的家境也并不差啊！

安穗说他不懂。

他是真的不懂。

唐予池从小到大顺风顺水，从来没有经历过任何挫折。

这件事给他带来的阴影，不单单是失恋那么简单。

而在这个静夜里，站在唐予池身旁的乔蕊也想起了过往——

乔蕊和男朋友也是高中同学，很多年了，她上高中时有个最好的闺密，他们三个整天在一起玩。

她也骄傲，富足家庭宠大的姑娘，从来没觉得自己男朋友会劈腿。

因此，她在男朋友家里看见闺密的内衣时，脑子一片空白。

如果只是普通的分手就好了。

——两个人同时想。

夜里起了一阵风，玉兰含苞待放的枝丫轻轻晃动着，唐予池和乔蕊各自沉默半晌，突然同时叹气。

听闻对方的叹气声，他们在夜色里对视，同时笑出声。

同病相怜啊。

乔蕊的手机连着响了几次，是几条语音信息。

她满含期待地点开，把手机贴在耳侧。

露台处还算安静，因此唐予池听见了她那朋友说"正在忙着呢，过不去"。

朋友还让她最好找个男人假扮男友，免得那对狗男女太过得意。

乔蕊按着手机给人家回语音，看上去明明有些失落，还轻快地说："算啦，让我自己去面对风雨吧，做错事情的人又不是我，顶多气氛诡异点儿，我早点吃完早点离席就好了。"

信息发出去，乔蕊故作轻松地耸了耸肩："游戏里那个人物怎么说的来着？面对疾风吧！"

唐予池顺着她的话聊："你还玩《英雄联盟》？"

"玩过一点，打得太菜了总是被骂，后来就不玩了。"

"有机会我带你，我瞧着谁敢骂你，我让他明白什么叫真正的骂人。"唐予池玩笑着说。

乔蕊心不在焉地答了一句："好啊。"

等她收好手机，唐予池突然开口："乔蕊，你看我这个形象，够不够资格假扮一下你男友？"

那天的假男友演得倒是简单。

乔蕊只是挎着唐予池的手臂走到包间门口，和他挥手告别。

唐予池突然恶作剧似的揽着她的后脑勺儿靠近，看着她瞳孔颤了一下，才笑着说："算是吃你一颗糖的回报吧，用不用来个吻别？"

不过他也就是随口说这么一句，顷刻又退回去，做戏做全套："晚上喝酒吗？"

乔蕊还有点怔怔的，下意识回答他："可能会喝一点。"

唐予池点头，很理所当然似的，眸色宠溺："那我不喝了，晚上送你回家。"

说完他转身走了。

屋里有同学问起乔蕊，刚才那个帅哥是不是她男朋友。

乔蕊没回答，只觉得刚才他凑过来的一瞬间，有种清冽的薄荷糖味。

还有她的心跳，扑通扑通。

席间倒是没有那么尴尬，乔蕊发现自己并没有想象中那么在意那对男女之间的互动，也不太在意偶尔有人言辞中透露出来的八卦。

她在意的是——

刚才没有要唐予池的联系方式。

以及，他们是否真的还有缘分再次偶遇。

乔蕊的前男友是追了她一年她才答应的。

她一直以为自己是个慢热的性子，不会一见钟情。

但唐予池的长相和性格，好像总在牵动她心弦。

他说了不喝酒，晚上送她回家，应该是为了扮演她男友而说的假话。

他那边开席早，估计早已经喝过酒了。

坐在乔蕊身边的同学碰了碰她的胳膊："乔蕊，想什么呢？大伙儿都提议喝一个呢，就你在这儿走神儿。"

有人起哄说："是不是想男朋友呢？"

乔蕊一笑，半真半假地说："猜他到底有没有喝酒，会不会送我。"

散席后，她穿好大衣从包间出来，他们的包间对面是酒店楼梯。

黑色大理石梯面，好像有个人坐在楼梯上。

乔蕊抬眸，却看见唐予池坐在那儿，正玩着一个银色的打火机。

他穿着深色牛仔裤、马丁靴，外套搭在手臂上，看上去在等人。

他说："等你半天了。"

"你……没喝酒吗？"

"喝了啊，所以叫了代驾。"

很难形容那个夜晚，也许他们彼此都有一种老旧金属被抛光般的感觉。

那些斑斑锈迹，终于被新的缘分打磨掉。

那天乔蕊问唐予池要了联系方式。

之后两人经常一起吃饭，一起去逛街，偶尔也会看个电影什么的。

3月初，唐予池要去国外处理些事情，吃饭时和乔蕊提过一嘴。乔蕊说她也要出国参加一个同学的婚礼。

两人谁都没问对方要去哪个国家，只说等回国再约。

只不过唐予池到国外那天，住进酒店，居然刷朋友圈时刷到了乔蕊的动态，她居然和他在同一座城市。

不知道是谁帮她录的视频，她在开满杏花的街边走过，手里举着一个热狗，咬了一口。

有风吹过，杏花花瓣飘落，她眼睛弯弯，回眸浅笑。

这条街！

唐予池下午来酒店时还路过了。

他给乔蕊发了个定位，乔蕊马上打了视频电话过来。

唐予池理了理衣服，才接起视频电话，和画面里的姑娘异口同声地说："好巧。"

乔蕊是来这边参加婚礼的，她那边很热闹，她举着手机找了个没人的地方，和唐予池说："我没想到你说的出国办事是来洛城！这也太巧了！"

唐予池说："我也没想到你说的出国参加婚礼，是来这里。"

两人在视频里相视而笑，说早知道都是这几天过来，搭乘同一趟航班就好了，十几个小时还能有个人说说话。

乔蕊问唐予池："你什么时候回去？回去可以一起。"

他说："大后天。"

"我也是！"

唐予池抿了抿唇，才开口问："你住哪家酒店？"

她说了个名字。

她住的酒店离唐予池住的这家很近，只隔着一条街，走路十几分钟就能到。

其实他还挺想问问她，要不要他换一下，也住到她那家去。

不过开口时，唐予池没好意思说出口，只说："我这家酒店条件还可以，你那边呢？"

只要她说"还行"，唐予池就可以顺理成章地搬过去住。

不过这话乔蕊没回答，他听到有女孩子的声音在叫她吃饭，说她最爱的龙虾意大利面上桌了。

乔蕊抱歉地对唐予池笑了笑："我先过去吃饭啦。"

唐予池点头："去吧。"

本来还想着晚上出去找个饭馆吃饭，唐予池忽然没什么心情了，去了酒店自带的餐厅。

餐厅在顶楼，服务员问他需要什么时，他下意识说："龙虾意大利面。"

要不直接搬过去算了？

但男人这样搬过去和人家姑娘住同一酒店，会不会有点唐突？她会觉得他有不好的企图吗？

等他喝了半杯柠檬水再抬眸，乔蕊就站在离他几米远的地方，手里还提着个小型行李箱。

唐予池很错愕，起身走过去接她手里的箱子："你怎么过来了？"

乔蕊笑眯眯地看着他："你不是说你这家酒店条件不错吗，我就换过来了啊。"

她的笑容那么灿烂，像黑夜里的一束光，灼了一下他的眼睛。

唐予池引她入座，自己坐在她对面，给她倒了一杯柠檬水。

他很坦然地说："来得正好，我刚才点菜时光顾着想你了，点了个龙虾意大利面，超大份的那种，帮我吃点？"

龙虾意大利面确实是好大一份，端上来时是一小锅。

整只龙虾开背躺在锅里，意大利面铺在旁边，看着就很有食欲。

乔蕊正拿着湿巾擦手，唐予池用叉子戳起一块龙虾肉，递到她嘴边，喂给她。

等她咽下去，唐予池才开口问："乔蕊，你要不要和我在一起试试？"

据说那天晚上有超级月亮，朋友圈都被月亮照片刷爆了。

但他们无暇顾及。

饭后，乔蕊和唐予池说："不然我和你住一间吧，也别再开新房间了。"

唐予池问她："你知道你在暗示我什么吗？"

乔蕊就又弯起她那双招牌式的笑眼，看着他说："我知道啊。"

用房卡刷开门锁的瞬间，唐予池拉着乔蕊进门，房间没开灯，行李箱倒在玄关，门"咔嗒"一声被关上。

他们在玄关处拥吻。

乔蕊被唐予池抱起来放在摆了饮料和茶壶的桌子上。

这姑娘的动作一点也不比他慢，已经解开了他的衬衫扣子，最后一颗应该是用蛮力拽开的。

黑暗里除了错乱的呼吸声，还能清晰地听到一颗扣子崩掉，弹落在地板上。

他们在黑暗里对视半晌，忽然笑出声。

唐予池问她："你就这么心急？扣子都给我拽掉了。"

乔蕊很是豪气："明天给你买新的。"

"喜欢我吗？"

"喜欢。"

"那行，你先喜欢着吧，我快你一步，已经开始爱上你了。"

乔蕊问唐予池："你说的'爱上我'三个字，我该怎么断句呢？"

这不要命吗？

最后他们依偎在床上，乔蕊问唐予池："你说我们这算是抱团疗伤吗？"

唐予池"啧"了一声："我是在爱你，你在拿我当疗伤工具呢？"

"不是不是，我不是这个意思。"

乔蕊说，她其实觉得很神奇，不是说失恋就一定要郁郁寡欢，可她真的每次想起前男友枕头底下的那件蕾丝内衣，都觉得无比恶心。

那件内衣还是她当初陪着闺密一起去买的，她也有一件，是白色的，闺密的是黑色的。

有很长一段时间，她都觉得：原来爱情就是这样的吗？

那个在生日时对着蛋糕许愿说"别的愿望都没有，我就希望和乔蕊能永远在一起"的恋人，怎么就会变成那样子了呢？

所以她从来没想过，会遇见一段新的爱情。

或者说，她从来没有奢望过，会遇见一个人，让她重新相信爱情。

"我还以为我的爱情死光了。"她说，"唐予池，遇见你，像个奇迹。"

唐予池笑着去吻她："你才觉得像个奇迹？情人节，我在西餐厅遇见你，就已经这样觉得了。"

这种甜蜜的时刻，温馨的对话没能继续下去。

隔着窗纱，树枝影影绰绰，乔蕊问唐予池，听没听说过瘦长鬼影。

"什么玩意儿？"

乔蕊就说"瘦长鬼影"是国外的都市鬼故事传说。

说有个身高两三米的，总是穿着西装的男鬼，专门抓小孩子。

"我看过网上的那种图片，说瘦长鬼影，就像现在外面被风吹得晃晃悠悠的树枝似的。"

唐予池故意逗她，盯着窗外黑乎乎的树影看了很久。

乔蕊问他看什么呢，他就故作神秘，压低声音说："我好像看见了。"

是这姑娘先讲起来鬼故事的，她居然捂着眼睛尖叫一声，把头埋在他怀里，死活不敢往窗外看。

后来还是唐予池去拉上窗帘，把重叠的树影挡在厚重布料后面，乔蕊才敢抬眸。

看不见树影，她立马又灿烂起来了，裹着被子说："不对啊，我不应该害怕，我们同岁，瘦长鬼影只抓小孩，而且咱俩一比，你长得更嫩，真来了，肯定抓你不抓我。"

唐予池就笑："你说你这算不算始乱终弃啊，这么快就惦记着让我被鬼给抓走啊？"

在一起之后，唐予池发现，他和乔蕊有很多相像的地方。

她看着瘦瘦的，居然也喜欢大摩托，喜欢极限运动。

回国后，他们一起去爬山，从下午爬到晚上。

乔蕊一点都不虚，第二天早上 3 点多还起来叫他看日出。

他们站在观景台上，看着太阳像一颗橘色糖果，缓缓升起。

唐予池问她："我今年时间多，你还想去哪儿旅行？"

乔蕊说："好多好多地方都想去啊。你一定也有吧，那种想要带着女朋友去，最后却没去成的地方？

"我今年时间也很多，我们就把以前遗憾没去成的地儿，一个个都去一遍。"

唐予池说："好。"

乔蕊跳起来，对着云雾中昭昭的朝阳挥手喊道："我们要把以前受过的伤，全都弥补回来！"

唐予池在旁边护着她："别跳了，我的小祖宗，回头崴了脚，我还得背你下去。"

那阵子他们每去一个地方都会在朋友圈里发合影，连和向芋通话时，他这位发小都在吐槽他："唐予池，我们今天去宠物店了。"

"你和靳浮白要养宠物啊？"唐予池十分嫌弃地说，"你别养了，你连自己都养不明白。你干妈说你包饺子，包十个能露馅儿八个。就你这自理能力，还养宠物？"

向芋在电话里冷冷一笑："我不养宠物，我是去看'舔狗'的。"

说完，她挂了电话。

"舔狗"？

她说谁是"舔狗"？

难道是我？

唐予池嗤笑，心想：我，唐予池，会是"舔狗"？

"唐予池，我们昨天买的樱桃放在哪里了？"屋里传来乔蕊的声音。

唐予池马上回应："洗着呢，马上洗完给你端进去！你在沙发上等着吧，马上来！"

手机响了一声，向芋发来信息说，她和靳浮白的婚礼在 9 月 12日，让他保持形象，不许发福，准备当伴郎。

唐予池洗完樱桃，端着去找乔蕊时，才按着手机回语音贫嘴："我要是保持得太好，把靳浮白风头抢光了，怎么办？"

去爱尔兰参加婚礼时，乔蕊工作正忙，没能同行。

唐予池在爱尔兰的城堡外面坐着，给乔蕊打视频电话，给她看婚礼的布场。

她在视频里弯着眼睛笑："等你回来，我请你发小他们吃饭吧，这次没去觉得很遗憾。"

乔蕊是做设计的，熬夜熬得眼眶通红，却还是很开心地同他说："唐予池，我刚才看了下明年工作计划，明年的这个时候我有空，你呢？"

唐予池还以为乔蕊有想去的地方，就说自己什么时候都有空，问她想去哪儿。

她说："你有空的话，明年娶我一下，怎么样？"

唐予池愣了一下，忽然笑起来："你倒是矜持点呀，我今天才问靳浮白要珠宝设计师的联系方式，想拿到戒指再求婚的。"

乔蕊果然一脸懊悔："那你当我没说！我等你求婚。"

远处传来向芊和靳浮白他们的呼声，叫他过去喝香槟。视频里，乔蕊正笑着看着他，温柔叮嘱："敢喝多后撩别的女孩，我把腿给你打断哦。"

唐予池举了三根手指："遵命。"

那天晚星璀璨，夜色温柔。

好像故事里所有引人不快的帧节，都已经过去。

故事后面则用花体英文写着：Happy ending。

12. 这花送你，愿不愿意跟我回家

靳浮白的浪漫，是隐在生活缝隙里的。

也说不上他多么精心准备，但总时不时浪漫一下，搅动人心弦。

哪怕向芋已经和他结婚良久，有时候也还是觉得，靳浮白疯狂踩在自己心动的点上，让她难以平静。

那是很普通很普通的一天，向芋下班早，和靳浮白去了李侈的火锅店吃饭。

他们沾染了一身辛辣的火锅气息，拒绝了店里服务员送来的香氛喷雾，迎着早春料峭的晚风，掀开门帘走进暮色里。

门帘落下，掩盖了店里的喧嚣，向芋走在靳浮白身边，突发奇想，问他："你们以前除了李侈那间销金窟似的夜场，也会出来平静地吃个饭吗？火锅、烧烤什么的。"

靳浮白瞥她一眼："不去吃烧烤，怎么碰见你的？"

哦，对了，第一次见面，确实是在秀椿街的烧烤店外。

向芋还想说什么，靳浮白却提醒她，鞋带散开了。

"帮你系？"

"我自己来吧。"

在家里，向芋也喜欢耍一点小心思，看靳浮白帮她忙这忙那。

但在外面，大街上，往来行人不断，她忽然就有那么一些些不愿

意她身旁矜贵的男人，俯身蹲下来帮她系鞋带。

手里捏着鞋带时，向芋都觉得自己简直太温柔了。

系完鞋带，她接到唐予池的电话，随口和他聊了几句，约了明天过去看干爸干妈，再一抬眸，看见靳浮白站在花店门前同人对话。

花店门前的女人大概是店主或者店员，穿得森系小清新，高挑的身形，细腰上系了印着店里 logo 的围裙。

靳浮白站在那女人面前，手里捧着一束火红的玫瑰。玫瑰没经过刻意包装，只用牛皮纸简单束着。

本来是该惹人吃醋的场景，靳浮白却一点吃醋的机会都不给向芋。

那双本是深情的眸子里，有的全是疏离、礼貌。他扫码付过钱，便不肯再去看旁人，只利落回身，捧着玫瑰对向芋一笑，语气显得挺不正经，搭讪似的同她打招呼："美女，这花送你，愿不愿意跟我回家？"

向芋不满他轻佻的浪漫，扑过去同他打闹。

靳浮白手臂挨打，还要护着她，免得她撞上步行街街口的锥形路障。

他们闹得欢乐，玫瑰却遭殃。

一朵娇艳的红玫瑰折断，掉在向芋脚边。

"完了。"

她顿时消停了，蹲下去捡起花来，有些后悔、可惜。"早知道不和你闹了，把花都碰断了。"末了，她又把矛头转向靳浮白，"你怎么不知道保护好这些花呢！"

清风明月，路旁院子里盛开的玉兰花投映在向芋的脸庞上。她那张脸上，对玫瑰的可惜和对他无厘头的埋怨都清清楚楚，倒让靳浮白想起那年在四合院里，她也是这样蹲在地上，对着一块苔藓可惜，又怨他倒掉一盒沉香是败家。

秀椿街现在满是苔藓作布景，好似当年深夜庭院里的心动，延续至今。

但也还不够。

靳浮白俯身托起向芋的下颌，去吻她。

最后他被向芋拍开。她说："干什么，老夫老妻的。"

靳浮白笑了："没忍住。"

说完，他把人从地上拉起来。

向芋还在可惜那朵断了茎的玫瑰花，靳浮白哄她："不然你戴上，也算没浪费。"

向芋当然不肯，大红的玫瑰，又不是结婚，戴上总觉得有一点点土气。

但她是个小抠门，路过垃圾桶也捏着花苞不肯扔，干脆把花往靳浮白面前一递："你戴。"

靳浮白满脸无奈，但也还是接过花别在耳侧，挑眉回眸："好看？"

他那双眼睛里，宠溺得明明白白。

"好看！"

向芋笑得开怀，嘚瑟着钩了一下靳浮白的下巴："美人儿，跟我回家吗？"

靳"美人"看她一眼："行。"

后　记

Postscript

整部《长街》，我写了很多个阴雨连绵的场景。

巧合的是，今年的北京也是阴雨不断。对于这座北方城市，这其实并不常见。

就在我写下这几行文字时，窗外还淅沥下着小雨，并且这样的天气，已经持续了三天，或许还要更久。

落雨抚平干燥，好像我身处江南。

这一夏天的雨，时常让我想起靳浮白和向芋。

想起他们在秀椿街相遇。

想起他们在酒店前台的对视。

也想起他们在国外的街头，靳浮白以为出车祸的人是向芋，手里拿着扩音器，急急寻觅，最终在雨中，他们隔着救护车和警车遥遥相望。

《长街》这个故事，写下来时害我流了太多眼泪。

当时是新年，靳浮白和向芋一起在"梦社"守岁那段，我写得最为流畅，因为符合万家灯火的新年气氛。

后来写到他们分开，还没出正月十五，家里热闹非凡，我不得不在满室欢乐的喧嚣里，关上房门，沉浸在难过中，敲下一段段文字。

但我很开心，在 2021 年伊始讲完了《长街》，也遇到了喜欢《长街》的读者。

故事里的所有地点，都是杜撰的。我却始终相信，靳浮白和向芋，会在另一个时空永远幸福下去。

就像 7 月的某天，我在大栅栏历史区的一家书店里坐了良久，出门时室外忽下急雨，打湿了路面，我穿着皮鞋一脚踩进老街的积水里，忽然抬头看向落雨的天空。

朋友问我看什么，我摇头。

其实我只是在那一瞬间，忽然想起靳浮白和向芋。

"我在你看不见的地方，永远爱你。"

我在你们看不见的地方，永远爱你们。

殊娓

2021 年 9 月于北京